सागर
और सीप

सागर और सीप

जानकी प्रसाद पांडेय

White Falcon Publishing

सागर और सीप

जानकी प्रसाद पांडेय

Published by White Falcon Publishing
Chandigarh, India

ISBN - 979-8-89222-489-5

समर्पणः

उन्हें जिन्होंने मुझे समझा, हर सुख–दुःख में साथ दिया तथा दुनिया की सारी सच्चाईयों को गहराई से अनुभूत करने में सच्चे मन से साथ दिया, सबसे बढ़ कर यह कि रिश्तों की प्रगाढ़ता, गहराई तथा बारीकियों को समझने में मदद की, ऐसी मुन्नू और सुकान्त तथा अभिषेक को।

सागर और सीप

"शांत दिमाग से सोचने के बाद उसने तय किया कि युद्ध के मैदान में जीत केवल आगे बढ़ने से ही नही मिलती अपितु युद्ध की रणनीति के अन्तर्गत कभी–कभी कुशलता पूर्वक पीछे हट कर तथा पुनः नई रणनीति व साधनों के साथ आगे बढ़ कर आक्रमण करने के बाद ही विजय प्राप्त होती है"

सुबह का हल्का उजास हो रहा है, हालाँकि अभी झुटपुटा–सा ही है, वैसे भी गर्मियों में जल्दी ही सुबह हो जाती है. पाँच–साढ़े पाँच बजे तो अच्छा उजियारा हो ही जाता है. चिड़ियों की चहचहाहट तो ऐन सुबह चार–साढ़े चार बजे से ही आरंभ हो जाती है. धीरे–धीरे बिस्तर से उठ कर घूमने जाने का मन हो रहा है, घर से थोड़ी दूरी पर ही ऊँची–ऊँची पहाड़ियाँ आरंभ हो जाती है. चारों ओर आच्छादित वन प्रांतर. वहाँ पहुँचते–पहुँचते सूरज की महीन किरणों का स्पर्श महसूस होने लगा. एक स्थान पर बहुत ही विशाल पत्थर के ऊपर दूसरे पत्थर टिके हुए है, आस पास भी पत्थर ही पत्थर हैं, वहीं पर खड़े होकर देखने पर हल्के नीले आसमान में छाए लाल व सिंदूरी रंगों की आभा के बीच हल्की–सी स्वर्ण–रश्मियाँ बाहर की ओर झाँक रहीं हैं. हल्की ठंडी हवा चलने लगी है. बदन को स्पर्श करते हुए बहती हवा कानों में कुछ गुनगुना जाती है, जैसे कोई आख्यान कानों में फुसफुसा रही हो. यह एक बहुत ही ऊँचे–ऊँचे पहाड़ों की तलहटी पर बसा हुआ गाँव है. गाँव के दोनों तरफ तो वृक्षों से लदे पहाड़ हैं व एक तरफ दूर तक खेतों की हरियाली ही हरियाली है. खेतों के बीच से धसान नदी से निकली पानी की नहर है. यह खेतों के लिए

जीवन–रेखा है. गाँवों के खेतों की सिंचाई के अतिरिक्त गाँव के लोग पीने का पानी भी यहीं से ले जाते हैं. गाँव में पीने के पानी के लिए अन्य कोई साधन नही है. एक कुँआ है, पर उसका पानी खारा है. उसके पानी में दाल नही गलती. अतः इसी पानी का एकमात्र सहारा रहता है. गाँव भी पास ही है. अतः लोग सुविधा के अनुसार नहर किनारे से आ–आकर पानी भर कर ले जाते हैं. नहर के किनारे खेतों में कहीं–कहीं बड़े–बड़े पत्थर हैं जिन पर बैठ कर ग्रामीण बतियाते हैं, हँसी ठिठोली करते हैं, मन की बातें साझा करते हैं.

नहर के कारण इन खेतों में फसल भी अच्छी होती है. साल में दो–तीन फसलें तो ये लोग ले ही लेते हैं. वर्षात के समय तो इस सबकी आवश्यकता नही पड़ती, केवल पीने का पानी ही यहाँ से लाया जाता है किन्तु ठंड व गर्मी में लगभग सभी लोग इसके ही पानी का उपयोग करते हैं.

इसी नहर से थोड़ा हट कर खड़ियाँ का घर है. ये दो भाई हैं. खड़ियाँ व रामसिंह इस दूसरे को अधिकतर लोग कल्लू–कल्लू ही पुकारते हैं. इनकी एक बहिन भी है––जिज्जी. इनका पिता चूड़ामन अभी जीवित है और दिन भर घर के पीछे बने बाड़े के खेत में बेरी के पेड़ के नीचे खाट डाले पड़ा रहता है. वह घर के किसी काम में रुचि नही लेता. दिन भर बस खटिया तोड़ना और भूख लगने पर खड़ियाँ की बहिन जो उन्हीं के पास रहती है उससे यहीं पर भोजन लाने के लिए कह देते हैं. यह बेर का पेड़ इसी ने लगाया था. पता नही कहाँ से इसके बीज लाकर उसे इसने यहाँ रोपा. घर के पास ही यह जगह खेत जैसी ही थी. इसे वह बाड़ा कहता था. इसी के एक कोने में उसने इसे रोपा था. जब यह बड़ा हुआ तो इसमें जो बेर लगे वे आकार व स्वाद में अनोखे थे. आकार में छोटे जामफल जैसे मीठे तथा स्वादिष्ट इतने कि गाँव भर में इसकी चर्चा होती. गाँव के लोग–बच्चे हमेशा इसके पिछवाड़े खेत में लगे इस बेरी के बेर

तोड़ने के लिए नए–नए उपाय करते थे, किन्तु खड़ियॉ का बाप था कि यहॉ से उठने का नाम ही नही लेता था. केवल सुबह–सुबह वह जंगल दिशाफरागत के लिए जाता था उसी समय गॉव के लड़के इसके बाड़े में घुस कर इसके बेर तोड़ कर खाते व घर भी ले जाते किन्तु यह जल्दी ही लौट आता और इन्हें बेर तोड़ते देख कर हाथ में लिए डंडे को दूर से ही इनकी ओर फेंकता, लड़के खेत की बारी लॉघ कर भागते जाते. किसी–किसी के पैर में तो यह लग ही जाता, वह पैर की उस चोट को सहलाता हुआ दौड लगाता जाता क्योंकि पीछे से यह दौड़ रहा होता.

हर सोमवार को खड़ियॉ स्वंय बेर के पेड़ पर चढ़ कर इन्हें तोड़ता और एक बड़ी–सी टोकरी में इन्हें भरता जाता फिर गॉव के साप्ताहिक हाट में बेच आता. मुँह मागे दामों पर यह बिकता, उनका स्वाद और मिठास ही ऐसी थी.

इसके अतिरिक्त खेती–बाड़ी, घर–गृहस्थी आदि में इसकी रुचि नही थी. यह उसके दोनों लड़के कल्लू और खड़ियॉ ही सम्हालते. खड़ियॉ की बहिन घर देखती, घर में गाय–ढोरों की देखभाल, दूध दुहना, दही बिलोकर छाछ, मक्खन–घी वगैर बना कर बाजार में बिकवाना, सब यही करती. रुपए–पैसे अपनी गॉठ में रखती. एक प्रकार से वह घर की मालकिन ही थी. उसका व्यक्तित्व भी था रोबीला. सब उसे जिज्जी–जिज्जी कह कर पुकारते. धीरे–धीरे वह पूरे गॉव में इसी नाम से पुकारी जाने लगी. गुस्से की इतनी तेज कि किसी की कोई बात को सुन कर सहन नही कर पाती तुरंत जवाब देती. कभी–कभी तो मार–पीट की नौबत भी आ जाती.

उसे गहनों का बहुत शौक था. गले में सोने की लल्लरी, पैरों में चॉदी के मोटे पैजना, हाथों में कंगन, सोने की चूड़ियॉ पहिने वह निडर भाव से गॉव में घूमती रहती. मेहनती इतनी कि पशुओं

का चारा खेत की मेड़ से काट कर अपने सिर पर लाद कर लाती. गाय-ढोरों को बाँध कर उनकी सानी-पानी करती. उनके लिए महुए व गेहूँ के चोकर का छाछ मिला बॉट बना कर उनके सामने डालती व फिर गाय-भैंसों का दूध निकाल कर उनकी पीठ सहलाती. उसे दूध निकालते समय किसी भैंस या गाय ने कभी लात नही मारी. उसे भी गाय-भैंसों से विशेष लगाव था. जब घर के ऑगन में गाय का अभी हुआ बछड़ा उछलता-कूदता तो वह उसे एकटक देखती रहती. उसे सहलाती, वह उसके हाथ को चाटता तो वह चुप हो ममता भरी ऑखों से देखती रहती. इसी तरह भैंस की पड़िया को भी वह स्नेह करती. वह बछड़े जैसे उछलती-कूदती तो नही थी किन्तु लगती तो प्यारी ही थी. दूध निकालते समय अवश्य वह दौड़ कर भैंस के थनों में मुँह मारने लगती किन्तु इसके अतिरिक्त वह दिन भर ऑगन की धूप में ऑखें बंद कर सोई रहती या पागुर करती रहती. जिज्जी उसके बदन पर हाथ फेरती जाती और उसका चेहरा भी देखती जाती. उसने कभी गाय या किसी भैंस को लाठी से नही मारा. जब कि एक बार खड़ियॉ ने भैंस को लाठी से मारा तो उसे उसने डॉटा था. खड़ियॉ इनसे इसलिए नाराज ही रहता क्योंकि वह जब भी उनका दूध निकालने के लिए उनके थनों को हाथ लगाता तो वे इतनी जोर से लात मारतीं कि दूध का बर्तन तो दूर गिर कर सामने की दीवार से टकराता और खड़ियॉ का मुँह टूटते-टूटते बचता. अतः वह इनसे दूर ही रहता.

कभी-कभी जिज्जी गेहूँ के खेत में लगी कॉजी उखाड़ने जाती तो और भी साथ वाली औरतें आकर खेत की मेड़ पर बैठ कर सुस्ताने लगतीं. वह भी अपना काम छोड़ कर उनसे घर-व्दार, सुख-दुःख की बातें कर लेती. इसके अतिरिक्त वह कभी गॉव में किसी के घर न जाती, हॉ किसी की मुसीबत में वह दौड़ कर पहुँचती और जैसी भी जरूरत होती वह उनकी मदद करती.

एक दिन घर पर खड़ियॉ था नही, कहीं बाजार गया था. घर में और कोई भी नही था. ऐसे में वह अकेली बैठी अपने विगत को सोच रही थी.

तब उसकी मॉ जीवित थी तथा खड़ियॉ वगैरह का जन्म भी नही हुआ था. क्या दिन थे वे. उस समय उसकी उम्र रही होगी लगभग चौदह–पंद्रह वरस. गॉव में इस समय तक लड़कियों की अधिकतर शादी हो जाती है किन्तु मॉ का उसके प्रति स्नेह इतना था कि वह चाहती थी कि मेरी लाड़ली का विवाह अच्छे घर में हो, जहॉ वह रानी बन कर राज करे. उसे कुछ भी काम न करना पड़े, विशेषतः सास–ससुर वगैरह न हों. अतः वे ऐसा ही घर ढूँढने में लगीं थीं. पास में उसके खेतो से एक पगडंडी थी. थोड़ी दूर जाने पर ही एक गॉव आता था. उसके पास के खेत उसी गॉव वालों थे. केशव का खेत भी उसी से लगा हुआ ही था. अतः वह जब खेत से कॉदी पटाने जाती या ढोरों के लिए घास काट रही होती तो केशव भी वहीं आ जाता. पहिले कुछ समय तक तो वह आकर अपने खेतों में काम करके वापिस चला जाता रहा किन्तु कभी–कभी वह जिज्जी की तरफ भी कनखियों से देख लेता. जिज्जी भी उस ओर देखती किन्तु उधर ध्यान न देती. अपना काम करती रहती. एक दिन वह आकर वह जहॉ काम कर रही थी वहीं पास ही खेत की मेड़ पर आकर बैठ गया. पहिले तो वह चुप बैठा रहा फिर बोला–''तुम कुछ बात नही करती? उसने कुछ भी जवाब नही दिया. अब वह रोज आकर वहीं पास बैठ जाता किन्तु बोलता कुछ न था. हॉ, कभी–कभी जब वह खेतों में काम करती होती तो उसके कामों में आकर हाथ बॅटाने लग जाता. जिज्जी उसे ऐसा करते देख बोलती कुछ नही केवल मुस्कुरा देती. केशव अपने खेत में पानी देने आता किन्तु वह अपने खेतों में पानी देने हेतु देर से आती तो वह नहर का बरा उसके खेत में खोल देता. इससे उसके खेत में पानी आने लगता. वह खेत की

सिंचाई पूरी होने तक खेत में बैठी कॉदी पटाती रहती या अन्य काम करती रहती. कभी–कभी वह अपने हाथ का काम छोड़ कर खेत की मेड़ पर आ बैठती. कॉदी का गट्ठर पास में रख लेती. केशव भी वहीं पास में आ जाता. आकर वह जिज्जी की ऑखों में देखते हुए बैठा रहता. धीरे–धीरे अब दोनों में बोल–चाल भी होने लगी थी.

जब जिज्जी के पिता चूड़ामन ने घर में भागवत् कथा का आयोजन करवाया तो गॉव के अन्य लोगों के साथ केशव को भी अपने गॉव के लोगों के साथ कथा का श्रवण करने बुलाया. आसपास के गॉव के बहुत से लोग इस हेतु आते थे. जिज्जी के घर के आगे एक बहुत बड़ा पंडाल लगा था. पूरा पंडाल कथा सुनने वालों से भरा रहता. वहीं व्यास–गादी, हवन–वेदिका, पुराणियों के बैठने की व्यवस्था व पूजन हेतु भगवानजी का आसन था. भजन–मंडली हेतु हारमोनियम, ढोलक, मंजीरे भी वहीं रखे थे. पंडितजी व्यास–गादी पर बैठ कर मधुर आवाज में कथा बॉचते, उसकी व्याख्या करते व संस्कृत श्लोकों का वाचन भी करते जाते. उसके माता–पिता तो कथा के यजमान थे, अतः मंच पर संकल्प लेने के साथ ही पुरोहितजी के पास ही बैठे होते. जिज्जी भी अपने सब काम छोड़ कर महिलाओं के समूह में किनारे आकर बैठ जाती. वहीं केशव भी आ जाता. अब उन्हें कथा से क्या लेना–देना था, बस नैन–मटक्का दोनों के बीच होता रहता. कथा के बीच जिज्जी उठ कर उसे इशारे से अपने पीछे–पीछे आने का कह कर किसी न किसी काम के बहाने घर के भीतर आ जाती. थोड़ी देर बाद केशव भी वहीं आ जाता. जिज्जी कथा के प्रसाद के लिए बना मोहन–भोग एक दोने में भर कर उसे खाने को देती. केशव उसे भी खाने को कहता तो दोनों एक–दूसरे को उस मोहन–भोग का निवाला खिलाते हुए एक दूसरे की ऑखों में देखते रहते.

भागवत–कथा की समाप्ति के बाद हवन–पूजन हुआ. इसके बाद सब उपस्थित भक्तजनों का भोजन–प्रसाद हुआ. चूड़ामन परिवार ने पुरोहित व पुराणियों को दक्षिणा दी और कार्यक्रम समाप्त हुआ.

कथा समाप्ति के बाद फिर दोनों की खेत पर मुलाकातें होने लगी. इस बीच चूड़ामन को जिज्जी और केशव की लुकाछिपी, ऑखमिचोली की खबर गॉव वालों ने दी. गॉव में कोई बात छिपी तो रह नही सकती. चूड़ामन बहुत क्रोधी स्वभाव का था. सुन कर आग–बबूला हो उठा. जिज्जी की मॉ ने समझाया–''जवान लड़की है, धीरज से काम लो. ''इसके बाद वह कुछ संयत हुआ. जब जिज्जी खेत की मेड़ से ढोरों के लिए घास काट कर सिर पर इसका गट्ठर बॉधे लाद कर घर में दाखिल हुई तो चूड़ामन सामने ही खड़ा था किन्तु उसने इस समय उससे कुछ न कहा. दूसरे दिन जब वह खेत पर जाने लगी तो चूड़ामन उससे बोला–''केशव व तुम्हारी क्या बात है? ''जिज्जी ने कुछ जवाब नही दिया. वह मॉ के पास जाकर बोली–''ये दद्दा क्या कह रहे है? ''मॉ ने उसे समझाया. –''ये गॉव–देहात है, ऐसी–वैसी बातें आग की तरह चारों ओर फैलतीं हैं. घर की इज्जत की बात है. ''जिज्जी बोली–''तो इसमें ऐसी क्या बात है, वह मुझसे बोलता–चालता है, बस. ''मॉ ने उसकी बात ध्यान से सुनी फिर बोली–''सुना है, वह सुनार है, खूब धनवान है. हम लोग तो लोदी हैं, ऐसे कैसे रिश्ता होगा? वैसे भी ऐसे रिश्ते निभते नही. दोनों के बीच कोई बात नही तो अच्छा है और यदि कुछ है तो उसे भूल जा. इसी में तेरी और घर भर के लोगों की भलाई है. ''सुन कर जिज्जी उठी और रसोई में चली गई. चूड़ामन की कद–काठी अच्छी थी. यद्यपि उसे बृद्धावस्था ने आ घेरा था फिर भी उसका चौड़ा ललाट, बलिष्ठ भुजाऐं, चौड़ी छाती व रौबदार चेहरा तथा चेहरे पर घनी मूॅछें उसके पुराने दिनों की याद दिलाती थीं. वह हर समय लट्ठ लिए ही रहते था. इस लट्ठ से उसका इतना लगाव था कि

इसके लिए वह जंगल से विशेष बॉस काट कर लाता, उसे तेल में डुबो कर महिने भर रखता और जब वह पक जाता तब उसे लेकर वह गॉव में घूमता था. खेती–किसानी में उसकी इतनी रुचि नही थी किन्तु बाग–बगीचे की देखभाल वह करते था. उनमें भॉति–भॉति के पौधे लगाता, विशिष्ट जाति व प्रकार के पौधे लगाने का ही फल था कि उसके घर के पीछे के बाड़े में उसने कॉटेदार झाड़ियों की बाड़ लगाने के बाद उसके पूरे किनारे पर विभिन्न प्रजातियों के बेर के पेड़ लगा रखे थे. एक बेरी तो इतनी छोटी थी कि जमीन पर ही बिछी पड़ी थी. किसी बेरी का फल बहुत ही मीठा व छोटा, किसी का बड़ा और किसी का तो इतना बड़ा कि जामफल जितना आकार व उतना ही सुन्दर व स्वादिष्ट. इसी प्रकार बगिया के बीच में बिंही की भी विभिन्न प्रजातियों के वृक्ष थे, जिसमें इलाहाबादी से लेकर अन्य प्रकार के भी थे. कोई लंबे आकार का, अंदर से लाल व स्वादिष्ट तो कोई मीठा व बीज रहित.

इसी प्रकार इसी बगिया में वह मौसम के अनुसार गिलखी, लौकी, तुरई, भिंडी आदि भी उगाता था. घर में बाजार से उसे कुछ भी खरीदना न पड़ता. इसी बगिया के बीच में उसने एक छोटा तालाब भी बना रखा था जिसमें वह मछलियों के बीज वर्षात के पहिले छोड़ दिया करता और जब वे बड़ी हो जातीं तो घर की रसोई में काम आतीं.

इसके दो लड़के थे–खड़ियॉ व कल्लू. खड़ियॉ बचपन से ही ज्यादा समझदार व मेहनती था. वह स्कूल भी जाता. वहॉ पॉच क्लास में वह पढ़ रहा था. वहीं कल्लू का मन पढ़ने में नही लगता था. स्कूल में उसका नाम भी लिखवा दिया था किन्तु वह स्कूल से भाग कर इधर–उधर भटकता रहता. उसे तीर–कमान चलाना, चाकू–छुरी चलाना आदि में ज्यादा रुचि थी. वह अधिकतर शिकार की तलाश में गॉव के किनारे स्थित पहाड़ियों के जंगल में चला जाता और तीतर, बटेर, खरगोश आदि पकड़ कर लाता. इनमें से तीतर–बटेर तो वह

अलग–अलग पिंजड़ों में बंद कर रखता. व जैसी व जब जरूरत होती रसोई में वे काम आते. वह खरगोश का तो बड़ा ही शौकीन था.

पड़ौस के विशनाथजी की लड़की अधिकतर उसके घर खेलने आ जाती. वह तीतर–बटेर के पिंजरों के पास बैठ कर उन्हें निहारती और जब दूसरे दिन उसे उनमें कुछ कमी लगती तो वह कल्लू से पूँछती –''कल तो चार तीतर थे आज दो है, बाकी के दो कहॉं गए? ''तब वह उसे कुछ जवाब न देकर उसे उसके घर जाने के लिए कह देता. कभी–कभी जंगल से वह हिरन भी मार लाता. सारे गॉव वाले उसे मरा हुआ हिरन लाते हुए देखते. कुछ लोग उसे प्रशंसा की निगाह से देखते तो कुछ नफरत की. वह किसी की भी परवाह नही करता. एक बार वह जंगल में खरगोश का शिकार कर रहा था. ऐसे में उसने ज्योंहि अपना धनुष संभाल कर खरगोश पर निशाना साध कर तीर चलाया तो वह उसी समय कहीं से बीच में आ गए किसी के पले हुए सुअर को लग गया.

शाम तक सुअर के मालिक को अपने सुअर के मारे जाने का पता चला तो वह चूड़मन के घर सुअर के बदले पैसे मॉगने आ गया. चूड़ामन ने उसे अपनी रौबदार मूँछों व लट्ठ से डरा कर भगा दिया तो वह गॉव के पंचों के पास जा पहुँचा. पंचायत बैठी. चूड़ामन व कल्लू को वहॉ बुलाया गया. सुअर के मालिक ने अपनी बात रखी. पंचों ने चूड़ामन से अपनी बात रखने को कहा तो वह बोला–''जंगल तो होता ही शिकार के लिए है. इसका सुअर उधर गया ही क्यों, इसे कोई हरजाना नही देंगे. ''पंचों ने विचार किया और निर्णय सुनाया –''उसे हरजाना देना होगा, नही तो गॉव में नही रह सकते. ''चूड़ामन ने अपने हाथ का लट्ठ हवा में घुमाया और बोला–''कौन माई का लाल है जो हमसे जुर्माना वसूलेगा? ''कहते हुए वह और कल्लू दोनों पंचायत से चले आऐ. केवल खड़ियॉ व उसकी मॉ वहॉ बैठे रहे. थोड़ी देर बाद वे उठ कर बोलीं–''हम हरजाना देंगे. ''कहते

हुए उन्होंने अपनी साड़ी के पल्लू में बँधे रुपए निकाल कर सुअर मालिक को दे दिए. पंचायत विसर्जित हुई. ये लोग भी घर आ गए.

चूड़ामन का घर भी बड़ा व सुन्दर था. बाहर से तो लगता था कि सामान्य सा छोटा घर होगा किन्तु मुख्य दरवाजे के भीतर घुसने पर एक बड़ा ऑगन था. उसके दोनों ओर दो मंजिला बना मकान था. हर मंजिल में चार–चार कमरे, अटारी व रसोई थी. इसके बाद ऑगन के दूसरे हिस्से में फिर दो–दो मंजिल चारों ओर बना था. इसमें जाने के लिए पहिले ऑगन के एक ओर दरवाजा था. दूसरी ओर भी चारों ओर बने मकान के बीच एक ऑगन था, तुलसीघरा था, जिसमें शालिग्राम विराजे थे. इसी के एक ओर थी घिनौची. घर में पीने के पानी की व्यवस्था के लिए. उसी के एक ओर चापचा बना था जिसमें हर समय पानी भरा रहता था. इसी के आगे दरवाजा पार करने पर घर के पीछे वाली बगिया थी. उसी में एक कुऑ था जिसका पानी मीठा व स्वच्छ था. घर में पीने व अन्य कार्यों के लिए उसी का उपयोग होता था. इसी के एक किनारे बाहर की तरफ गाय–बैल, भैंसे वगैरह बॉधने की जगह थी. इसे भी चारों ओर से घेर कर कवेलुओं से ढँक दिया गया था. इसी में एक ओर जानवरों के पीने के लिए पानी का हौद बना रखा था. पशुओं को खोल कर पानी पिलाने के लिए यही लाया जाता था.

घर के हर सदस्य के काम आपस में बँटे हुए थे. खड़िंया बगिया से फल, साग–भाजी वगैरह तोड़ कर इकट्ठा कर गाड़ी में रख कर गॉव के साप्ताहिक बाजार में बेच आता था तथा घर के सामान की व्यवस्था भी वही करता था. इसके अतिरिक्त खेती के कामों में वह कल्लू की मदद कर दिया करता. एक बात और थी–गाय–बछड़ों, बैलों को जब नमक की कमी होती दिखती तो वह एक बोरा भर खड़ा नमक लाकर रख देता. फिर बॉस की बनी छोटी–बड़ी एवं मझली नाल में भर कर वह एक–एक के मुँह को ऊपर उठा कर

उसके मुँह में उँगली डाल कर उसमें बाँस की उस नाल में नमक भर कर उनके गले में नमक उतार देता था. गाय–बैल, भैस आदि के मुँह में जब वह नमक जाता तो वे देर तक जीभ अंदर–बाहर कर उसे चबाते रहते. एक गाय मरकू थी. वह बहुत ही कोधी भी थी. जो भी उसके पास जाता वह उसे मुँह से फुफकार कर दूर भगा देती और जब वह नही मानता तो उसे अपने सींगों से ऊपर उछाल देती. उसे नमक देने में तथा दूध निकालने में केवल खड़ियाँ ही सिद्धहस्त था. वह दूध निकालते समय एक तरफ बाँट पीती रहती और फिर अपने बछड़े को देखती जाती, उसे जी भर चाटती रहती. इसी बीच खड़ियाँ उसका दूध निकाल लेता. एक बार तो उसने खड़ियाँ को भी लात मार दी थी. उसके हाथ में पकड़ा दूध का बर्तन दूर दीवार से टकरा कर आवाज करते हुए दूर गिरा, उसकी लात खड़ियाँ के कूल्हे पर लगी. उसे गुस्सा तो बहुत आया किन्तु फिर धीरज रख कर उसने उसे बेच ही दिया. वह दूध बहुत देती थी और दूध भी खूब गाढा व उससे घी भी अच्छा निकलता था. गाँव में इस बात को सब जानते थे. अतः गाँव में कोई भी उसे खरीदने को तैयार था, किन्तु खड़ियाँ जानता था कि यदि उसने इसे गाँव में बेचा तो वह उसके पास टिकेगी नही, भाग आएगी. अतःउसने दूर के एक अहीर को बुलाया और उसे गाय सौंप दी. उसका गाँव बहुत दूर था किन्तु अहीरों का काम ही दूध का व्यवसाय था. अतः अच्छी नस्ल की, ज्यादा और गाढा दूध देने वाले पशुओं की उन्हें तलाश रहती थी.

अब वह गाय खरीद कर बछिया का ज्योरा पकड़े आगे–आगे चल रहा था और पीछे–पीछे ममता में बँधी गाय. वह अपने गाँव पहुँचा. उसने उसे गोसरे में खूँटे से बाँध दिया. उसके सामने अच्छा महुए व चोकर तथा छाछ का बना बाँट भी भगोने में भर कर दे दिया. घर वाले बड़े खुश थे कि चलो अच्छी नस्ल की गाय आ गई, दाम भी अधिक नही देने पड़े.

दोपहर को जब उसने गोसरे में बॅधी गाय को देखा तो उसने न बॉट खाया था, न चारा, बस वह तो पास बॅधे अपने बछड़े को चाटे जा रही थी. उसने सोचा उसका दूध नही निकाला, शायद इसलिए ऐसा हो. उसने बर्तन लेकर उसका दूध निकालने का प्रयास किया. वह पहिले तो उसे अपने पास आते हुए अपनी बड़ी–बड़ी ऑखों से देखती रही, फिर ज्योंहि उसने उसका दूध निकालने के लिए उसके थन को हाथ लगाया तो उसने उसे ऐसी लात मारी कि उसका सिर पास की दीवार से जा टकराया और दूध का बर्तन दरवाजे तक जा फिका. थोड़ी देर तक तो वह सिर में लगी चोट से उत्पन्न तारे महसूस करता रहा फिर वह सिर पकड़ कर बैठ गया. घर वालों ने उसे उठाया और घर के भीतर ले गए. सबने विचार किया, इसका क्या किया जाऐ. घर के बुजुर्ग बोले–''अभी नई–नई है, जगह और मालिक से परिचित नही है, थोड़े दिनों बाद धीरे–धीरे सबसे हिलमिल जाएगी. ''सुन कर सब अपने–अपने काम में लग गए.

रात हुई. सुबह उत्सुकतावश फिर वह उसका दूध निकालने हेतु बर्तन लेकर गया. वह देख कर धक् रह गया. वहॉ गाय थी ही नही. वह अपने खूॅटा, जिससे वह बॅधी थी उखाड़ कर कही चली गई थी. बछड़ा भी वहॉ नही था. वह भागा–भागा खड़ियॉ के पास आया किन्तु गाय वहॉ नही थी. अभी तक खड़ियॉ को उसके रुपए भी उसने नही दिए थे. अतः दोनों मिल कर उस गाय को ढूँढने लगे. आस–पास के गॉव तथा दूर के गॉव संदेश भेजे गए किन्तु गाय कहॉ गई किसी को पता नही लगा.

आखिर में दोनों ने ही छाती पर पत्थर बॉध कर उसे भुलाना ही उचित समझा.

00

कल्लू का मन जंगल में बहुत लगता था. वह सुबह दूध वगैरह दुह जाने के बाद गाय–भैंसों को उनके खूँटों से छोड़ कर उन्हें जंगल तक चरने ले जाने हेतु बरेदी के सुपुर्द कर जंगल की ओर चला जाता. वहीं घूमता रहता. घने–घने छेवले, सागौन, तेंदू, हरड, बहेडे के पेडों के बीच टहलता रहता. वह जंगल के भीतर ज्यों–ज्यों घुसता जाता जंगल और घना होता जाता. वहाँ तो लगभग अंधेरा ही होता जहाँ झरबेरी, मकोई, करौंदे की झाड़ियाँ पेड़ों के आसपास होकर पेड़ों से लिपटी होती. वहाँ से निकलने पर रास्ता अबूझ हो जाता किन्तु कल्लू के लिए ये रास्ते जाने–पहचाने थे. वह अपने साथ जाल भी लाता था. अतः तीतर, बटेर या खरगोश जो कुछ भी मिलता जाल के पिंजरे में बाँध कर कंधे पर उठा कर वापिस घर की ओर लौट पड़ता. घर आकर जाल में से उन्हें निकाल कर पिंजरों में रख देता. इसके बाद गोसरे में जाकर गोबर इकट्ठा कर टोकरी में भर–भर कर उठाने के बाद घूरे पर फेंकता या उसे सान कर, गेंहूँ का भूसा उसमें मिला कर, उसके कंडे बना–बना कर एक तरफ सुखा देता. इसके बाद पूरे गोसरे की झाड़ू से सफाई करता. गाय–ढोरों के मूत्र को एक बाल्टी में इकट्ठा कर घूरे पर फेंक आता. इसके बाद थोड़ा–बहुत खा–पीकर फिर जंगल की ओर निकल पड़ता. उसे गाँव में तो अच्छा लगता ही नही था. जंगल का एकांत व सूनापन उसे बहुत प्रिय था. घने वृक्षों के बीच से आती हवा की साँय–साँय की आवाजों के बीच वहाँ स्थापित माता के मंदिर के चबूतरे पर बैठ कर कमर में खुशी अपनी बाँसुरी निकाल कर बजाता रहता. उसे अपनी बाँसुरी से बड़ा लगाव था. यह उसने गाँव के मेले से खरीदी थी. शुरू–शुरू में तो उसे इसे बजाना नही आता था किन्तु एक बार गाँव में आई रामलीला के पंडितजी से उसने इसे बजाना सीखा था. गाँव में रामलीला मंडली लगभग पंद्रह–बीस दिन तक रही थी. उसी समय उसने यह सीखी थी. पंडितजी ने उसे भी अपने साथ चलने के लिए कहा था किन्तु एकांत प्रिय जीव

होने से उसे यह पसंद नही आया. रामलीला मंडली के चले जाने पर पंडितजी व्दारा सिखाई गई बॉसुरी वह गॉव से दूर एकांत में जहॉ बड़ी–सी पत्थर की चौड़ी चट्टानों पर टिकी ऊँची चट्टान की चोटी पर बैठ कर वह बजाया करता. उसे ऐसा करते देखने के लिए वैसे तो वहॉ से कोई निकलता नही था क्योंकि वह स्थान गॉव से दूर था किन्तु किसी किसान का खेत इधर होता तो वह उसे बॉसुरी बजाते देख कर अजीब–सी निगाह से देखता हुआ, क्षणभर रुक कर निकल जाता.

इसी तरह एक बार वह घने जंगल से अपने जाल में बँधे तीतर–बटेरों के साथ एक तोते को पकड़ लाया था. वह आकार में सामान्य तोते से बड़ा था. सिर पर कलगी, गले में नीली धारी, पंख लाल व बहुत ही सुन्दर थे. पहिले तो उसने उसे लाकर अन्य खाने हेतु लाए गए पक्षियों के साथ रख दिया किन्तु पता नही उसे क्या सूझा कि उसने एक छोटा–सा लोहे का पिंजरा अलग से लाकर नकूचे से लटका कर घर की दुगई में टॉग दिया. अब वह अपने रोज के कामों से निपट कर खाना खाने के पहिले उसके पिंजरे की सफाई करता, उसकी कटोरियों में मकई, ज्वार के दाने या दूध–रोटी डाल देता. फिर उसके पास ही बैठ कर उससे बातें करता–''कैसे हो चित्रकोटी? बोलो–चित्रकोटी, रामरोटी, खाना खा लिया? कौन आया घर में पूँछो तो जरा. ''वगैरह–वगैरह. फिर घर के एक–एक सदस्य से उसका उसने परिचय करवाया. जब वह उससे बात कर रहा होता तो तोता उसका मुँह ध्यान से देखता रहता. धीरे–धीरे वह घर के हर सदस्य का नाम लेने लगा. कोई बाहरी आदमी घर आता तो चिल्लाता–''कल्लू, देखो कौन आया? ''वगैरह–वगैरह. धीरे–धीरे घर के सब सदस्य उससे घुलमिल गए व उससे बोल–बतियाने लगे.

कल्लू अपनी मॉ को बहुत चाहता था. कभी–कभी जब मॉ घर की दुगई में बैठी कोदों ओखली में डाल कर कूट रहीं होती तो वह

उनकी सहायता करने पहुँच जाता. कोदों को मूसल व्दारा ओखली में डाल कर कूटने से उसका छिलका निकल जाता तथा इससे निकली कुदई का घर की ब्याई याने रात के भोजन में या तो इसका महेरा बनता या ऐसे ही इसे पका कर, उदद की दाल के साथ खाया जाता. कल्लू अपने मोटे व बलिष्ठ हाथों में मूसल लेकर कोदों को कूटता जाता और उसकी मॉ ओखली से निकाल–निकाल कर सूपा के व्दारा फटकती जाती, जिससे कुदई छॉट–छॉट कर अलग एक ओर रखती जाती. साथ ही आगे कूटने के लिए ओखली में और कोदों डालती जाती. जब कल्लू कूटते–कूटते थक जाता तो वहीं मॉ की जॉघ पर सिर रख कर लेट जाता. मॉ कुटे हुए कोदों से छिलका फटकने हेतु सूपे में डाल कर फटकती रहती.

घर में पानी भरने हेतु एक ढीमर को रख रखा था. वह कुँऐं से पानी भर–भर कर लाता जाता और घर व जानवरों के पीने के लिए ला–ला कर चापचा में या घिनौची पर रखे बर्तनों को भरता जाता. जिस दिन पानी भरने वाला नही आता उस दिन कल्लू अपनी मॉ के साथ कुँऐं से पानी भर–भर कर लाता. उनके घर से पानी का कुँऑ थोड़ी ही दूर था. स्कूल जाने से तो उसे शुरू से ही चिढ़ थी. मॉ कभी–कभी उसे जबर्दस्ती स्कूल तक उसके साथ जाकर उसे वहॉ छोड़ आती तो वह अनमना–सा वहॉ बैठे–बैठे माट्साब व साथ के लड़कों को देखता बैठा रहता. माट्साब जब उससे जो उन्होंने पढ़ाया होता वह पूँछते तो वह जवाब न दे पाता. तब माट्साब उसे अपने पास बुला कर बेंत से मारते. एक बार तो उसने उनके हाथ से उनकी बेंत छीन कर उन्ही की पिटाई कर दी थी. उसके बाद वह स्कूल नही गया. स्कूल के माट्साब का नाम विसनाथ था. वे उसके पड़ौसी ही थे. सज्जन व्यक्ति थे. उन्होंने कभी इसकी शिकायत कल्लू के घर पर नही की. हॉ, गॉववालों ने अवश्य यह बात कल्लू के घर पहुँचा ही दी थी. कल्लू की मॉ ने तब उसे बहुत डॉटा था. उनकी

डॉट से कल्लू दो–तीन दिनों तक अनमना–सा रहा था. अधिकतर इन दिनों वह घर के बाहर ही रहा. एकांत जंगल में घूमता रहा या घर आता तो पिंजरे में टंगे मिट्ठू से बतियाता रहा. मॉ से भी उसने बात नही की. हॉ, स्कूल तो उसके बाद गया ही नही. उसने वह रास्ता ही छोड़ दिया.

00

घरवालों व्दारा जिज्जी को केशव से मिलने से मना करने पर वह चुप हो गई. कुछ दिनों तक तो वह अपने आपको उससे न मिलने की साध पर स्थिर रही. केशव अपने खेत पर आता तो वह मेड़ पर बैठा उसी की ओर ताकता रहता किन्तु जिज्जी उससे बोलती नही थी. फलतः वह उदास–सा वहॉ बैठा–बैठा चला जाता. उसके चले जाने के बाद वह एक बहुत बड़ी बैचेनी से घिर कर पता नही उसके बारे में क्या–क्या सोचती रहती. वह गुमसुम–सी अपने खेत की मेंड़ पर बैठ कर खेत की ओर देखती रहती. वह भीतर तक अपने अंदर खालीपन महसूस करती. न कुछ खाने का मन होता न अच्छा पहिनने का. पास–पड़ौस में कोई कार्यक्रम होता तो वहॉ भी वह न जाती.

आखिर कुछ दिनों बाद जब केशव ऐसे ही खेत की मेड़ पर बैठा–बैठा उसे देख रहा था तो उससे रहा नही गया. बोली–''ऐसे बैठे–बैठे कब तक ताकते रहोगे? कुछ हल ढूढा है इसका. अपने घर के लोगों का मन टटोल कर देखो, वे क्या कहते हैं. हो सकता है वे तैयार हो जाऐं.''

केशव आकर उसके पास बैठ गया. बोला–''मैंने बात की थी. वे तो उल्टी–उल्टी बातें करते हैं. जात–पॉत, धनी–निर्धन, ऊॅच–नीच और भी पता नही क्या–क्या है उनके मन में. बड़ा परिवार है मेरा,

16

सबके अपने–अपने विचार हैं. सोने–चॉदी का काम है घर में. यहॉ के साथ शहर में भी दुकान है. वे कहते हैं–''दोनों की निभेगी नही. अपन कहॉ और वे लोग कहॉ.''सुन कर जिज्जी बोली–''फिर तुमने क्या सोचा है?''–सोचना क्या, बस अब तो एक ही रास्ता बचा है––घर से भाग कर शहर चलते हैं, वहीं शादी कर लेंगे किसी मंदिर में.''सुन कर जिज्जी सकपता गई. उसे अपने पिता का रौबीली मॅूछों वाला चेहरे का ध्यान आ गया. गुस्सैल भी कितने हैं.

वह भीतर ही भीतर डर रही थी. उसका मन कही भी नही लग रहा था. वह घर से लगे गाय–भैंसों के बॅधने के टपरे में अकेली बैठी सोचती रहती. वहीं बाहर घूरा था. जहॉ घर के ढोरों का गोबर वगैरह डाला जाता था, वहॉ साधारण कद्दू, भूरा कद्दू, ककड़ी आदि आ गए थे. कद्दू के सुन्दर बड़े–बड़े पीले फूलों को वह एकटक देखती रहती. काश, जिंदगी भी इतनी ही सुन्दर व सुखद होती. फिर वह उठ कर भीतर आई. मॉ अकेली बैठी कुछ बीन रही थी. वह उनके पास जाकर बैठ गई. मॉ ने उसके सिर पर हाथ फेरा. धीरे से वह मॉ से बोली–''मॉ, मैं क्या करूॅ? आखिर केशव में क्या बुराई है?''सुन कर उन्होंने उसके सिर पर से हाथ हटा लिया. थोड़ी देर तक वे चुप रहीं. जैसे अपने पति के गुस्सैल चेहरे को देख कर भीतर तक कॉप उठी हों. फिर बोलीं–''ऐसा सोचना भी मत, अपने पिता को देखा है तूने, पता नही वे यह जान कर क्या करें तेरे साथ.''इसके बाद दोनों चुप हो गए.

इस बार घने जंगलों के बीच खेत में कल्लू ने तिल्ली की फसल बोई थी. यहॉ रेतीली–सी जमीन थी, पथरीली भी थी. मोटे अनाज के अलावा अन्य कुछ यहॉ उगता नही था, फिर उसकी रखवाली करना भी मुश्किल होता था. ऐसे में वहॉ केवल कोदों, कुटकी, समा, लठारा और किसी–किसी साल तिल्ली बोई जाती थी.

तिल्ली की फसल की देखभाल भी बहुत करनी पड़ती है. जंगल के बीच होने से जंगली जानवर पूरी फसल को चौपट कर देते थे. अतः रात में तो चूड़ामन स्वंय व दिन में कल्लू अपने घर का काम निपटा कर वहॉ रखवाली करने चला जाता था. वह मवेशियों को जंगल तक छोड़ कर वापिस आता तो दही बिलो रही मॉ के पास बैठ जाता. ऐसे उसे बैठे देख कर मॉ दही बिलौने के मटके में से निकाल कर ताजा–ताजा मक्खन कोदों की बड़ी–बड़ी रोटी पर डाल कर उसके ऊपर थोड़ा नमक भी बिर्रा देती. फिर कल्लू वहीं बैठा–बैठा उसे खाता रहता. इसके बाद वह उसके दोपहर के खाने के लिए बड़ी–बड़ी चार रोटी और आम का अचार एक कपड़े में बॉध कर एवं एक मिट्टी के घैला में पानी भर कर उसे देती. कल्लू मिट्टी के घैले को उसमें बॅधी रस्सियों के सहारे अपने कंधे पर टॉग लेता व रोटियों की पोटली कपड़े की कुची बना कर सिर पर रख कर बॉसुरी बजाता हुआ जंगल में तिली की रखवाली करने चल देता. उसके वहॉ पहुॅचने के बाद ही उसके पिता चूड़ामन वहॉ से घर की ओर लौटते.

उधर खड़ियॉ को गाने का शौक था. उसका गला बड़ा ही सुरीला था. पड़ौसी विशनाथ माट्साब विषय बद्ध कीर्तनकार थे. उनकी भजन मंडली की एक टीम थी. वह नित्य रामायण, महाभारत आदि से संबद्ध विषयों पर गीत लिखते व फिर अपनी मंडली से उस पर संगीत तैयार करवा कर खड़ियॉ को गाने को देते. खड़ियॉ अपनी मधुर आवाज में उसे गाता.

उन्हें आसपास के गॉवों से और कभी–कभी दूर देहात से भी विषयबद्ध कीर्तन के लिए बुलाया जाता. वे अपने स्कूल के समय के बाद रात को इस कार्य के लिए अपनी मंडली लेकर निकलते. उनका कार्यक्रम देखने–सुनने लोगों की बहुत भीड इकट्ठी होती. रात भर का कार्यक्रम होता. इसके बाद उन्हें प्रचुर मात्रा में दक्षिणा मिलती

जिसे वे अपनी मंडली में सदस्यों की योग्यता के अनुसार बॉट देते. खड़ियॉ को अधिक ही मिलता क्योंकि उसी की सुरीली आवाज में तो कार्यक्रम होता.

इस तरह उस दिन घर में न जिज्जी का पिता था न कल्लू भैया और न ही खड़ियॉ. अकेली मॉ ऑगन में बैठी महुओं की गुली सुखा रही थी. वह धीरे से उनके पास गई. पास जाकर झुकी और उनके पैर छूकर धीरे से पौर में आ गई. एक पल को मॉ उसे ऐसा करते देख कर चकित रह गई. लड़की आज उनके पैर असमय क्यों छू रही थी. फिर उन्होंने सोचा बच्ची है, इच्छा हुई तो छू लियें होगें. इसके बाद वे अपने काम में लग गई. वर्षात आने वाली थी. गुली सूख जाती तो उन्हें सम्हाल कर रखना भी तो था उन्हें.

इधर जिज्जी घर से निकल कर सीधी गॉव की गलियों से होती हुई, गॉव के स्कूल के सामने से महुओं के झुंड को पार करते हुए पक्की सड़क तक आ गई थी. केशव वहॉ पहिले से ही आकर उसका इंतजार कर रहा था. दोनों महुओं की आड़ में बैठ कर गॉव के बस–स्टेंड से आकर शहर जाने वाली बस का इंतजार करने लगे. थोड़ी देर में बस आई. यहॉ से अधिकतर सवारियॉ बैठतीं थीं. अतः यहॉ थोड़ी देर . रुक कर ही बस आगे जाती थी. अतः ज्योंहि बस रुकी दोनों आगे–पीछे होकर थोड़ी–थोड़ी दूरी से उसमें जाकर अलग–अलग सीटों पर बैठ गए, जिससे बस में बैठी उसके गॉव की सवारियों को–उनमें कुछ उसके परिचित भी थे–उन्हें शक न हो. बस चल दी. दो–तीन स्टेशनों के बाद जब उसकी परिचित सवारियॉ उतर गईं तो दोनों पास–पास आकर एक ही सीट पर बैठ गए.

इतने दिनों बाद वे पहली बार एक साथ इतने पास बैठे थे. जिज्जी तो घर से कुछ ला न पाई थी क्योंकि सभी कुछ पिताजी की पेटी में ही रहता था. गहने, रुपए–पैसे, कागज–पत्र सब कुछ. केवल

वह जो कुछ गले, पैर, कानों में पहिने थी वही था उसके पास. उसने केशव को यह बता दिया था. केशव अवश्य अपने साथ रुपया–पैसा व गहने बनने के लिए दुकान में रखा सोना, साथ ले आया था, बस इसी का सहारा था. जब उसने जिज्जी को यह धीरे से बताया तो वह बोली–''दो हाथ और हौसला तो पास है न, सब हो जाऐगा. अब घर से निकल ही आऐ हैं तो कुछ न कुछ हो ही जाएगा. ''ऐसी बातें करते हुए जब बस रुकी तो उन्हें लगा उनके उतरने का स्टेशन आ गया था क्योंकि बस इससे आगे जाती नही थी. अतः वे दोनों बस से उतर कर कुछ खाने की आस में इधर–उधर देखने लगे. वे सुबह–सवेरे ही घर से निकल आए थे. अतः अब तक उन्हें भूख लग आई थी. दोनों ने एक–दूसरे की ओर देखा और फिर एक खाने–पीने की दुकान में घुस गए. वहाॅ उन्होंने नाश्ता किया किन्तु जिज्जी कुछ खा नही रही थी. उसकी ऑखों में एक अजीब–सा भय छाया हुआ था. उसे देख कर केशव ने इसका कारण पूॅछा तो पहिले वह कुछ न बोली. फिर थोड़ी देर बाद बोली–''केशव मझधार में छोड़ तो न दोगे? क्योंकि लड़की की जिन्दगी कच्चे घड़े जैसी होती है, जरा से झटके में ही टूट जाती है. ''केशव ने उसे विश्वास दिलाया बोला–''अब ऐसा कुछ न सोचो, दोनों एक ही नाव पर सवार हैं, जो होगा साथ–साथ ही निपटेंगे उससे. ''कहते हुए उन्होंने रेल्वे स्टेशन जाने के लिए रिक्शा पकड़ा और चल दिए. केशव बोला–''हमें यहाॅ से दूर दूसरे प्रदेश में जाना होगा. यहाॅ आसपास तो मेरे व तुम्हारे घर वाले हमें ढूढ लेंगे व परेशान करेंगे. ''जिज्जी ने इससे हामी भरी. दोनों रेल्वे–स्टेशन पहुॅचे. वहाॅ टिकिट बाबू से पूॅछा–''प्लेटफार्म नं0एक पर कौन सी गाड़ी खड़ी है. ''वह बोला–''दक्षिण एक्सप्रेस है, कहाॅ जाना है? ''–'' चैन्नई का टिकिट दे दो. ''उसने टिकिट दिए और दोनों जाकर डिब्बे में बैठ गए. यह सफर लगभग डेढ़ दिनों का था. रास्ते में खाने के लिए पूड़ियाॅ व साग बॅधवा कर जिज्जी को रखने को दीं.

रेल चल दी. उनके जीवन की यह नई यात्रा थी. आगे पता नही, क्या होना था, वह अज्ञात था.

उधर जब शाम तक जिज्जी घर नही पहुँची तो घर में पूँछ–परख हुई. चूड़ामन क्रोध से आग–बबूला हो केशव के माता–पिता व घर वालों को कोस रहा था तथा उनके घर जाने की तैयारियाँ करने लगा. उसने कपड़े पहिने, अपना लट्ठ हाथ में लिया और केशव के गाँव की ओर चल दिया. खड़ियाँ और उसकी माँ सोच में डूबे हुए थे. कल्लू अपने आप में मस्त तिल्ली के खेत पर गया हुआ था.

केशव के घर में भी कुहराम मचा हुआ था. ग्राहकों के गहने बनाने हेतु दुकान में रखा सोना गायब था. केशव का भी कुछ पता न था. अतः सभी को उसी पर शक था. वे लोग भी चूड़ामन के गाँव की तरफ केशव को तलाशने हेतु निकलने ही वाले थे.

घर में खड़ियाँ की माँ तो अत्यंत ही सीधी व भोली थीं. वे तो चूड़ामन को समझा भी नही सकती थी. उनके सामने वे अधिकतर चुप ही रहतीं. अतः वे कर कुछ नही सकतीं थी. कलुआ इन सब घर की बातों से स्वतंत्र था. उसकी अपनी दुनिया थी. खड़ियाँ ही एकमात्र समझदार व्यक्ति था परिवार में. वह समझता था कि यदि पिताजी केशव के घर गए तो कुछ भी हो सकता है. शायद केशव के पिता के सिर पर लट्ठ ही मार दें. यह बड़ी बात हो जाएगी. उसने सुन रखा था कि वे बहुत पैसेवाले और रुतबे वाले लोग हैं. उनकी शहर की सोने–चाँदी की दुकान ही इतनी बड़ी थी कि आठ–दस आदमी तो नौकर ही थे वहाँ, कारीगर अलग. अतः उनके सामने उसका पूरा परिवार तो कुछ भी नही था. अतः यदि कुछ हो जाता है तो पूरा परिवार परेशानी में आ जाऐगा. इसके साथ और भी मुसीबतें आऐंगीं वो अलग. वह स्वयं उन्हें समझा नही सकता था क्योंकि वह बहुत ही जिद्दी स्वभाव के थे. अपने आगे किसी की

चलने ही नही देते थे. फिर वह उनका लड़का था. हो सकता है वे उसे ही एक–दो चॉटे लगा दें. कहें–"मुझे समझाने आया है, कल का लौंडा."केवल पड़ौस के विशनाथ माट्साब ही एकमात्र व्यक्ति थे जो उन्हें समझा सकते थे क्योंकि उसके पिता और विशनाथ माट्साब बचपन से ही साथ–साथ बड़े हुए थे. साथ ही खेले थे. एक–दूसरे के सुख–दुःख में हिस्सेदार बने थे. यहॉ तक कि उसके पिता की शादी भी विशनाथजी व्दारा ही करवाई गई थी. नही तो गॉव में अच्छे–अच्छे लड़के कुँऑरे रह जाते हैं. कोई उन्हें अपनी लड़की नही देता. कहता–"इस लठैत गॉव में कौन अपनी विटिया दे, ब्याह के बाद पता नही क्या हो? "

अतः विशनाथ माट्साब के बहुत उपकार थे उन पर. खड़ियॉ को भी उन पर अधिक विश्वास था. वैसे भी वह अधिकतर उनके घर कुछ न कुछ मॉगने पहुँच ही जाता था. उनकी लड़की अधिकतर पीछे के बगीचे बेर आदि तोड़ने आती थी तो वह उससे पहिले कह देता कि –"तोड़ लो जो तोड़ना है, किन्तु तुम्हें आज घर में बनी कढ़ी या साग देनी होगी."वह कहती –"ले जाना."तब वह मन भर कर फल तोड़ती या बगिया में लगी भिण्डी, गिलखी, तुरई या ककड़ी तोड़ ले जाती और खड़ियॉ रसोई के समय उनके घर पर पहुँच कर बेला भर साग या अन्य कुछ विशेष बना होता तो ले आता. ऐसा वर्ष भर होता रहता. उनके घर की दीवार में एक तक्का था उसमें से उनके घर का पूरा हालचाल दिखता तथा विशेष अवसरों पर बनने वाली मिठाई या खीर की खुश्बू आती रहती, हॅसने–खेलने आदि की आवाजें आती तो वह स्वंय या उसकी मॉ उनके घर पहुँच जाते और जैसा अवसर होता वैसा करते.

वह दौड़ कर विशनाथजी के यहॉ पहुँचा. वे ऑगन में कुर्सी पर बैठे कुछ लिख रहे थे. उसे आया देख कर उन्होंने अपना सिर दूपर उठाया और फिर लिखने में व्यस्त हो गए. उनके लिए उसका उनके

यहाँ आना कोई आकस्मिक घटना नही थी. वह स्वंय उनके पास जाकर खड़ा हो बोलने लगा–''माट्साब चलिए बडा अनर्थ होने वाला है. ''कहते हुए उसने वह सब कह सुनाया जो जिज्जी के जाने के बाद हुआ था.

वे लिखना छोड़ कर उठे. बंडी पहनी, पैर में चप्पल डाली और खड़ियाॅ के साथ चल दिए. उसके घर आकर देखा चूड़ामन तो निकल चुके थे. मॉ ने बताया–''अभी दूर नही गए होंगे. ''दोनों वैसे के वैसे ही लगभग दौड़ते हुए गॉव की कच्ची सड़क से उतर कर गॉव से बाहर जाने वाली पगडंडी पर चलते हुए दूर से उन्होंने देखा चूड़ामन चले जा रहे थे. विशनाथ माट्साब ने उन्हें आवाज लगाई, एक–दो आवाज तो उन्होंने सुनी ही नही. जब खड़ियाॅ ने जोर से चिल्ला कर उन्हें बुलाया तो उन्होंने पीछे देखा. वे रुक गए. थोड़ी देर बाद दोनों उनके पास पहुॅच गए.

विशनाथ माट्साब को देख कर चूड़ामन ठहर गये. फिर उनकी तरफ देख कर बोले–''आज इधर कैसे? स्कूल नही गए.? ''विशनाथजी ने उन्हें अपने हाथ से स्पर्श करते हुए कहा–''चलो, वहॉ पीपल की छॉह में चबूतरे पर बैठ कर बात करते हैं. बहुत दिनों बाद मिले हो. ''कहते हुए दोनों पास के पीपल के झाड़ के नीचे छॉह में ओटले पर बैठ गए. खड़ियाॅ धीरे से एक तरफ जाकर खेत की बारी के दूसरी तरफ जाकर खड़ा हो गया. वहॉ से उसे उसके पिता देख नही सकते थे. वह अपने पिता से अब भी बहुत डरता था. विशनाथ बोले–''हॉ तो, चूड़ामन कहॉ चले जा रहे थे. ''सुन कर वे कुछ क्षण चुप रहे. सोच रहे थे कि इन्हें वह सब कुछ बताउं या नही. कहीं ऐसा तो नही कि पूरे गॉव में मेरी थू–थू हो जाए. इसलिए वे चुप ही रहे. फिर यह सोच कर कि बात छिपेगी कितने दिन? पता नही वे लोग कब तक वापिस लौंटें, लौंटें भी या नही. अतः गॉव में बात छिपेगी तो नही ही. अतः उन्होंन धीरे–धीरे सब कुछ उन्हें

बताया. फिर बोले–''मैं उस लड़के के बाप की अक्ल ठिकाने लगाने जा रहा था. ''सुन कर विशनाथजी बोले–''ये तो ठीक है किन्तु यह तो आजकल सामान्य है. तुमसे जिज्जी ने सब बात बताई थी या नही. ''चूड़ामन ने कहा–''हॉ, उसने कहा तो था और मैंने उसे ऐसा न करने की चेतावनी भी दी थी. फिर भी देखो तो उस लड़की ने ऐसा किया. . . ''वे यह कहते हुए विशनाथजी की ओर देख रहे थे. –''आजकल तो ऐसा होता है, लड़के–लड़कियॉ इस मामले में अपनी मनमर्जी ही करते हैं, न उन्हें घर–बार की चिन्ता होती है और न परिवार की प्रतिष्ठा की. तुमने मुझे पहिले बताया होता तो मैं उसे समझाता, अब क्या है. ''विशनाथजी बोले. चूड़ामन ध्यान से उनकी बातें सुन रहा था. उन्होंने कहना जारी रखा–''अब तुम लड़के के घर जाकर अपनी इस समस्या को और बढाओगे ही. सुना है वह सुनार है, शहर में उसकी सोने–चॉदी की बड़ी दुकान है. अच्छा खाता–पीता समृद्ध परिवार है. पहुॅच वाला है. ऐसे में उसका तो कुछ नही बिगड़ेगा, तुम्हारा ही अहित होगा. एक तो लड़की हाथ से गई, गॉव–देहात में बेइज्जती हुई और दूसरा अब तुम नया बखेड़ा करने का प्रयास कर रहे हो. ''सुन कर चूड़ामन बोला–''तो मैं क्या करूॅ? '' –''अब तुम धीरज रख कर घर में बैठो, दोनों का साथ रहने का जुनून उतर जाएगा तो वे वापिस आ ही जाऐंगे. अभी उम्र के जोश में उन्होंने ये कदम उठा लिया है, बाद मैं पछताऐंगे. जीवन की राह बड़ी कठिन होती है. इसमें स्त्री–पुरुष का साहचर्य ही पर्याप्त नही है, उसके इस साहचर्य को पालने–पोषने के साधन भी मजबूत होने चाहिए, नही तो जीवन की कठिन डगर में साथ चलते हुए ठोकरें खाना भी सहज नहीं होता. गिरते–पड़ते कब तक दोनों यह सब सहन करेंगे. जीवन–संघर्ष की ठोकरें अच्छे–अच्छों को धूल चटा देती है, वे तो नादान हैं, छोटे हैं. चलो वापिस घर चलते हैं. ''चूड़ामन सोच में पड़ गया. उसने भी अपने जीवन में बहुत सहा था. खेत–खलिहान, बाग–बगीचे जोड़ना उसके लिए सहज नही रहा

था. कितनी कठिनाईयाँ, कितनी ऊबड़–खाबड़ राह से चलते हुए आज यहाँ तक पहुँचा था. अतः धीरे से उठा और वापिस विशनाथजी के साथ चलते हुए घर आ गया.

00

विशनाथजी का घर यद्यपि चूड़ामन के बगल में ही था किन्तु उसका मुँह उनके घर के विपरीत दिशा में था. सामने खुली जगह थी. इमली का बडा भारी पेड़ था तथा पास ही में सरकारी स्कूल था. विशनाथजी को इससे सबसे बड़ी सुविधा यह थी कि घर के एक दम पास स्कूल होने से वे जल्दी ही स्कूल पहुँच जाते थे. आवश्यकता होती तो वे बीच में लड़कों से कह कर कि अपने पहाड़े याद करो–वे घर के छोटे मोटे काम निपटाने घर आ जाया करते थे. उधर स्कूल की कक्षाओं के छात्र दो एकम दो, दो दूनी चार आदि बोल–बोल कर पहाड़े याद करते रहते इधर माट्साब अपने काम निपटा रहे होते. स्कूल था भी छोटा. केवल दो कमरे थे. एक कमरे के कोने में एक बड़ी लंबी–चौड़ी लोहे की पेटी पड़ी रहती थी जिसमें स्कूल की आवश्यक सामग्री जैसे नक्शे, चाक के डिब्बे, डस्टर, रजिस्टर, टाटपट्टी आदि पड़ी रहती. वहीं अधिकतर पॉचवीं की कक्षा भी लगती थी. उसमें लड़के अधिक नही थे. अधिकतर वे आकर संदूक से निकाल कर अपनी टाट पट्टी निकाल कर बिछा लेते. चाक, डस्टर, रजिस्टर माट्साब की टेबल पर बोर्ड साफ कर रख देते. दूसरे कमरे में तीन लाईनों में क्रमशः पहली से तीसरी कक्षा के छात्र बैठते. माट्साब अकेले ही इस स्कूल में थे. वे ही पॉचों कक्षाओं के छात्रों को पढ़ाते, मार्गदर्शन देते, उनकी हाजिरी लगाते और स्कूल के बाहर मैदान में मध्यान्ह भोजन की व्यवस्था भी देखते. छात्र उनकी बहुत इज्जत भी करते थे. वे सज्जन और मिलनसार थे. उनका कभी किसी से झगड़ा होते गाँव में किसी ने सुना न देखा

था फिर भी गाँव के बीच में इनके घर थोड़ी ही दूर बसे ठाकुरों को इनसे चिढ़ थी. वे बहुत ही गरीब थे. खेती–बाड़ी भी थोड़ी ही थी उनके पास, और शौक रईसी थे. जुॅंआ खेलना, चोरी, डकैती करके ही इनका यह सब चलता था. घर में यदि कुछ खाने को न होता तो किसी के खन्ने में पड़ा अनाज रात में चुरा लाते. खेत में लगी मक्का की फसल से भुट्टे तोड़ कर रात ही रात में वे बोरा भर–भर कर ले आते. जितना खाना होता खाते बाकी गाँव के हाट में बेच आते. किसी के खेत से आलू, मटर, रतालू वगैरह ले आते और अपनी इच्छाऐं पूरी करते. कभी–कभी तो उसकी एकाध बकरी या उसके मेमने को ही धीरे से घर से उठा लेते और उसे पका कर खाते. मुर्गा वगैरह चुराना तो इनके लिए हमेशा सामान्य बात थी. कोई इनसे बोलता न था. वे लोग लड़ाई–झगड़े के लिए हमेशा लट्ठ उठाए ही रहते. अतः शान्तिप्रिय गाँव वाले विशेषतःउनके घर के सामने से न निकलने में ही अपनी भलाई समझते. इन लोगों को दरअसल अपने पूर्वजों का घमंड था, जिनकी गड़िया पहाड़ के किनारे बनी थी और जिन्होंने इन गाँवों पर किसी समय वर्षों शासन किया था. ऐसे में यह लोग विशनाथ माट्साब के समृद्ध व बडे मकान के मालिक होने के कारण इर्ष्या करते थे किन्तु इन पर उनका वश नही चलता था. विशनाथ माट्साब का मेलजोल बड़े अफसरों से अच्छा था. कभी भी कोई नया तहसीलदार या थानेदार व डॉक्टर ट्रान्सफर होकर गाँव में आता तो सबसे पहिले इनके यहाँ ही ठहरता था. ये उनका पूरे मन से आतिथ्य–सत्कार करते.

विशनाथ माट्साब का बचपन बड़ी मुसीबतों से बीता था. उनके पिता स्वतंत्रता सेनानी थे. उनका अधिकतर समय जेल में ही गुजरता था. घर में केवल माँ थी और एक वह स्वंय. खेती के लिए एक ही खेत था उनके पास. उसी में हाड़तोड़ मेहनत करके जो कुछ निकलता था उसी से घर चलता था. बहुत ही गरीबी के दिन थे

किन्तु इनकी मॉ बड़ी जीवट वाली थी. उन्होंने पिताजी को कभी अपने मार्ग से भटकने नही दिया. उन्हें देश के लिए लड़ने और स्वाभिमान से जीवन जीने का हौसला वे देती थीं. वे स्वंय खेत में विशनाथजी के साथ मिल कर काम करतीं. उन दिनों केवल बैल ही थे उनके पास. उसी के सहारे वे खेत जोतते, बोते इसी के साथ एक कानी व काली गाय भी थी, दुबली–पतली. उसको चरने जाने के लिए कोई व्यवस्था नही थी उनके पास. अतः उसे सुबह उसका दूध निकालने के बाद ऐसे ही खुला छोड़ दिया जाता. वह दिन भर इधर–उधर चरती हुई शाम को वापिस घर आ जाती. घर में रखा सूखा गेहूँ का भूसा व खेतों के बीच अपने आप उग आई कॉजी को मॉ स्वयं वहाँ से काट कर ले आतीं व उसे भूसा में मिला कर उसके सामने डाल देतीं और बछड़े को उसके लिए छोड़ कर वह दूध निकाल लेतीं. बछड़ा मॉ के पास बॅधा रहता. गाय उसे चाटती रहती व वे दूध दुहती रहतीं. जब उन्हें लगता कि अब उसके थनों में केवल बछड़े के लायक ही दूध शेष है तब वे उसका दूध दुहना छोड़ देतीं. बछड़ा गाय के थनों में अपनी मॅूड मार–मार कर पूँछ हिलाता जाता और दूध पीता जाता. बाद में वे बछड़े को वापिस घर के बाहर बॉध कर सुबह होने पर गाय को जंगल में चरने के लिए छोड़ देतीं.

बाद में एक बार जेल भरो ऑदोलन के दौरान मची भगदड़ में उसके पिता चोटिल हुए और फिर बच न सके, चल बसे. अब वे केवल दो ही इस संसार में जीवन–संघर्ष के लिए बचे थे. मॉ बहुत दिनों तक तो किसी से बोली ही नही. चुप रहीं. उनकी ऑखों के ऑसू सूख चुके थे. चुपचाप घर व्दार देखतीं रहीं. बाद में उन्होंने विशनाथजी को घर के काम व खेत की व्यवस्था तथा इसके साथ ही उन्होंने उनका नाम स्कूल में पढ़ने के लिए लिखवा दिया. विशनाजी खेती का काम वगैरह करके जब समय होता स्कूल चले जाते. एक

दिन उन्हें विचार आया कि क्यों ने घर में छोटी–सी किराने के सामान की दुकान खोल दें, जिसकी सामग्री गॉव के लोगों को बेचें.

वे पास के शहर से जैसी उनकी सामर्थ्य थी, थोड़ा–बहुत सामान लाकर बाहर वाले कमरे का दरवाजा दुकान के रूप में खोल कर, उसी में सब बेचने का सामान उन्होंने रख दिया. गॉव में कोई अन्य दुकान किराने के सामान की थी नही, अतः मजबूरन लोग घासलेट, गुड़, मीठा तेल वगैरह लेने आते ही. अतः इससे इन्हें अतिरिक्त लाभ होने लगा.

धीरे–धीरे वे पढ़ते गए. गॉव में ही बाद में हायरसेकन्ड्री तक स्कूल खुल गया तो यहीं से उन्होंने ग्यारहवी पास कर ली. इसके बाद मॉ ने उन्हें आगे पढ़ने के लिए शहर भेजने से मना कर दिया.

उन दिनों हायरसेकन्ड्री पास व्यक्ति को शिक्षक की नौकरी मिल जाया करती थी. अतः उन्होंने शिक्षक के पद के लिए निकली वेकेन्सी में अपना आवेदन–पत्र दे दिया. इसी के आधार पर गॉव के स्कूल में ही वे शिक्षक नियुक्त हो गए.

अब विशनाथजी की आर्थिक स्थिति सुधरने लगी. मॉ भी खुश थी व अपनी घर की छोटी–सी दुकान से भी खुश थीं. वह भी अच्छी चलने लगी थी. विशनाथजी को अब लगभग हर दिन शहर जाकर दुकान का सामान लाना पड़ता था. फिर तो उन्होंने शहर के दुकानदार से ऐसे सम्बन्ध बना लिए कि वे फोन पर उसे सामान की लिस्ट लिखा देते और वह वहॉ आने वाली बस पर दुकान से सामान लाकर रखवा देता था. बस जब गॉव आती तो विशनाथजी वह सामान उतरवा कर घर लाकर दुकान में रखवा देते.

घर भी अब धीरे–धीरे पक्का बनने लगा था. मॉ से उन्होंने कहा भी कि अब तुम इतना काम मत किया करो किन्तु वे मानती ही

न थीं. कहतीं थीं–''काम करूँगी तभी तो यह हाड़मास का शरीर चल फिर सकेगा. फिर एक दिन वे बोलीं–''बेटा, अब तुम चाहो तो मेरे सहारे के लिए बहू ले आओ. तू शादी कर ले. मुझे भी सहारा हो जाएगा और घर में रौनक हो जाऐगी जो अलग. ''सुन कर विशनाथजी चुप रह गए. उन्हें चुप देख वे बोलीं–''तू कहे तो मैं कुछ देखूँ मेरी निगाह में एक घर है––पास के गॉव में. लड़की पढ़ी–लिखी है, वहाँ नौकरी करती है. गॉव के पास के स्कूल में पढ़ाती है. सुबह की बस में बैठ कर वहाँ जाती है और बस से ही स्कूल छूटने पर वापिस आती है. सुना है घर के कामकाज में भी होशियार है. ''सुन कर विशनाथजी बोले–''सो तो है किन्तु उसका स्वभाव, घर की आर्थिक स्थिति वगैरह भी तो देखना पड़ेगा न मॉ. ''–''बेटा, सब कुछ देखाभाला है. लड़की का नाम देवकी है, अच्छे स्वभाव की है व घर से भी संपन्न है. तीन भाईयों में अकेली है. घर में खेती है, कुछ व्यवसाय भी है उनका. बड़ा लड़का देखता है यह सब. ''मॉ बोली. सुन कर विशनाथजी ने कहा–''तो ठीक है, आगे जैसी तुम्हारी इच्छा. ''मॉ सुन कर भीतर तक खुशी से तृप्त हो उठीं. वह भी यह सोच–सोच कर फूली नही समा रही थीं कि अब घर में बहू आएगी. इतने वर्षों बाद घर में खुशी का माहौल होगा. गीत–संगीत होगा, बंदरवार सजेगा. ''इसी समय दुकान में कोई ग्राहक आया तो वे उसे सामान देने उधर चलीं गईं.

आखिर निश्चित दिन विशनाथजी अपनी मॉ के साथ देवकी को देखने गए. उसका गॉव अधिक दूर नही था. पॉच–सात किलोमीटर के फासले को तय करते हुए वे अपनी साईकिल से गए थे. पीछे कैरियर पर मॉ बैठीं थीं. पास ही गॉव था. गडवास पर चलते हुए पहाड़ पार करते हुए, पहाड़ की ऊँचाई आने पर मॉ व वे भी साईकिल से उतर गए और पैर–पैर उस पर चढ़ते हुए उन्होंने पहाड़ पार किया. बैलगाड़ी होती तो उन्हें लंबे व ऊबड़–खाबड़

रास्ते से पहाड़ का चक्कर लगाते हुए जाना पड़ता. अतः इसीलिए उन्होंने साईकिल से वहाँ जाने के लिए चुना था. रास्ता भी मनोरम था, चारों ओर हरियाली, पानी से भरा तालाब और पहाड़ पर लगे ऊँचे–ऊँचे घने सागौन, सलैया, हरड़, बहेड़े के पेड़. पहाड़ की चोटी पर चढ़ कर नीचे देखने पर सब कुछ कितना छोटा दिखता था. विशनाथजी थोड़ी देर इस सब को देखते खड़े रहे. पहाड़ की चोटी पर जैनियों के मंदिर बने हुए थे. एक नही सैकड़ों. लोग दर्शन करने व पूजा–पाठ करने भी वहाँ आते थे. इस हेतु रास्ते का तालाब पार कर आगे पहाड़ भी चढ़ना पड़ता था. तालाब के किनारे तो पतला–सा पैदल चलने का रास्ता था किन्तु पहाड़ पर चढ़ने में सांस फूल आती थी. वे अपने मंदिरों में पूजा–पाठ कर केशर, बादाम वगैरह चढ़ाते. बचपन में विशनाथजी ने इन्हें खेल–खेल में यहाँ से उठा कर खूब खाया है.

पहाड़ से उतर कर फिर वे माँ को कैरियर पर बैठा कर साईकिल पर सवार हुए. वैसे देवकी का गाँव सामने ही आ गया था. उसके घर–व्दार रास्ते यहाँ से दिखने लगे थे. फिर भी वे साईकिल पर बैठ कर उधर चल दिए. देवकी के घर के सामने पहुँचे. बड़ा हवेली जैसा मकान था. इसे देख कर तो लगता था कि इनकी हैसियत तो बहुत बड़ी है. इसके आगे विशनाथजी तो कुछ भी न थे. रास्ते में ही कुँती के पिता मिल गए. वे उन्हें अपने घर ले आए. विशनाथजी ने साईकिल बरामदे में रखी और माँ के साथ भीतर आँगन में आ गए. शायद विशनाथजी की सादगी व सरल व्यक्तित्व कुँती के परिवार वालों को अच्छा लगा था. इसीलिए उन्होंने विशनाथजी की माँ के आगे गाँव के हाट वाले दिन देवकी के साथ विशनाथजी की शादी का प्रस्ताव रखा था. गाँव के हाट–बाजार में अधिकतर विभिन्न गाँवों के लोग परस्पर मिलते ही हैं. ऐसे ही में यह मुलाकात हुई थी. उन्हें विशनाथजी के बारे में गाँव के पटवारी ने बताया था.

भीतर बैठ कर इन्होंन नीबू–पानी पिया. इसी बीच परिवार के लोग आकर वहाँ बैठ गए. विशनाथजी व उनकी माँ एक तरफ बैठे थे. उनके कपड़े रहन–सहन सब कुछ साधारण था. इसी बीच देवकी आई. एक कुर्सी पर आकर बेठ गई. थोड़ी देर में नौकरानी मिठाई की थाली उन सबके बीच में रख गई. विशनाथजी ने देवकी को देखा देवकी ने विशनाथजी को और फिर थोड़ी देर परिवार, समाज जैसी औपचारिक बातचीत उन लोगों के बीच हुई. इसके बाद विशनाथजी और उनकी माँ उनकी अनुमति लेकर वापिस जाने हेतु उठ खड़े हुए. देवकी के पिता उन्हें छोड़ने बाहरी दरवाजे तक आए. जब ये लोग अपनी साईकिल उठा कर चलने लगे तो वे बोले–''फिर आपका क्या विचार है? ''उन्होंने प्रश्नवाचक निगाह से विशनाथजी और उनकी माँ की ओर देखा. विशनाथजी ने माँ की तरफ देख कर कुछ कहना चाहा इसी बीच उनकी माँ बोली–''हमें रिश्ता मंजूर है. ''सुन कर देवकी के पिता बहुत खुश हुए और बोले–''आप लोग साईकिल से क्यों जा रहे हैं, जीप से भिजवा देता हूँ. ''विशनाथजी ने नम्रता पूर्वक इसके लिए उन्हें मना कर दिया. इसके बाद वे वापिस चल दिए.

वहाँ से आकर विशनाथजी तो स्कूल चले गए और उनकी माँ घर आ गईं. आज वे बहुत ही खुश और संतुष्ट थीं. बहुत समय बाद यह अच्छे दिन उन्हें देखने को मिल रहे थे. उनके पति की मृत्यु के उपरांत वे अधिकतर उदास व अपने विचारों में खोई–खोई–सी रहती रहीं थीं. वे अधिकतर अपने काम के अतिरिक्त बचे समय में आयुर्वेदिक औषधियाँ कूट–छाँट कर गोलियाँ बना–बना कर विभिन्न शीशियों में भरती जाती थीं. यह विद्या उन्हें अपने पिता से मिली थी. वे उस इलाके के जाने–माने वैद्य थे किन्तु आर्थिक रूप से बहुत ही गरीब थे. औषधियों के बदले मरीज जो कुछ दे जाते उसी से उनका घर चलता था. दिन–दिन भर पहाड़ों की खाक छानते हुए औषधियाँ इकट्ठी करते. वे तथा उनकी बेटी कौशल्या मिल कर उन्हें कूटते,

छानते. उनकी माॅं तो उनके जन्म के बाद ही स्वर्ग सिधार गई थीं. जन्म के बाद उन्हें मौसी के सुपुर्द कर दिया था. उन्होंने अपना दूध पिला–पिला कर पाला और बाद में जब वे चलने–फिरने लगीं तो पिता उन्हें अपने साथ घर ले आए. तभी से वे दोनों ही साथ–साथ जीवन नैया खेते रहे थे. पिता के साथ बीमारों की देखभाल, उनका परीक्षण, नाड़ी देखना आदि उन्होंने उन्हीं से सीखा था. बाद में जब वे बड़ी हुईं तो उनके पिता ने विशनाथजी के पिता के साथ उनका विवाह कर दिया. वे भी गरीब ही थे किन्तु गाॅंव में कीर्तन–भजन करके अपना पेट पालते थे. कौशल्याजी ने पूरी तरह अपने पिता के गुण अपने जीवन में उतारे थे. उनमें उतनी ही दया व निःस्वार्थभाव था. पूर्ण तन्मयता के साथ वे गरीबों की सेवा करतीं थीं. गाॅंव में कोई चिकित्सा केन्द्र तो था नही. कभी कोई बीमार पड़ता तो इन्हीं के पास इलाज के लिए आता. वे उसका परीक्षण कर क्षमता के अनुसार उसे दवा दे देतीं. अधिक चिन्ताजनक स्थिति होती तो उसे शहर ले जाने को कह देतीं.

देवकी के पिता भी इनकी प्रशंसा सुन कर इनके पास अपने बड़े बच्चे का इलाज करवाने आए थे. उसे चर्मरोग था. पहिले केवल हाथों में हुआ फिर धीरे–धीरे पूरे शरीर में फैल गया. शहरी चिकित्सकों को दिखाने के बाद भी उन्हें विशेष फायदा नही हुआ. जब तक उनकी दवा चलती थी, तब तक थोड़ा ठीक महसूस होने लगता किन्तु दवा बंद करते ही और अधिक फैल जाता. पूरे शरीर में जलन और खुजली होती थी. इनके बारे में सुन कर उसे वे यहाॅं दिखाने लाए थे. इन्होंने कुछ औषधियों को पीस कर कुछ पुड़ियायें बना कर उन्हें दीं. उसे शरीर पर खोपरे के तेल के साथ मिला कर लगाने को कहा तथा साथ ही खाने को भी कुछ पुड़ियायें बना कर दीं. लगभग दो माह में वह पूरी तरह ठीक हो गया. इसीलिए वे इनका सम्मान करने लगे थे. इन्हीं दिनों उन्होंने इनके सामने अपनी बेटी–देवकी

के विवाह के बारे में बात की थी. उन्होंने विशनाथजी के साथ रिश्ता करने सम्बन्धी अपनी इच्छा इनके सामने व्यक्त की थी. नही तो कहाॅ उनकी आर्थिक स्थिति और कहाॅ विशनाथजी की गरीबी. दोनों का कोई मेल ही नही था. इसीलिए विशनाथजी की माॅ के चेहरे पर संतुष्टि का भाव उभर आया था.

समय बीता. दोनों परिवारों व्दारा अब विवाह को अधिक टालना उचित नही समझा और शीघ्र ही विवाह की तैयारियाॅ होने लगीं. पंडितजी से शुभ मुहूर्त निकलवा लिया गया. देवकी के पिता ने इन्हें कहलवाया था कि किसी भी चीज या व्यवस्था की आवश्यकता हो तो बता दें. वे लोग सब व्यवस्था कर देगें किन्तु न तो कौशल्याजी और न ही विशनाथजी ने वैवाहिक कार्यों में आर्थिक और न ही अन्य किसी प्रकार की मदद उनसे ली.

घर के ऑगन में मंडप तना, नाते–रिश्तेदार आऐ. लड़के के यहाॅ होने वाली सारी रस्में संपन्न हुईं और गाॅव के अपने साथियों तथा रिश्तेदारों के साथ विशनाथजी देवकी के घर बारात लेकर पहुॅचे.

शादी संपन्न हुई. देवकी विदा हो कर पिता के घर से इनके घर आ गई. गाॅव की औरते गीत गाने लगीं, मुॅह दिखाई हुई और सब महिलायें अपने–अपने घर चली गईं.

पहली रात को देवकी और विशनाथजी जब मिले तो विशनाथजी बोले–''देवकी तुम इस सबसे प्रसन्न तो हो न? तुम्हें हम दोनों परिवारों के व्दारा शादी के इस निर्णय से कोई असुविधा तो नही है क्योंकि हम लोगों की आर्थिक स्थिति अधिक ठीक नही है. ये सब सुख–सुविधाऐं हम शायद तुम्हें न दे पायें जो तुम पिता के घर भोगतीं थीं. हाॅ, घर में एक रोटी होगी तो हम सब मिल बाॅट कर खाॅएंगे, यह मैं विश्वास दिलाता हूॅ.''देवकी बोलीं–''ऐसा क्यों कहते हो, देखा जाय तो यह रिश्ता मैंने ही माॅ से कह कर करवाया था. जब तुम

बाजार सामान लेने जाते थे तभी मैंने आसपास के लोगों से पता किया था तुम्हारे बारे में और मैं तुम्हारी प्रशंसा सुन कर प्रभावित हो गई थी. मैं भी ऐसी ही सहज व संतुष्टि का जीवन चाहती थी. ''इसी तरह बात करते हुए पूरी रात निकल गई उनकी. इसके बाद विशनाथजी के तो भाग्य ही बदल गए. देवकी के भाई व माता–पिता उसकी प्रत्यक्ष या अप्रत्यक्ष मदद कर ही देते थे. विशनाथजी कितना ही मना करें या कहें कि उन्हें इसकी आवश्यकता नही है, वे लोग कहते हम आपको नही अपनी बच्ची को दे रहे हैं. धीरे–धीरे उन्होंने जमीने खरीदीं. पक्का घर बनवाया. देवकी का स्थानांतरण भी यहीं अपने पास ही गॉव में करवा लिया. अतः पति और पत्नि एक ही जगह नौकरी करने लगे.

विशनाथजी को घर के कामों व स्कूल के बाद जो समय मिलता उसमें वे गीत–संगीत की अपनी रुचि के अनुसार हरमोनियम लेकर उसे बजाने की कोशिश करते. गॉव में उन्होंने एक नाटक–मंडली के पंडितजी को इसे बजाते देखा था. उन्हें यह अच्छा लगा. इसीलिए वे उन आर्थिक परेशानियों के दिनों में भी एक पुराना–सा हरमोनियम खरीद कर ले आऐ थे. गॉव के ही पटवारी राधेश्याम को भी इसका शौक था. वे इसे अच्छी तरह बजा भी लेते थे. उसी के घर जाकर विशनाथजी गाना–बजाना, हरमोनियम वगैरह सीखते थे. उनकी भी इच्छा थी कि वे एक अच्छी नाटक मंडली बनायें. अब तक उन्हें हरमोनियम का अच्छा अभ्यास हो गया था. राधेश्याम साथ थे ही. अतः उन्होंने उनके साथ मिल कर गॉव के कुछ और लोगों को मिला कर एक नाटक–मंडली बना ली. गायक वादक भी उन्हें मिल गए. अब अधिकतर गर्मी के समय जब गॉव के लोगों के पास काम बहुत कम होता, खेती–बाड़ी सम्बन्धी झंझटों से निवृत्ति मिल जा तब कोई सूत कातता कोई अपनी पैंर में बैठा लोगों के साथ गप्पें लड़ाता, कोई सुतली बुनने हेतु सन को पानी में भिगो कर उसके

रेसों से रस्सी भॉंजता होता तब शाम के समय से ही गॉंव में इनकी नाटक–मंडली की सक्रियता एकदम बढ़ जाती.

विशनाथजी के मकान के सामने के खाली मैदान में मंच सजता. पंडाल लगाया जाता. गॉंव के लोगों से एकत्रित चंदे से काम चलता. पटेरियाजी के यहॉं से लकड़ी का तख्त मॅंगवा कर उस पर दरी बिछा कर मंच पर डाल दिया जाता. रोशनी के लिए गैस लाईट की व्यवस्था में झंझट थी. गॉंव में बहुत तलाश करने पर भी केवल रतुआ अहीर के पास ही यह था किन्तु वह देने को तैयार नही था. लाख उसे समझाया पर वह राजी नही हुआ. तब पटवारी राधेश्यामजी ने पास के गॉंव के अपने परिचित के यहॉं से मॅंगवा कर इस कमी को दूर किया.

सारे गॉंव में रात को होनेवाली लीला का डंका पिटवाया गया. ज्यों–ज्यों शाम के बाद अंधेरा गहराने लगा, लोग वहॉं एकत्रित होने लगे.

मंच के पास बने छोटे से कच्चे गुदर कमरे में श्रृंगार रूम बनाया गया था. वहॉं उस नाटक के पात्र विभिन्न रूप धरते. वहॉं कभी राजा हरिश्चंद्र की कथा का मंचन होता और कभी रामलीला. रामलीला तो लंबी चलती किन्तु नाटक एक ही दिन में समाप्त हो जाता. इनमें विशनाथजी हरमोनियम बजा कर रामायण की चौपाईयों, दोहों का सस्वर पाठ करते और कभी विश्वामित्र या राजा दशरथ की भूमिका भी निभा लेते. वे दोनों ही पात्रों को जीवंत बना देते. शमशान में विपन्न राजा हरिश्चंद्र खड़े हैं और क्रोधित विश्वामित्र उन्हें शापित करते हैं. यह देख कर ग्रमीणों के हृदय से करुणा की रसधारा बह उठती. इसी तरह राम के वन गमन के दृश्य में कैकई से वचनबद्ध राजा दशरथ की विवशता, उनका विलाप, राम को वन गमन से रोकने हेतु अपने वचन–भंग की मर्यादा की उल्लंघन की भी बात

करते तथा कैकई से राजा राम के वनवास का वचन न माॅंगने की याचना करते देख कर उनके पात्र की सूक्ष्म भाव–व्यंजना व इससे उत्पन्न करुणा रस सबको आप्लावित कर देता. ऐसे समय हरमोनियम बजाते पटवारी राधेश्याम के गले से निकले गीत भी वातावरण को वास्तविक बना देते.

कौशल्या देवी घर की आर्थिक स्थिति सुधरने के बाद अब घर–गृहस्थी के कामों से लगभग मुक्त हो गईं थीं. बहू देवकी ने घर अच्छी तरह संभाल लिया था. वह घर की रसोई वगैरह करके ही स्कूल जाती. वैसे भी स्कूल पास ही था. अतः वहाॅं से बीच–बीच में आकर घर देख जाती थी.

कौशल्यादेवी की वह छोटी–सी दुकान अब बंद हो गई थी. आवश्यकता ही नही थी उसकी. बस उन्हें तो गाय–भैंसों का दूध निकालना, जमाना, मठा बनाना, मक्खन, घी वगैरह बनाना ही करना पड़ता. गाय–भैंसों की संख्या भी बहुत हो गई थी. अतः उसके लिए लंपुआ अहीर का लड़का–बूठा को उन्होंने रख लिया था. वही उन्हें सानी–पानी, चारा आदि देता. जंगल से लौटने पर उन्हें खूॅंटों से बाॅंधना, छोड़ना, ढोरों के बरेदी को जंगल में चरने ले जाने हेतु उसके सुपुर्द करना तथा वहाॅं से आकर उनका गोबर उठाना, सफाई और कंडे भी थापना उसका काम था. इसके लिए वह घूरे से लगे स्थान पर सुबह पूरा गोबर इकट्ठा करता और वहीं कंडे थाप कर सुखा देता. बाद में जब वे बहुत हो जाते तो घर के काम आने से बचे कंडे विशनाथजी गाॅंव के साप्ताहिक हाट में ही बिकवा देते. बूठा घर का पानी भी कुॅंएं से ला कर भर देता. घर की झाड़ू–बुहारी तो कौशल्याजी सुबह उठ कर ही कर देती थी. वह बहुत सबेरे उठ जातीं थीं. गर्मी के दिनों में वे सुबह चार बजे से उठ कर हाथ में बाॅंस की टोकरी व छाबड़ा लेकर निकल पड़तीं. लंपुआ के घर के पास से बूठा को आवाज लगातीं और उसे साथ में लेकर गाॅंव से

थोड़ी दूर जंगल की तरफ उनके बहुत से महुए के पेड़ थे, उनके नीचे से महुए बीनने चल देतीं. उनमें से एक महुए के फूल तो छोटे थे किन्तु वे मीठे बहुत थे. अतः गाँव की गायें उन्हें बीन–बीन कर खा जातीं. कोई–कोई तो रात–रात भर वहीं पेड़ के नीचे ही बैठीं उन्हें रात भर खातीं रहतीं. वहीं सो जातीं. इसीलिए वह बहुत सबेरे ही उन्हें बीनने निकल पड़तीं. इन महुओं की डुबरी उन्हें बहुत पसंद थी. पास के महुए तो उन्होंने बीनने के लिए बूठा के घर वालों को ही सम्हला रखे थे किन्तु उस महुए के फूल बीनने वे स्वंय जातीं थीं. एक–एक फूल को वे अपनी टोकरी में रखतीं जातीं और जब पूरे बिन जाते तो बाकी महुए बूठा को सम्हला कर घर आ जातीं.

जब गाय के बछड़े का जन्म होता तो उसका दूध जो कि खूब गाढ़ा व देखने में पीला–पीला होता उसमें सिके हुए महुए, चिरौंजी आदि डाल कर वे डुबरी बनातीं. उन्हें पता था कि विशनाथ को ये बहुत ही पसंद थी. गर्मी में चरवा के वृक्ष भी फलते थे. इन दिनों वे अपने काले–काले मीठे चरवा के फलों से लद जाते थे. इन फलों को तोड़ने व इकट्ठा करने के लिए वे बूठा को अपने साथ ले जातीं थीं. बूठा पेड़ पर चढ़ कर पके हुए चरवा तोड़–तोड़ कर नीचे डालता जाता और वे अपनी टोकरी में एकत्रित कर घर के ऑगन में सुखा देतीं. सूखने पर वे उनकी दमड़ी फोड़ कर चिरौंजी निकाल–निकाल कर एक बर्तन में रखतीं जातीं. जब ये बहुत हो जातीं तो इनमें से कुछ घर के काम के लिए रख कर शेष बाजार में बिकवा देतीं. कौशल्याजी जब इन फलों को तुड़वा कर घर लातीं तो ताजे–ताजे इन फलों को सब खाते. ये अत्यंत मीठे व स्वादिस्ट होते.

घर के कामों से निपट कर वे जहाँ किराने की दुकान उन्होंने रखी थी, उसी जगह उन्होंने अपनी आयुर्वेदिक औषधियाँ जमा लीं थीं. वे उस कमरे का दरवाजा खोल कर बैठ जातीं. लगभग हर आने जाने वाला उन्हें राम–राम करता जाता, ऐसा हो भी क्यों नही

मुश्किल वक्त में यही तो हारी–बीमारी में उनके काम आतीं. कोई अपनी बहू की बीमारी के लिए दवा ले जाता और कोई अपने पिता या मॉ की. किसी का बूढ़ा बाप रात–रात भर खॉस कर परेशान करता तो उसे भी वे ही दवा देतीं.

लगभग हर दिन कोई न कोई तो आकर उनके पास अपने घर की सुख–दुःख की बातें करता बैठा होता. वह रोता जाता और कौशल्याजी उसकी पीठ पर हाथ फेर कर उसे सांत्वना देतीं जातीं.

ऐसी ही एक थी नन्हीं बाई. नाईन थी. पति था उसका तोताराम. उसके एक बेटे का नाम ठुठियॉ था तथा एक लड़की तिजिया भी थी. लड़की की तो उसने शादी कर दी थी किन्तु लड़के की बहू बड़ी लड़ाका प्रवृत्ति की थी. मॉ यहॉ–वहॉ भटकती रहती. बहू इसे खाना तक नही देती थी. बड़ी मुश्किल से रो–धो कर खाना मिलता था उसे. घर के काम कुछ करती नही थी. इस–उसके यहॉ भटकती रहती थी. अब नन्ही बाई किससे कहे अपनी इस बिपदा को. वह कौशल्याजी के पास बैठ कर अपना दुखड़ा रोती रहती. नाईन थी, अतः इस–उस त्यौहार पर गॉव के लोगों के काम भी वही करती थी. शादी–विवाह का निमंत्रण देना, कामकाज करना, बदले में अनाज या जो कुछ मिल जाता उससे इसके घर का गुजारा चलता था. शादी–ब्याह में तो वह दिन भर और रातों को भी इसी काम में व्यस्त रहती. बस बहू इसी से चिढ़ती थी. वह कहती थी, घर में खेती है, गाय–ढोर हैं. इतना सारा घर का काम है, यह मैं अकेली करूॅ और मेरा आदमी दिन–दिन भर खेतों में खटे, सुबह–शाम गाय–बैलों, भैंसों की देखभाल करे और यह यहॉ–वहॉ घूमती रहकर मटरगश्ती करती रहे. यह उसे मंजूर नही था. वह इस सब काम को छोड़ भी नही सकती थी क्योंकि पीढ़ियों से उसके यहॉ यही काम होता आया था. फसल आने पर हर घर से एक आध पैला अनाज व रुपए–पैसे उसे मिल जाते थे. शादी–ब्याह में अवश्य उसे

अच्छा मिल जाता था. ऊपर से खाना कपड़ा अलग. कभी–कभी तो बहू की बातों में आकर उसका लड़का तुटियॉ भी बहू के साथ मिल जाता और दोनों मिल कर उसे घर के ऑगन में खचोर–खचोर कर लात–घूँसों से मारते. तोताराम उसका पति अत्यंत सीधा था. वह किसी के बीच में न पड़ता. रोते हुए जब वह यह बातें बता रही थी तो उसकी ऑखों से झर–झर ऑसू बह रहे थे. उसे ऐसा दुःखी देख कौशल्याजी ने उससे कहा–''तू अब मेरे यहॉ ही रह, यहीं काम कर, तुझे रोटी–कपड़े की कमी नही होगी. मन हो तो घर भी हो आया कर. ''सुन कर वह उन्हीं के यहॉ रम गई.

अब वह उन्हीं की सेवा–सुश्रुषा में लग गई. गाय–ढोरों के काम में वह हाथ बॅटा देती, झाड़ू–बुहारी वगैरह कर देती. उनके शरीर की मालिश वह बहुत अच्छी तरह करती. उनके साथ जंगल में महुआ बीनने या जड़ी–बूटी खोजने भी साथ–साथ ही जाती. घर आकर उन्हें एक कपड़े पर ऑगन में सुखा देती. फिर बाद में उन्हें कूट–पीस कर शीशियों में भर कर रख देती. इसी तरह च्यवनप्राश, चंद्रप्रभावटी, खादरादिवटी आदि दवाओं की गोलियॉ बनाने के लिए कढ़ाइ पर उबालने, गाढ़ा करने तथा फिर उनकी गोलियॉ बनाने में मदद कर देती. औषधियों में डालने हेतु विभिन्न भस्मों की आवश्यकता होती. अतः वह विभिन्न भस्मों को बनाने हेतु धातुओं को शुद्ध करने के लिए गोबर के कंडो की भट्टी तैयार कर देती. इससे भी अच्छी बात यह करती कि जब कौशल्याजी कोई दुःखी मरीज आता तो उसके लिए पानी व गुड़ वगैरह भी ला देती. इसके बाद कौशल्याजी व्दारा कहने पर अमुक दवा की शीशी उठा कर देना, उसकी पुड़ियॉ बनाना भी वह कर देती.

उसके आने से कौशल्याजी को बहुत सहारा हो गया था. अवसर के अनुसार वह सिलबट्टे पर मूंग, उड़द की दाल भी पीस देती. सुबह–सुबह वह उन्हीं के साथ सो कर जागती और उन्हीं के साथ

जंगल में गड़ई लेकर साथ जाती. वहाँ से आकर दोनों गीत गाते हुए रोज के खाने हेतु गेहूँ जाँते पर पीसती. कौशल्याजी तो ज्यादा देर तक उसका साथ न दे पातीं किन्तु वह पूरा अनाज पीस कर ही उठती. फिर धान भी ओखल में डाल कर कूटती. इसी तरह कोदों को कूटने के बाद उन्हें फटकती और प्रतिदिन रसोई में काम आने लायक उन्हें बनाती. अब तक सवेरा हो जाता. सूरज की लाली आसमान में दिखने लगती तब वह गाय–ढोर के कामों में भी उनका हाथ बँटाती. कभी–कभी दोपहर को उसका पति पौंर में आकर बैठ जाता. वह उसके पास जाकर सुख–दुःख की बातें करती. पूँछती–''टुटियाँ कैसा है? कोई परेशानी तो नही है उसे. बहू और वे दोनों खुश तो है न? आखिर है तो मेरे ही कोख का जाया, चाहे मुझे मारे, अपमानित करे, मैं ही तो माँ हूँ उसकी. ''कहते–कहते उसकी आँखों से आँसू बहने लगते. तोताराम उसकी पीठ पर हाथ फेरते, आँसू पौंछते और गाँव–देहात की बातें करते रहते. इसी बीच कौशल्याजी उसके लिए घर की रसोई से खाने के लिए रोटी वगैरह ले आतीं तो वह वहीं बैठ कर खाने लगता. कौशल्याजी उसे खाते देख कर वहाँ से हट कर अपने दवाखाने में चलीं जातीं. तब तोताराम एक कौर रोटी का तोड़ कर साग के साथ मिला कर नन्हींबाई को खिलाता और नन्हींबाई भी उन्हें खिलाती. ऐसे ही वे बहुत देर तक बैठे रहते. अकस्मात नन्हींबाई उससे पूँछती–''हल्कू को भी कभी–कभी लाया करो, पोता है आखिर, मन करता है उसे गोद में खिलाने का. ''तोताराम कहता–''मैंने हल्कू को साथ में लाने हेतु बहू से पूँछा था तो वह गुस्से में बोली–''मेरा बेटा कहीं नही जाऐगा. बड़ी आई पोता वाली. घर से दूर दूसरे के घर में रह कर हमारी बदनामी करा रही है और कहती है पोता को खिलाना है. ''सुन कर नन्हीं की आँखों में फिर आँसू भर आए. बोली–''अब जिस दिन ज्यादा ही उसे गोद में खिलाने का मन करेगा तो मैं ही घर चली चलूँगी. बहू को जो करना है, मेरे साथ कर लेगी. हद से हद दो–चार लात–घूँसे

ही तो मारेंगी, सह लूँगी. ''तोताराम कुछ न कहता. फिर उसके चले जाने के बाद नन्हींबाई फिर कौशल्याजी के साथ वहीं आ जाती.

00

उधर जिज्जी और केशव रेल से चैन्नई पहुँच गए. सुबह होने में अभी समय था. रात के एक बजा होगा, जब सभी यात्री डिब्बे से उतर गए. तब वे आपस में कुछ सोचते हुए रेल से उतरे. इतनी रात होने पर भी वहाँ बहुत चहल–पहल थी. बड़ा स्टेशन था. लगभग हर प्लेटफार्म पर लोगों की आवाजाही थी. डिब्बे से उतर कर जिस तरफ यात्री जा रहे थे, उधर वे भी चल दिए. सोचा प्लेटफार्म का निकास व्दार उधर ही होगा. बड़ा लंबा प्लेटफार्म था. प्लेटफार्म के बाद वाला स्टेशन का हिस्सा तो और भी भीड़ से भरा था. बड़े–बड़े हॉल जिनमें लोहे की कुर्सियाँ लगीं थीं और उन कुर्सियों के सामने टीवी लगे थे. जिन पर फिल्में तो चल ही रहीं थीं, बीच–बीच में विज्ञापन भी आ जा रहे थे. फिर विज्ञापनों के बीच स्टेशन के प्लेटफार्म पर आने–जाने वाली गाड़ियों के समय का प्लेटफार्म नम्बर की सूचना भी आ रहीं थीं. जिज्जी व केशव कुछ क्षणों के लिए उन टीवी को देखते हुए रुके रहे.

उधर हॉल के दूसरी तरफ मिठाई, नमकीन, दूध, खोवा, किताबें, प़त्र–पत्रिकाऐं तथा अखबारों की दुकानें थीं. उन पर भी लोगों की भीड़ थी. इसी के साथ आरक्षण विण्डो भी सामने ही थी. दोनों के लिए यह सब नया व अजीब–सा आकर्षण था. धीरे–धीरे वे लोगों से पूँछते हुए स्टेशन से बाहर आए. लोगों से बातें करते हुए भी वे उनकी बातें समझ नही पाते, जिससे वो जो कुछ उनसे पूँछते तो वह अपनी भाषा में या इशारे करते हुए जवाब देता और कोई–कोई इनकी बातें अनसुना करते हुए एक तरफ से निकल जाता. फिर भी उसके व्दारा किए हुए इशारे के अनुसार चलते हुए वह स्टेशन

से बाहर निकलने वाले दरवाजे पर आए और धीरे-धीरे चलते हुए स्टेशन से बाहर आ गए. बाहर ऑटो वालों की भीड़ थी. दोनों ने एक-दूसरे को देखा. केशव बोला-''अनजानी जगह है, ऑटो से चलेंगे तो वह मनमाना पैसा मॉगेगा और पता नही कहॉ बीच में छोड़ के चला जाएगा. अतः पहिले स्टेशन के माहौल से बाहर चलते है फिर देखते हैं.

बाहर सड़क पर वे लोग आए. हर सड़क पर ऑटो के अलावा बहुत कम बसों का आना-जाना था इस समय. केशव बोला-''अभी अपन अनजान शहर में कहॉ क्या ढूँढेंगे, न कोई मंजिल पता है, न ठिकाना. ऐसा करते हैं, यहीं सुबह होने तक सड़क के किनारे किसी दुकान के ओटले पर जगह देख कर लेट जाते हैं, सुबह होने पर आगे का सोचेंगे. अभी तो लोग भी नही दिख रहे है, ऐसे में किससे क्या पूँछेंगे. 'जिज्जी तो नई जगह को देख कर ही अचंभित थी. दोनों ने एक दुकान के आगे की जगह पर अपने सामान में से दरी निकाल कर बिछाई और लेट गए. थके-हारे थे ही, जल्दी ही नींद आ गई.

जब उनकी नींद खुली तो उन्हें लगा, कोई उन्हें झकझोर कर उठा रहा है. वह दुकान का मालिक था. मारवाड़ी सुनार था. यह उसकी सोने-चॉदी के गहनों की दुकान थी. यह चैन्नई का मारवाड़ी बाजार था. सुबह हो गई थी. उन दोनों को ऐसी नींद लगी थी कि उन्हें समय का पता ही नही चला. वे लोग उठ कर अपना सामान समेटने लगे. दुकानदार बोला-'' कहॉ से आए हो? ''वह हिन्दी बोल रहा था. सुन कर केशव को अच्छा लगा. वह बोला-''मेरा नाम केशव सोनी है. शहर में सोने-चॉदी का ही काम करता था. भटकते हुए यहॉ आ गए हैं. यहॉ तो सब अपरिचित से लगते हैं. ''-'तो तुम सोने-चॉदी का काम भी जानते होगे. ? गहने वगैरह बनाना भी आता होगा. ''दुकानदार बोला. केशव ने कहा-''गॉव व शहर की दुकान पर मैं यही काम करता

था. ''कुछ देर तक दोनों ही चुप रहे. फिर वे उठ कर जाने लगे. थोड़ी ही दूर गए होंगे कि उसी दुकानदार ने उन्हें पुकारते हुए आवाज लगाई. वह रुके. दुकानदार बोला–''कहाँ जाओगे, इस नए शहर में. ''केशव बोला–''कहीं न कहीं तो ठौर मिलेगा ही. ''वह बोला–''तो एक काम करो, मेरा यह घरू मकान है. सामने यह दुकान है और पीछे हम लोग रहते हैं. एक कमरा खाली है, वैसे तो पढ़ने वाले लड़कों को देते हैं किन्तु तुम चाहो तो यहाँ रह सकते हो, पर किराया लगेगा, दे पाओगे? ''केशव ने कहा–''हाँ क्यों नही. ''–''तब इधर–उधर मत भटको, चलो भीतर तुम्हें कमरा दिखाता हूँ. ''कहता हुआ वह उन्हें घर के भीतर ले गया. उन्होंने इन दोनों को कमरा दिखाया. सभी सुविधाएं थी उसमें. पानी, बाथरूम वगैरह सब. केशव को कमरे की चाबी देता हुआ वह बोला–''किराया एडवांस में लूँगा, पूरे हजार रुपए. ''केशव ने अपनी पेंट की जब से रुपया निकाल कर उसे दिया. किराया लेकर वह चला गया. थोड़ी देर में मकान–मालिक की पत्नि व बच्चे इन्हें देखने आए. वे उूपर मंजिल पर ही रहते थे. नीचे के कमरे किराये से देते थे. नीचे दो–तीन कमरे थे. अभी सब खाली थे. गर्मी की छुटि्टयों का समय था. पढ़ने वाले लड़कों के स्कूल कॉलेज अभी बंद थे. अतः वे खाली ही थे.

मकान–मालकिन कमरे के भीतर आ गई. जिज्जी की तरफ देखती हुई, मुस्कुराती हुई बोली–''लव–मैरिज? ''जिज्जी शरमा गई. ''घर से भाग कर आई हो? ''जिज्जी ने कुछ जवाब नही दिया. केवल नीचे जमीन की ओर देखती खड़ी रही. वे कुछ देर वहाँ रुकीं, फिर बोली–''किसी बात की चिन्ता मत करना, सब ठीक हो जाएगा. बस अब जो किया है उस पर पछताना नही. मन का किया है तो बना कर रखना. ''कहती हुई वह चलीं गई.

थोड़ी देर में उसने इन दोनों के लिए बच्चों के हाथों नाश्ता भिजवाया. दोनों ने उसे लेकर एक तरफ रख लिया और बाथरूम

जाने की तैयारी करने लगे. केशव ने जिज्जी को शहर की पानी वाली नल की व्यवस्था वगैरह के बारे में सब बताया था. दोनों ने नहाने–धोने से निवृत्त होकर नाश्ता किया और जिज्जी को अकेला छोड़ कर केशव दुकान मालिक की दुकान के बाहर बैठ गया. यद्यपि वह दुकान के किनारे वाली जगह पर बैठा था किन्तु जब दुकान मालिक दुकान खोलने आए तो इसे वहॉ बैठा देख कर बोले–''ऐसे बैठे रहने से कुछ नही होगा, कुछ काम तलाशो अपने लिए जिससे घर चले. ''केशव बोला–''यह शहर मेरे लिए नया है, मैं तो यहॉ की सड़कों तक को नही जानता. कहॉ जाउँ? किससे काम मॉगू, यही सोचता यहॉ बैठा था. ''सुन कर वे बोले–''अच्छा ठीक है, खाली बैठे हो, मैं दुकान खोल रहा हूँ, तुम अंदर झाड़ू–बुहारी, साफ–सफाई तो कर ही सकते हो. ''केशव बोला–''हॉ, क्यों नही. ''कहते हुए वह उठा और दुकान–मालिक जिनका नाम लक्ष्मीनारायण था, उनके साथ–साथ दुकान के भीतर आ गया. अच्छी बड़ी दुकान थी. चार–छै तो सेल्समेन ही थे उनके यहॉ. इसके अलावा दुकान के भीतर ही एक कोने के कमरे में गहने बनाने वाले कारीगर काम करते थे. दूसरी तरफ के कोने में एक मशीन लगी थी, जिसमें गैस मैल्टिंग गन, सोने के कैरेट नापने की मशीन तथा एक पैन बैलेन्स भी वहॉ रखी थी जिसमें सोना तौला जाता था. इससे हट कर लक्ष्मीनारायण की बैठक थी. जिसमें चारों तरफ मोटे कॉच की दीवारें थीं. वहॉ दो–तीन लैपटॉप और मॉनीटर भी रखे थे. पूरी दुकान में क्लोज सर्किट कैमरे लगे थे, जिनकी तस्वीरें उस कमरे के मॉनीटर पर लगातार आती थीं. दुकान में प्रवेश के दरवाजे से हर काउन्टर तथा दुकान के प्रत्येक कमरे में उसकी पहुँच थी. इन सबके साथ ही वहॉ इमर्जेंसी अलार्म भी था, जो विभिन्न शो–केसों में सोने–चॉदी के गहनों को अपरिचित या संदेहास्पद व्यक्ति के हाथ लगाते ही बज उठते थे. लक्ष्मीनारायणजी इसी कमरे में बैठे–बैठे अपने सब कर्मचारियों की गतिविधयों का तथा हर आगन्तुक को परखते बैठे

रहते. गहना बिक जाने पर इसी कमरे के बाहर बैठे कैशियर के पास पैसे जमा होते थे तथा यहीं से लक्ष्मीनारायणजी व्दारा वैरीफिकेशन करने के बाद उसका बिल जनरेट होता था.

केशव ने पूरी दुकान में फूल झाड़ू से साफ–सफाई की. फिर दुकान के पिछवाड़े लगे नल पर पौंछा धोया और बाद में सभी शो–केशों तथा कॉच की दीवारों को साफ किया. इसके बाद वह वही बैठ गया. लक्ष्मीनारायणजी वहीं से बैठे–बैठे उसकी गतिविधियों को देखते रहे. दुकान लगभग दस–ग्यारह बजे खुलती तथा इसके एक–डेढ़ घंटे बाद कर्मचारी आने लगते थे. सबसे पहिले दरवाजे पर खड़ा रहने वाला गार्ड आता फिर अन्य कर्मचारी एक के बाद एक आते. उसे खाली बैठे देख सेठ ने उसे अपने केबिन में बुला लिया. बोले–''चिन्ता न करो, मैं भी इसी तरह एक दिन वर्षों पहिले राजस्थान से भाग कर यहाॅ आया था. तुम्हारे हाथ में रुपए–पैसे भी हैं, मैं तो एकदम कंगला था. फिर धीरे–धीरे मेहनत और ईश्वर की कृपा हुई और यह सब तुम देख ही रहे हो. आदमी के हाथ में कर्म करना ही है, इसीलिए उसका जन्म होता है, मनुष्य जीवन बड़ी मुश्किल से मिलता, कर्ममय जीवन ही सुखद और परिणामोन्मुखी होता है. धैर्य रखो, सब कुछ हो जाऐगा. हालांकि यह सब मिट्टी है, पर कर्म तो आवश्यक है. कुछ नही करोगे तो फिर करोगे क्या, जीवन बोझ बन जाएगा, ऐसे बैठे–बैठे.''फिर थोड़ी देर बाद रुक कर बोले–अच्छा बताओ, तुम्हें क्या–क्या आता है.''केशव ने कहा–''वहाॅ मेरी सोने–चाॅदी की ही दुकान थी. सभी काम इस सम्बन्धी मुझे आते हैं. मुझे गहने बनाने से लेकर बेचने तक सभी आता है.''उन्होंगे उसकी ऑखों में झॉक कर देखा. जैसे उसे परख रहे हों. फिर कुछ सोचने लगे. अच्छा महिना–पंद्रह दिन देखते है फिर तुम्हारे बारे में कुछ सोचते हैं.''इसके बाद वे चुप हो गए. फिर उठ कर वहाॅ सिंहासन पर विराजे बाल–गोपाल को उन्होंने नहला–धुला कर,

चंदन का टीका लगाया, हार–फूल अर्पित किए, लक्ष्मीजी की फोटो पर फूलों की माला चढ़ाई और घी का दीपक जला कर अगरबत्ती लगाई. इसके बाद दोनों हाथ जोड़ कर कुछ देर वहीं ध्यान–मग्न हो खड़े रहे. फिर उसकी तरफ ध्यान से देखते हुए बोले–''मैंने घर पर कह दिया है, भोजन वगैरह की चिन्ता मत करना. ''

इसके बाद एक–एक कर्मचारी आता गया और वे अपनी कुर्सी पर बैठ कर मॉनीटर को देखने लगे. वह उठ कर वहीं कैबिन के बाहर स्टूल लगा कर बैठ गया.

वहाँ शो–रूम का एक ड्रेस–कोड था. सभी कर्मचारी एक जैसी ही ड्रेस पहिने हुए थे. जब सब लोग आ गए तो लक्ष्मीनारायणजी ने एक कर्मचारी को बुला कर उसे केशव की ओर संकेत करते हुए ड्रेस दिलवाने के लिए कहा. वह कर्मचारी केशव को अपने साथ लेकर एक कमरे में गया. वहाँ विभिन्न आल्मारियों थीं जिनमें अलग–अलग सामान रखा हुआ था. उसने एक आल्मारी खोल कर उसके नंबर की शर्ट व पेन्ट निकाला और उसे पहिनने को दी. केशव ने उन्हें पहना. लगभग ठीक ही थी वह ड्रेस. शर्ट मामूली रूप से उसे ढीली–सी लगी किन्तु उसके लिए ठीक थी. वह कपड़े पहिन कर वापिस अपनी जगह आ कर बैठ गया.

उधर जिज्जी कमरे में कब तक अकेली बैठी रहती. बहुत देर तक ऐसे ही कमरे में साफ–सफाई करने के बाद उसे कमरे के बाहर आने पर ऊपरी मंजिल पर सेठानी दिखीं तो उसने उनसे पूछा–''मैं वहाँ आ जाऊँ? ''उन्होंने उसे अपने पास बुला लिया. दोनों थोड़ी देर एक–दूसरे को देखतीं रहीं फिर जिज्जी उनसे बोली–''घर का कुछ काम हो तो बताओ. कमरे में बैठे–बैठे तो जी उकता जाता है. ''सेठानी बोली–''घर के कामों के लिए नौकर हैं, साफ–सफाई वाली झाड़ू–बुहारी कर गई, फर्श पर पौंछा लगा गई. रसोई के

लिए महाराज आएगा. वही सभी के लिए रसोई बनाऐगा. हॉ, अनाज का बीनना वगैरह कर सकती हो तो बताओ. ''वह बोली–''लाईए, मैं कर देती हूॅ. वहॉ गॉव में तो कुछ न कुछ तो ऐसा काम लगा ही रहता था. पता ही नही चलता था कि समय कहॉ निकल गया. ''सेठानी को उसकी बातों में रस आने लगा था. फिर पास बैठते हुए बोलीं–''हॉ तो अपनी कहानी बताओ सबसे पहिले. केशव के साथ तुम्हारा कैसे क्या हुआ? ''जिज्जी कुछ पलों के लिए शरमा–सी गई. फिर एक–एक कर सब बातें उन्हें बताती गई. सुनने के बाद सेठानी बोली–''देखो तुम्हारी किस्मत, इतने बड़े शहर में तुम कहॉ भटकते फिरते, यहॉ कोई किसी की मदद नही करता. हम लोग जब यहॉ आए थे, पूरे शहर में भिखारी की तरह भटकते फिरे थे. किसी ने मदद नही की. वह तो हमारा दृढ़ निश्चय और पक्का आत्मविश्वास था कि इतने कष्ट, उपेक्षा व तिरस्कार सहने के बाद भी हम लोग यहॉ अपने पैर जमा सके. एक तो यहॉ भाषा की समस्या है, फिर अपने उधर के लोगों के प्रति एक हिकारत का भाव है यहॉ. अब तो यह कुछ कम हुआ है पर जब हम लोग यहॉ आए थे तो भगवान ही जानता है, हमने क्या–क्या झेला. ''फिर कुछ रुक कर बोलीं–''अच्छा हुआ तुम लोग हमारे घर के सामने रुके, नही तो पता नही क्या होता. ''कह कर वे भीतर चलीं गई. भंडार से चावल की बोरी उठा लाईं और वहीं फर्श पर फैला कर जिज्जी से बोलीं–''इन्हें देख लो, इनमें कोई कीड़ा या सुड़ी वगैरह तो नही हुई क्योंकि वर्षात के बाद अक्सर ऐसा चावलों की बोरियों में हो जाता है. ''जिज्जी उन्हें बीनने बैठ गई.

अब तो उसका रोज का क्रम हो गया था कि नीचे अकेली होती तो सेठानी के पास आ जाती. वह कुछ काम बतातीं तो कर देती, नही तो वहीं बातचीत करते हुए बैठी रहती.

केशव अब धीरे–धीरे लक्ष्मीनारायणजी का विश्वास जीत रहा था. इसीलिए वे जब कोई सेल्समैन या अन्य कर्मचारी अवकाश पर होता तो केशव को उसकी जगह काम करने को कह देते.

उनके यहाँ ग्राहक से हर प्रकार से ईमानदारी रखी जाती थी. यही उनकी दुकान की विशेषता थी. अधिकतर ग्राहक नया सोना खरीदी के साथ पुरानी सोने की कुछ न कुछ चीज बेचने के लिए भी लाते जिससे उससे जो पैसे मिलें उसमें कुछ और मिलाकर नया खरीद सकें. इसके लिए उन्होंने व्यवस्था कर रखी थी कि ग्राहक को साथ लेकर उसी के सामने उसके सोने को गैस गन से गलाकर उसमें से मैल, टोंका आदि निकाल कर उसे ठोस आकार दिया जाता था फिर उसी के सामने उसका सिंगलपैन बैलेन्स पर बजन कर पर्ची पर लिखा जाता व इसके बाद कैरेट मशीन पर रख कर उसका कैरेट कितना है––चौदह, अठारह, बाईस या चौबीस––यह देख कर पर्ची पर उसका कैरेट व बजन के अनुसार उसका मूल्य लिखा जाता था और वह पर्ची ग्राहक को देकर गहना खरीदने के बाद उसका मूल्य चुकाते समय घटा कर उससे लिए जाने वाला मूल्य लिखा जाता था. जब उसका अंतिम बिल बनता था तो उसके गहने के पर्ची पर लिखी राशि नये खरीदे गए गहने की राशि में से घटा कर शेष राशि ली जाती थी. उनकी दुकान पर हॉलमार्क होता था.

इन्ही सब बातों से इनकी दुकान अत्यंत प्रसिद्ध थी तथा दिन के बारह एक के बाद तो ग्राहकी थमती ही नही थी.

इसके बाद दोपहर भोजन का अवकाश होता था. केशव व जिज्जी दोनों कमरे में आकर साथ–साथ ही भोजन करते. इसके बाद केशव वापिस अपनी दुकान पर चला जाता और जिज्जी कमरे में आराम करने लगती.

थोड़े दिनों बाद बैलेन्सरूम व कैरेट मशीन व सोने के गहने से ठोस बुनाने वाले कमरे का कर्मचारी जब बहुत दिनों तक काम पर नही आया तो केशव को उस कमरे का काम देखने के लिए कह दिया गया. उस कर्मचारी की तबियत ठीक नही थी. वह अस्पताल में भर्ती था. अब केशव का मासिक वेतन भी तय होकर प्रतिमाह मिलने लगा. इसके बाद उसने सेठजी से साथ में भोजन के एवज में अपने वेतन से रुपए काटने के लिए कहा. वे बोले—''बेफिक्र रहो, मै व्यापारी हूँ, मुफ़्त में कुछ नही करता.'' उसे साप्ताहिक अवकाश भी मिलने लगा. इस दिन वह और जिज्जी दोनों शहर घूमने निकल जाते. कभी वहाँ के प्रसिद्ध स्नैक गार्डन जाते और कभी वहाँ के विभिन्न पार्कों में घूमते. जिज्जी को वहाँ के मंदिर बहुत आकर्षक व श्रद्धापूर्ण लगते. उनका विस्तृत व भव्य प्रवेश—व्दार, शिखर, इस पर बनी विभिन्न आकृतियाँ व उूपर सोने—से चमकते कलश. वह इन्हें देखते ही खड़ी रह जाती. इस शिखर पर भगवान के चौबीसों अवतारों की मूर्तियाँ बनी होतीं. उनकी कथाओं का चित्रण होता. भीतर लम्बा—चौड़ा प्रांगण और आगे जाने पर सभामंडप, जिसमें एक ओर मंच बना होता और दोनों ओर आसपास लोगों के बैठने हेतु ओटले—से आकार की कुर्सियाँ भी बनी होतीं. वह भगवान के श्रृंगारित रूप का दर्शन कर बाहर निकलने को होते तो मंदिर का पुजारी पत्तों से बने दोने में प्रसाद भर कर ले आता. जिज्जी अपनी क्षमता के अनुसार दानपेटी में अवश्य कुछ न कुछ डालती. इसके बाद दोनों ही मंदिर से बाहर आकर सभामंडप के बाहर प्रांगण में एक ओर स्थित पानी के कुंड के किनारे पर बैठ कर कुंड की मछलियों को देखते बैठे रहते. लोग वहाँ आते, साथ में परमल या चावल की पोटली लाकर धीरे—धीरे उन मछलियों को खिलाते, ऐसे समय मछलियों के झुंड के झुंड उन्हें खाने के लिए टूट पड़ते. इससे होने वाली पानी में उनकी हलचल बड़ी सुखद होती.

वहाँ से आकर दोनों अपने कमरे में बैठ कर आपस में बातें करते हुए सो जाते. कभी–कभी वे लोग शहरी परिवहन सेवा की बसों में बैठ कर बेसेन्ट नगर होते हुए समुद्र के किनारे भी जाते. समुद्र को देख कर दोनों आश्चर्य मिश्रित उत्साह से भीतर ही भीतर बोल उठते–''इतनी विशाल जलराशि और उसमें पड़तीं ढलते साँझ के सूरज की किरणों का अक्स उन्हें बरबस सुखद प्रसन्नता के भाव से भर देता. वे उसके किनारे बैठ कर रेती से खेलते, वहाँ आती–जाती समुद्र की लहरों में अपने पाँव भिगोते हुए बैठे रहते. कभी–कभी वे इलियट बीच पर भी जाते और कभी मरीना–बीच. इलियट–बीच की अपेक्षा मरीना–बीच अधिक सुन्दर व आकर्षक था.

बहुत दिनों बाद किसी ने उन्हें महाबलीपुरम के बारे में बताया. यह मायलापेट से पाण्डिचेरी के रास्ते में था. यहाँ बहुत सुन्दर समुद्र किनारा व भगवान विष्णु का सदियों पुराना मंदिर था जो समुद्र के खारे पानी के थपेड़े खाने के बाद भी सिर ताने गर्व से खड़ा था. यहाँ मिलने वाली मूर्तियाँ मूर्तिकला की अनुपम उदाहरण थीं. वे वहाँ जाते तो पहिले वहाँ पुरातन मंदिर में दर्शन करते. यहाँ–वहाँ बिखरे उनके भग्नावशेष देखते. मंदिर की दीवारें समुद्र के खारे पानी की हवाओं के प्रभाव से खुरदुरी व क्षतिग्रस्त हो गईं थीं. फिर भी वे अपने पुरातन समय की सौन्दर्यराशि समेटे भग्नावशेष के रूप में आज भी अपने वैभवशाली समय की अमिट छाप स्मृति–पटल पर उकेर देते थे. इसके बाद वे आगे की ओर चल कर थोड़े चट्टानी हिस्से को पार कर समुद्र किनारे रेतीले भाग से होकर वहीं बैठ जाते. समुद्र के पानी पर उठतीं उत्ताल लहरें अठखेलियाँ करती हुई आतीं और उनके मानस–पटल पर अपनी अटल–स्मृति बना जातीं. बहुत अच्छा लगता था उन्हें वहाँ. फिर वे बस में बैठ कर वापिस घर आ जाते. यद्यपि महाबलिपुरम् के आगे ही पाण्डिचेरी था किन्तु वे वहाँ कभी जा नही सके.

00

यहाँ रहते हुए उन्हें लगभग एक वर्ष होने को आया था. केशव ने दुकान से मिलने वाले अपने वेतन से बचा–बचा कर अच्छा धन एकत्र कर लिया था तथा अब उसके मन में आ रहा था कि अब कहीं छोटी–सी दुकान लेकर अपना व्यवसाय करें. इसमें जिज्जी की भी सहमति थी. उसने कहा भी था कि ऐसे कब तक दूसरों की कृपा पर निर्भर रहेंगे.

इस बीच जिज्जी के एक बच्चा भी हो गया था. नाम उसका रखा गया –चंदन. व्यापारी की पत्नि व उसके परिवार ने ऐसे समय उनकी बहुत मदद की थी. उन्हें किसी बात की परेशानी नही होने दी. अब घर में तीन प्राणी हो गए थे. अब वह लगभग अपने कंधों पर विशेष जिम्मेदारी महसूस करने लगा था तथा वह तय कर चुका था कि कही अपनी दुकान खोल ही ली जाय. इसी सम्बन्ध में एक दिन जिज्जी ने उससे कहा–"इस सम्बन्ध में सेठ जी से भी पूँछ लिया जाय. एकदम से हम लोग अलग हो जाऐंगे तो उन्हें अच्छा नही लगेगा. उन्होंने कितनी तो हमारी मदद की है. उन्होंने सहारा न दिया होता तो हम यहाँ परदेश में कहाँ–कहाँ मारे–मारे फिरते. "फिर थोड़ा रुक कर बोली–"मुझे विश्वास है वह हमें सही रास्ता ही बताऐंगे, मना तो करेंगे ही नही. हो सकता है वह इस सम्बन्ध में कुछ हमारी मदद ही कर दें. इतना बड़ा तो उनका व्यवसाय है. हमारा तो यह चींटी जैसा प्रयास होगा उनके सामने. "

केशव अपने नये व्यवसाय के बारे में सोच रहा था. उधर उसका बच्चा बीमार रहने लगा. इसका कारण था कि एक तो वह समय पूर्व हो गया था. आठ माह में ही उसकी प्रिमेच्योर डिलीवरी हो गई थी. जन्म के समय उसका इतना कम वजन था सभी को उसके बचने की संभावना लगभग नही ही थी. वह एक–दो माह तो अस्पताल के इन्क्यूवेटर कक्ष में ही रहा था. केशव व जिज्जी उसे दूर से देखते रह जाते थे. जिज्जी अपना दूध बोतल में निकाल कर नर्स को

दे देती और वह उसे अपने ढंग से पिला देती. जिज्जी जब उस बच्चे की ऑंखों में झाँकती तो उनमें उस करुणा से भर देने वाली कातरता दिखाई देती. जैसे वे उससे कह रही हों कि मुझे जीवित बचा लो. ऐसा महसूस कर वह रो उठती. नर्स उसे वहाँ से हटा कर कक्ष से बाहर जाने को कहती. केशव व जिज्जी इसके बाद घर आ जाते. दूध पिलाने का समय होने पर जिज्जी अपना दूध पुनः नर्स को दे आती. ऐसा दिन में दो–तीन बार होता और रात में सोने के पहिले तक ऐसा करना पड़ता.

किन्तु चमत्कार हुआ. चिकित्सकों ने बताया कि बच्चे का बजन बढ रहा है. यह अच्छी बात थी. धीरे–धीरे सब ठीक होता चला गया. दो माह बाद वे लोग उसे घर ले आए. अच्छी देखभाल की वजह से बच्चा जीवित बच गया था और अब जिज्जी जब मकान की छत पर ठंड के समय की धूप में बैठ कर उसके शरीर की मालिश करती तो वह अपने छोटे–छोटे हाथ–पैर जोर–जोर से उठाता–पटकता. जिज्जी उसे ऐसा करते देख बहुत खुश होती.

उसे बच्चे को पालने का अनुभव तो था नही, एक दिन उसने साधारण सरसों के तेल से उसके शरीर की मालिश कर दी. रात को उसके पूरे शरीर पर लाल–लाल फुन्सियाँ ही फुन्सियाँ उठ आईं. वह लगातार रोता रहा. चुप होता ही नही था. वे लोग चिकित्सक को घर लाए, उसे दिखाया. उसने पूछा–"इसकी मालिश कौन से तेल से की है? "जिज्जी ने उस तेल की शीशी उन्हें दे दी. चिकित्सक उस शीशी को देख कर थोड़ा नाराज हुआ और बोला–"तभी बच्चे को शरीर में जलन हो रही है. घर में कोई बड़ा–बूढ़ा नही है, जो बताए कि बच्चे के शरीर की मालिश किस तेल से करना चाहिए? "कहते हुए उसने पर्ची बनाई और उस पर कुछ लिखते हुए बोला–"ये तेल बाजार से लाकर मालिश करो, ठीक हो जाएगा. अभी बच्चे के शरीर पर टेल्कम पावडर लगा दो, रोना बंद हो जाएगा. "कहते हुए वह चला गया. केशव बाजार

से तेल लाया, जिज्जी ने उस तेल से उसकी मालिश की, बच्चा फिर हॅसने–खेलने लगा किन्तु वह अन्य बच्चों की अपेक्षा शरीर से कमजोर तो था ही. शरीर कमजोर होने से जरा ही मौसम बदलते समय, ठंड से गर्मी या गर्मी से बरसात होती तो वह बीमार हो जाता. उसकी पसलियाॅ चलने लगतीं. सांस लेने में उसे मुश्किल होने लगती. ऐसे में लगातार डॉक्टर की निगरानी में उसे रखना पड़ता व घर पर भी पूरी देखभाल करना पड़ती. जिज्जी उसे कभी अकेला नही छोड़ती. केवल बाथरूम जाने के समय ही उसके हाथ में खिलौना पकड़ा कर जाती. वह वहीं पास में बैठा खिलौने से खेलता रहता.

ऐसे ही जब वह एक दिन बाथरूम में नहा रही थी तभी उसका वह जोर–जोर से रोने लगा. जिज्जी ने सोचा थोड़ी देर में वह चुप हो जाएगा पर वह चुप नही हुआ. वह लगातार रोता ही जा रहा था. वह घबड़ा कर बाथरूम से उठी और कपड़े बदल कर बाहर आ ही रही थी कि बाथरूम के चिकने फर्श पर उसका पैर फिसला और वह सिर के बल गिर पड़ी. उसकी कमर में बुरी तरह चोट आ गई. उससे उठते–बैठते भी नही बन रहा था. मुॅह से दर्द की एक जोरदार चीख निकली. सेठानी दौड़ कर नीचे आई. उन्होंने उसे हाथ पकड़ कर सहारा देकर उठाया और कमरे के भीतर ले गई. चंदन भी अब चुप हो गया था. घर में कोई बिल्ली का बच्चा घुस आया था जिसे देख कर वह रो पड़ा था. सेठानी के नीचे आ जाने से वह दरवाजे के एक तरफ से निकल कर भाग गया.

दुकान से केशव को बुलवाया. वह जिज्जी को अस्पताल लेकर गया. दवा वगैरह लाया. कमर पर पट्टा भी बॅधवा कर लाया और फिर उसे पलंग पर लेटा कर वह वापिस दुकान चला गया.

तेजिज्जी दस–पंद्रह दिनों तक ऐसे ही पलंग पर पड़ी रही. फिर धीरे–धीरे कमर दर्द में उसे आराम आने लगा. केशव ने उसके लिए

फिजियोथैरापी का उपकरण भी पकड़ कर चलने के लिए ला दिया था. जिसके सहारे वह पूरे घर में इधर से उधर चल फिर सकती. लेडी फिजियोथैरेपिस्ट भी आने लगी थी उसके लिए. लगभग एक माह बाद जिज्जी बिना किसी सहारे पूरी तरह चलने–फिरने लायक हुई. इस बीच केशव बहुत ही परेशान रहा. घर–दुकान व बच्चे की देखभाल सब उसे ही करनी पड़ती. वह तो अच्छा था कि भोजन ऊपर से सेठ के किचन से आ जाता था. अतः खाने–पीने की परेशानी नही हुई.

बच्चा अब ठीक था. वह चलने–फिरने लगा था किन्तु था बहुत कमजोर. दो कदम चलता और गिर पड़ता. अपने आप उठ भी न पाता. जिज्जी उसे अपने हाथ का सहारा देकर उठाती. उसे गोद में लेकर दुलराती, प्यार करती, चूमती. अपने भीतर छिपे मातृत्व के भाव को बच्चे पर विभिन्न रूपों में व्यक्त करती किन्तु अब एक नई परेशानी उसे होने लगी थी. वहॉ का मौसम उसे सुहा नही रहा था. हर समय की गर्मी का मौसम और उमस तथा वहॉ की नमकीन हवा के परिणाम स्वरूप उसे पूरे बदन में खुजली तथा लाल–लाल रेशे उभर आऐ थे जिनमें असह्य खुजली होती थी. पहिले तो उसे लगा कि सामान्य समस्या है, अतः उसने उधर ध्यान नही दिया किन्तु जब उसे लगातार हाथ–पैर और पूरे शरीर के ढॅके अंगों में लाल चकत्ते तथा खुजली होने लगी तो उसने पहिले तो खोपरे का तेल लगा कर सोचा इसी से ठीक हो जाएगी किन्तु इससे पल भर को तो उसे आराम आता था पर थोड़ी देर बाद फिर खुजली चलने लगती थी. उसे इतनी खुजली होती थी कि उसे लगता था उस स्थान को खुजा–खुजा कर चमड़ी ही निकाल दे. इसके बाद तो उससे वह खुजली बर्दाश्त के बाहर हो गई. वह खुजली के मारे ठंडे फर्श पर लोटने लगती. वहॉ दो प्रकार का पानी नलों से आता था. एक रसोई व खाने–पीने का और दूसरा नहाने का, वह खारा

होता. किसी ने कहा कि खारे पानी वाले नल के पानी से नहाने से यह खुजली हो रही है–खोपरे के तेल में कपूर मिला कर शरीर पर मल लो, खुजली मिट जाऐगी. उसने यह भी किया. वह पीने वाले पानी के नल से आते पानी से नहाने लगी. इससे खुजली कुछ कम तो हुई किन्तु ज्यों–ज्यों दोपहरी होती, धूप तेज होती वह खुजली के मारे बैचेन हो उठती.

केशव फिर उसे डॉक्टर के पास दिखाने ले गया. उसने कहा–''खुजली का कारण एलर्जी है. इन्हें धूप व पसीने से बचना चाहिए.''सारांश उनकी बातों का यह था कि यहॉ की हवा–पानी उसे सहन नही हो रही थी. उसने कुछ गोलियॉ पर्चे पर लिखीं व एक इंजेक्शन रोज लगवाने के लिए कहा. केशव ने इसकी भी व्यवस्था घर पर ही करवा दी. एक नर्स को इसके लिए नियत कर दी. खुजली अब कम थी तथा धीरे–धीरे अब उसे अच्छा लगने लगा था. वह जलन व बैचेनी भी अब उसकी जाती रही थी किन्तु मन के भीतर एक अव्यक्त उदासी–सी उसके भीतर आने लगी थी.

केशव फिर दुकान के कामों में अपना मन लगाने लगा. उसका वेतन भी सेठ ने बढ़ा दिया था किन्तु जब वह कमरे में आता और जिज्जी को उदास देखता तो वह भी उदास हो उठता. कोशिश करता कि वह भी हॅसे–बोले किन्तु जिज्जी एकाध पल को हॅस–खुश कर फिर उदासी में डूब जाती.

कभी–कभी केशव उससे पूॅछता भी कि वह उदास क्यों है तो वह कुछ उसे जवाब न देती. दूसरी बार पूॅछने पर कहती–''देखो न हमारा बच्चा इतना कमजोर क्यों है? वह हमेशा बीमार ही क्यों रहता है. यहॉ आकर मेरी हालत खराब हो गई है. मुझे लगता है, हमें हमारे बड़ों का दिल नही दुःखाना चाहिए था. मुझे मेरी मॉ की बहुत याद आती है. क्या करूॅ कुछ समझ नही आता. यदि यहॉ से वापिस उनके

पास गए भी तो पता नही पिता हमारे साथ क्या व्यवहार करें. "कह कर वह और गहरी उदासी में डूब जाती तब केशव एक भारी—सी सॉस लेकर वहॉ से उठ कर दूसरा काम करने लगता.

इस बीच कुछ दिनों के बाद ही चंदन फिर बीमार पड़ा. उसे सांस लेने में दिक्कत हो रही थी. चेहरे पर उसके एक अजब—सी बैचेनी व जीवन के प्रति ललक उभर—उभर कर आ जाती. केशव और जिज्जी उसे लेकर अस्पताल पहुँचे. उन्होंने बताया इसे होमोग्लोबिन की कमी है. कमजोरी है, खून की कमी है. —"अभी हम दवा—गोली देकर ठीक कर देंगे किन्तु आगे तो आप ही लोगों को देखना है, इसे पौष्टिक आहार दो. "फिर कुछ रुक कर बोला—"ऐसा करो मैं इसके लिए डेटसायरप लिख देता हूँ, बाजार से लाकर दूध के साथ इसे पिलाओ. इसके साथ ही लौह तत्वों से भरपूर व बिटामिन—सी युक्त चीजें खाने को दो. "केशव बोला—"जो आप लिख देंगे, वह सब हम करेंगे किन्तु इसको आप ठीक कर दो, हमारा अकेला व पहला बच्चा है. "डॉक्टर ने कागज पर विभिन्न दवाईयॉ और आहार जो देना है—लिख कर दे दिया. दो—एक दिन उन्होंने उसे वहॉ भर्ती भी रखा. फिर उसे ये लोग घर ले आऐ.

बरसात का महीना था. भारी उमस व गर्मी के साथ पसीने की चिपचिपाहट चैन्नई के मौसम की विशेषता होती है. ऐसे में एक दिन फिर रात के दो बजे उसे सांस लेने में दिक्कत होने लगी. जिज्जी और केशव डॉक्टर व्दारा लिखीं दवाईयों उसे देने लगे किन्तु इससे उसे कुछ फायदा होता दिख नही रहा था. रात का समय था. इस समय कोई डॉक्टर वगैरह भी साधारणतः उपलब्ध नही था. इन्होंने सोचा दो—चार घंटे का समय किसी तरह बीत जाय फिर अस्पताल वगैरह लेकर चलेंगे. अभी अस्पताल की इमरजेंसी में ले जाऐंगे तो उसमें भी समय लगेगा ही. इससे हजिस डॉक्टर का इलाज चल रहा है, कुछ समय बाद उसी को बुला कर दिखा लेंगे. उसकी तकलीफ

बढ़ती ही जा रही थी. अब दोनों ने उसे उठाया और ऑटो कर अस्पताल के इमरजेंसी में दिखाने चल दिए किन्तु उसने रास्ते में ही दम तोड़ दिया.

जिज्जी दहाड़ें मार कर रो उठी. केशव चंदन के पार्थिव शरीर को देख कर दुःखी बैठा था. उसे घर लाए. सुबह देर बाद उसका सबने मिल कर विधिवत कियाकर्म कर दिया. अब दोनों उदास कमरे में बैठे रो रहे थे. पास–पड़ौस के लोग जा चुके थे. इसी समय जिज्जी बोली–''अब हमें यहाँ एक पल भी नही रहना है, हम लोग घर जाऐंगे.''सुन कर केशव भी कुछ पलों के लिए कुछ बोल नही सका. इस शोकाकुल स्थिति में वह भी भीतर तक बहुत दुःखी था. वह अपने भीतर एक डर–सा अनुभव करने लगा था. वह भी सोचने लगा था कि आखिर इतनी अच्छी तरह सब चल रहा था, अब कुछ समय से ऐसा क्यों हो रहा कि एक के बाद एक परेशानी और दुःख सामने आ खड़े हुए हैं.

यहाँ जम जाने के बाद कहाँ तो वह अपना व्यवसाय अलग से खड़ा करने की सोच रहा था और कहाँ पाँव उखड़ने की–सी स्थिति आ पहुँची थी. फिर भी वह जानता था कि हर असफलता, हर रुकावट व संकट एक नये अवसर की तरह होता है, केवल उसका सकारात्मक विश्लेषण करना आवश्यक होता है जिससे सही राह निकले. उसने अपने जीवन में अपने घर पर परिवार की प्रारंभिक स्थिति व उसके ऊपर उठने के सतत संघर्ष को देखा था. इसी से उसमें हर परिस्थिति से डट कर मुकाबला करने का साहस था.

शांत दिमाग से सोचने के बाद उसने भी यही तय किया कि युद्ध के मैदान में जीत केवल आगे बढ़ने से ही नही मिलती, अपितु युद्ध की रणनीति के अंतर्गत कभी–कभी कुशलता पूर्वक पीछे हट कर

तथा पुनः नई रणनीति व साधनों के साथ आगे बढ़ कर आक्रमण करने के बाद ही विजय प्राप्त होती है.

अतः उसने जिज्जी की बात पर सहमति जता दी. उसने उसे धैर्य बॅधाते हुए कहा—‘‘जैसा तुम कहती हो वैसा ही करेंगे. वापिस चलने के लिए रेल टिकिट का रिजर्वेशन आदि करवा कर चलने की तैयारी करते हैं. अब तो ठीक है. ’’जिज्जी ने उसकी तरफ ऑंसू भरी नजरों से देखा और उसे गले लगा लिया.

जब लक्ष्मीनारायणजी को केशव ने वापिस घर जाने की बात बताई तो वे कुछ विचलित से हो उठे. दरअसल उन्हें केशव के रूप में एक सोने के काम में पूरी तरह परिपूर्ण, व्यसायिक गुणों वाला व्यक्ति मिल गया था जो न केवल गहनों की नई—नई डिजाईनों का जानकार था अपितु सोने—चॉदी का व्यापार कैसे किया जाता है तथा ग्राहक के साथ सामंजस्य, उसकी मनःस्थिति समझना, उसकी आर्थिकी जानना तथा उसी के अनुसार उसे चीजें दिखाना, बातचीत आदि एवं गहनों की शुद्धता का भी जानकार, ऐसा व्यक्ति उनके हाथ से निकला जा रहा था.

आखिर केशव ने घर वापिस लौटने की पूरी तैयारी कर ली. उसने दुकान पर भी जाना बंद कर दिया था. जब वह सामान बॉधने लगा तब ऊपरी मंजिल से सेठानी और उनका परिवार नीचे उतरा, वे केशव व जिज्जी के कमरे में आकर खड़े हो गए. उन्होंने पूॅछा—‘‘आखिर तुम जा ही रहे हो, एसा पक्का कर ही लिया है तो तुम्हें कौन रोक सकता है. ’’कहते हुए उन्होंने अपने छोटे लड़के को दुकान से अपने पिता लक्ष्मीनारायणजी को बुलाने भेजा. थोड़ी देर में वे भी आकर वहीं खड़े हो गए. सब देखते हुए बोले—‘‘केशव तुम्हें यहॉ कोई परेशानी तो थी नही, फिर क्यों जा रहे हो? ’’केशव ने जिज्जी की ओर संकेत कर कहा—‘‘इन्हें परिवार से दूर हुए बहुत

दिन हो गए हैं और वे लोग भी हमारे लिए चिन्तित हो रहे होंगे, दोनों के ही मॉता–पिता गहरे सोच में होंगे. हमने नादानी में जो कदम उठाया है उससे भी वे दुःखी होंगे. अतः हमारा उनके पास वापिस लौटना ही उचित होगा. ''कह कर वह रुक गया. –''तो वापिस तो आओगे न? ''लक्ष्मीनारायणजी बोले. केशव बोला–''अब वहॉ जाकर पता चलेगा, वे लोग क्या कहते हैं. वैसे मेरी इच्छा तो लौटने की है ही. ''–''अच्छा ठीक है, वापिस लौटो तो यहीं आना. तुम्हारा यह कमरा तब तक खाली ही रहेगा. रुपये–पैसे तो पर्याप्त हैं न तुम्हारे पास? नही तो ये रख लो. ''नोटों की एक गड्डी उसे देते हुए वे बोले. केशव बोला–''आप भले मानुष हो, यहॉ खर्च था ही क्या, भोजन आपके यहॉ से आ जाता था, थोड़ा बहुत खर्च था वह आपके व्दारा दिए गए वेतन से पूरा हो जाता था तथा हमने कुछ रुपयों की बचत भी की है. अतः आप इस ओर से निश्चिंत रहें. ''कहते हुए गड्डी वापिस उन्हीं को कर दी. थोड़ी देर तक वे उसे हाथ में लिए रहे फिर जिज्जी के हाथ में देते हुए बोले–''ये रखो, ये भाई की तरफ से एक बहिन को दिया गया शगुन है. ''अब कोई क्या कहता. जिज्जी ने केशव के चेहरे की ओर देखते हुए वह रुपये उसे ही दे दिये.

सेठजी ने अपनी ही गाड़ी से इन्हें सामान सहित रेल्वेस्टेशन पहुँचाया. नौकर प्लेटफार्म तक सामान रख गया. इसके बाद रेल आने पर डिब्बे की रिजर्वेशन वाली सीट के नीचे सामान रखवा कर वह चला गया. अब जिज्जी व केशव रेल में अपनी सीट पर बैठे आगत के बारे में सोच रहे थे.

00

विशनाथजी को देवकी के आने से न केवल भावात्मक सहारा मिला था अपितु आर्थिक व पारिवारिक संबल भी मिल गया था. उसका

59

स्वभाव इतना अच्छा था कि विशनाथजी अपने जीवन की सारी कड़वाहट भूल से गए थे. देवकी के आने के पहिले कभी–कभी वे सोचते थे कि जीवन कितना नीरस व उुबाउु है, जीवन में एक–एक चीज के लिए संघर्ष करो, एक चीज मिलती है तो दूसरे की आवश्यकता उत्पन्न हो जाती है और जब वह नही मिलती तो मन में एक टीस–सी उठती है. लगता था यह जीवन है ही क्यों. न होता तो कितना अच्छा होता. बस मॉ का चेहरा व उनके जीवन का संघर्ष पिता के अभाव में भी जीवटता से हर कठिनाईयों को पार करना देख कर उनका आत्मविश्वास बना रहता किन्तु देवकी के आ जाने से अब जीवन के प्रति उनकी आसक्ति बढ़ गई थी. उनके जीवन में अब आनंद की अमृत वर्षा हो रही थी. वह इनके हर सुख–दुःख का ध्यान रखती. उसकी नौकरी से जो आय होती वह उनके ही हाथ पर रख देती. वे उसे मॉ के सुपुर्द कर देते. मॉ उसे ही देते हुए कहती–''बेटा, अब तुम्ही सम्हालो यह सब, इस झंझट में पड़े–पड़े मैं थक गई हूँ. मैं तो अपने इस जड़ीबूटी के संसार में ही खुश हूँ. जब कोई दुःखी और परेशान बीमार व्यक्ति मेरे पास घर आता है और दवा देने के बाद जो खुशी उसके व उसके परिवार के चेहरे पर देखती हॅ उसकी कीमत नही ऑकी जा सकती, वही मेरे लिए बहुमूल्य है.''

कालांतर में विशनाथ और देवकी के तीन पुत्र व एक पुत्री का जन्म हुआ. उन्होंने लड़कों के नाम रखे–आकाश, अशोक और गिरधारी. एक पुत्री थी उसका नाम था पूजा. कौशल्याजी अब तो अपने पोते–पोतियों के साथ खेलने व उनकी देखभाल में ही मगन रहतीं. जिनमें आशोक तो उन्हें छोड़ता ही नही था. दिन भर उन्ही की गोद में बैठा रहता. जब वे कोई बीमार की नाड़ी देख रहीं होतीं तब भी वह उन्हें नही छोड़ता. सोते समय उनके एक बगल में अशोक और गिरधारी होता तथा दूसरी बगल में आकाश व पूजा. उन्हें

नहलाना–धुलाना, कपड़े–लत्ते, खाने–पीने का सभी बातों का ध्यान वे ही रखतीं. उन्हें इन सब कामों में नन्हीबाई मदद करती. नन्हीबाई इस काम में निपुण थी. वह नहाने के पहिले अपने दोनों पैरों को फैला कर उन पर क्रमशः एक–एक बालक को बैठा कर उनकी मालिश करती और फिर हल्के गर्म पानी से उन्हें नहलाती. दादी बदन पर तेल मालिश कर बाल उँछ देतीं. इनमें गिरधारी अधिक चंचल था. वह अपने अलावा अन्य किसी को भी उनकी गोद में बैठा देखता तो रोने लगता था. उसका हाथ पकड़ कर उसे वहॉं से हटाने का प्रयत्न करता. कौशल्या देवी बड़ी मुश्किल से उसे समझा कर चुप करातीं और फिर उसे गोद में उठा लेतीं.

आकाश शांत व थोड़ा गंभीर किस्म का था. वह उन्हें बिल्कुल परेशान न करता. अशोक तो जब वे दवाई वगैरह की पुड़िया बना रहीं होतीं तो पास में बैठ कर उल्टी–सीधी दवा की पुड़िया बनाने लगता. वे उसे कुछ न कहतीं. वह करने देती जो वह कर रहा था. हॉं पूजा थोड़ी समझदार थी वह वहॉं से उठ कर घर के भीतर चली जाती और मॉं को बुला कर ले आती. तीनों को दादी को परेशान करने की बात कह कर मॉं से उनकी शिकायत करती. मॉं भीतर से आकर उन्हें समझाती और ऐसा न करने को कहती. इसके बाद वे भीतर चली जातीं.

इनमें गिरधारी सबसे छोटा था. वह चंचल व चतुर था किन्तु थोड़ा बड़ा होने पर जब उसे पढ़ने स्कूल भेजा तो वह वहॉं पढ़ता कम था और 'लड़कों' के साथ खेलता अधिक था. खेल के पीरियेड़ में वह अन्य बच्चों के साथ खूब धमाचौकड़ी मचाता. कबड्डी की टीम में जब उसका चयन हुआ तो वह बड़ा खुश हुआ. इस बार का मैच पड़ौस के गॉंव की टीम से था. स्कूल के पास के मैदान को इसी ने अन्य लड़कों के साथ मिल कर तैयार करवाया. उसकी घॉंस कटवाई, उसे समतल करवाया व माट्साब के साथ कबड्डी मैदान

हेतु आवश्यक लाईनें भी चूने से उसी ने डलवाई. जब मैच हुआ तो पड़ौस की गॉव की टीम यद्यपि मजबूत थी व उनके खिलाड़ी भी दमदार थे किन्तु अंत समय में वह हार गई. वैसे तो इनका जीतना मुश्किल था किन्तु यहाँ भी गिरधारी की तिकड़म काम कर गई. इसने सभी लड़कों से कहा था कि अपने–अपने बदन पर खेल के पहिले सरसों के तेल को अच्छी तरह चुपड़ लें जिससे विरोधी टीम के लड़के खेलते समय उन्हें पकड़े तो फिसल–फिसल कर वे बीच की लाईन छू कर उन्हें आउट कर सकें. ऐसा ही हुआ और अंत में इनकी विजय हुई तथा प्रशंसा भी खूब हुई.

इसके विपरीत जब वार्षिक परीक्षा का रिजल्ट आया तो यह फैल हो गया किन्तु गिरधारी को इसका बिल्कुल अफसोस नही था. वह सोचता था–''चलो अच्छा हुआ, अपने फैल हुए दोस्तों के साथ एक साल और मस्ती करेंगे.

लड़ाई–झगड़ा, मारपीट में भी वह आगे था. क्लास के लड़कों का उसे मानीटर जब बनाया गया तो सभी लड़कों ने माट्साब से इसका विरोध किया. बोले–''ये हमें बहुत मारता है, इसकी न सुनो तो ये जो हाथ में होता है दे मारता है. ''माट्साब बोले–''तुम लोग मेरी भी कहाँ सुनते हो, इसीलिए तो इसे मानीटर बनाया है कि क्लास में अनुशासन तो रहे. होता भी यही था. जब माट्साब क्लास से बाहर हेडमास्टर साहब से मिलने या उनको किसी काम से क्लास छोड़ कर जाना होता तो इसे सम्हला कर जाते, गिरधारी उनकी टेबल–कुर्सी के पास खड़ा हो सबसे चुप रहने को कहता व एक लड़के को खड़ा कर सभी को पहाड़े रटवाने को कहता तो सब लड़के उस लड़के के साथ दो–दूनी चार करते रहते. क्लास में शान्ति रहती किन्तु माट्साब के वापस क्लास में आ जाने पर गिरधारी स्वंय उछल कूद करता हुआ इस–उसके पास फुदक कर जाता व मस्ती करता होता. पतंगबाजी का उसे बहुत शौक था. कॉच

पीसना, सरेस का घोल बनाना, मंजा सूतना आदि वह बड़े मनोयोग से करता फिर गाँव के साँव की दुकान पर जाकर पतंगें खरीद कर लाता और गाँव के अन्य लड़कों के साथ मिल कर पतंग उड़ाता. पतंग कट जाने पर लूटने के लिए वह झंखड़ लेकर यहाँ से वहाँ दौड़ लगाया करता.

यह सब विशनाथजी को अच्छा न लगता. कौशल्याजी उसे समझातीं किन्तु वह मानता ही न था. फुर्सत होती तो गाँव की मलिन बस्ती में कुँऐं के पास जाकर बैठ जाता, उनके लड़ाई–झगड़े, रसोई, पहनावा आदि देखता रहता.

अशोक को जब स्कूल में भर्ती करवाया तो उस पर विशनाथजी की विशेष निगाह थी. उन्हें गिरधारी के हाल देख कर अब अपने अन्य बच्चों की चिन्ता होने लगी थी. उन्हेंने उसे अपनी ही कक्षा में अगली लाईन में बिठाना शुरू किया. अशोक जब तक क्लास में पिता के सामने रहता तब तक तो ठीक था बाद में वह यह जा, वह जा करता दौड़ लगाते हुए खेतों पर जा पहुँचता. वहाँ खेत की मेड़ पर बैठ कर गेहूँ की आती हुई बालियाँ देखता, उनकी मासूम बालियों के रेसों को हाथ से स्पर्श करता. बटला लगा होता तो उसके भी नीले फूलों का बड़े ध्यान से देखता व ताजे–ताजे बटले निकाल–निकाल कर खाता रहता. वे बहुत ही मीठे होते.

ज्वार के मौसम में ज्वार के बड़े–बड़े पौधों के बीच घुस कर उनके बीच बोई मूँग की कोसें तोड़–तोड़ कर खाता. बाद में खेत की मेड़ पर लगी कनकौआ की साग के पत्तों को तोड़ कर एक डोलनी में रखता जाता और घर आते समय वह लाकर दादी को दे देता. दादी उसका बाँट बना कर उसमें छाछ, महुआ आदि मिला कर कल्लन भैंस के आगे रख देती. कल्लन भैंस अजीब थी, बड़ी लंबी–चौड़ पुष्ट कदकाठी की व चिकनी काली रंग की थी. किसी

ने विशनाथजी को उनकी शादी में तोहफे के रूप में भेंट में दी थी. शुरू में यह बच्चे के रूप में थी, जो कालांतर में बड़ी होकर खूब गाढ़ा व मलाईदार दूध देने लगी थी. दूध भी इतना देती थी कि पूरे घर का पेट भर जाए किन्तु इसके दूध का उपयोग घर में नही होता था बल्कि इसका दही जमा कर उसमें से मक्खन व उससे घी निकाल कर गाँव में बेच दिया जाता था. उसके दूध में घी ज्यादा होता इसीलिए दादी जब कनकौआ का बॉट बना कर उसके आगे एक गंजना में भर कर रख देतीं तो वह अपना मुँह उसमें डाल कर एक ही सटाका में आधा गंजना खाली कर देती. फिर सांस लेने के लिए मूँड ऊपर उठाती तो आसपास उसके मुँह से गिरता बॉट फैल जाता. कौशल्याजी उसे ऐसा करने पर डॉटतीं तो वह वापिस अपना मुँह गंजना में डाल लेती.

कल्लन का नियम था जंगल से घर आकर सीधा ऑगन में आ जाती. उसके लिए बॉट बना रखा होता. यह उसका रोज का नियम था. इसके बाद कौशल्याजी स्वंय उसे ले जाकर उसके स्थान पर अशोक के साथ जाकर बॉध आतीं. कल्लन को यह बिल्कुल पसंद नही था कि उसके आसपास भी कोई जानवर बँधा हो. ऐसा करने पर वह अपने सींगों से उसे मार–मार कर अधमरा कर देती. इसीलिए उसे बॉधने का स्थान नियत था तथा वह अकेली ही वहॉ बँधती थी.

गॉव में नाटक–मंडली आती. विभिन्न कथाओं पर आधारित नाटक होते. इसके लिए विशनाथजी के घर के सामने वाले मैदान में ही इसका आयोजन होता. बड़ा–सा मंच गॉव के लोगों के यहॉ से तख्त इकट्ठे कर बनाया जाता, गैस लाईट विशनाथजी के यहॉ से ही जाती. कुछ कुर्सियॉ वगैरह स्कूल से मँगवा ली जाती. विशनाजी को भी तो इस सबका शौक था. अतः वे भी बड़े चाव से नाटक मंडली की तैयारियों तथा इसके मंचन में भाग लेते.

शाम के बाद गहराती सॉझ के साथ ऑधियारा होते ही लोग अपनी–अपनी ब्यारी कर यहॉ एकत्रित होते जाते. कभी रामलीला कभी रासलीला, कभी हिरनाकश्यप कभी शिशुपाल बध तथा कभी राजा हरिशचंद्र नाटक का मंचन होता. सारा गॉव दत्तचित्त हो मगन होकर सब कुछ देखता. गिरधारी भी विशनाथजी के साथ वाली कुर्सी पर बैठा होता. फिर वह उनकी नजर बचा कर नाटक मंडली के श्रृंगार कक्ष में चला जाता. वहॉ विभिन्न पात्रों को अपने चरित्र के अनुसार सजते हुए देखता रहता.

कालांतर में कुछ और बड़ा होने पर वह भी नाटकों में भाग लेने लगा. कृष्णलीलाओं में वह कृष्ण का वेष धारण करता. रामायण में विभीषण का रोल सबसे अच्छा वही करता. रामभक्त के रूप में वह सजता भी था. रावण व्दारा विभीषण को लात मार कर दरबार से भगाने का दृश्य तो वह बहुत ही अच्छी तरह करता. इसी तरह वह विभिन्न कीर्तन मंडलियों में भी जाने लगा. कीर्तन मंडलियों में वह एक गायक के पात्र का अभिनय कर अपने सुरीले स्वर में बडे ही भक्तिपूर्ण ढंग से गायन करता. श्रोता कीर्तन मंडली पर रुपयों की बौछार कर देते किन्तु विशनाथजी मंडली के साथ बाहर गॉव जाने पर उससे नाराज होते. अतः वह आसपास के गॉव में ही जा पाता. उसका पढ़ाई से रिश्ता लगभग समाप्त हो गया था. यह बात विशनाथजी को भीतर तक चुभ रही थी. वह सोच रहे थे, क्या करेगा यह अनपढ़ रह कर. केवल उसने बड़ी मुश्किल से आठ–नौ कक्षा तक ही स्कूल का मुँह देखा था. इसके बाद उसने घर में साफ शब्दों में कह दिया था कि अब वह स्कूल नही जाएगा. उसका मन पढ़ने में लगता ही नही था.

आकाश सबसे बड़ा था. वह समझदारी में भी सबसे आगे था. अच्छे कपड़े पहिनने, अच्छा व साफ सुथरा रहना उसे पसंद था. स्कूल में जब उसे भर्ती करवाया तो वह बिना किसी रुकावट के एक के बाद एक सीढ़ियॉ चढ़ता ही गया. इतना ही नही वह हमेशा कक्षा में

नंबर वन रहता. पढ़ाई में तो उसे हमेशा सर्वोच्च अंक मिलते ही थे, खेलकूद वगैरह में भी वह ठीक था. उसे पढ़ने–लिखने का भी शौक था. घर में विशनाथजी के एक कमरे की आल्मारी लगभग विभिन्न विषयों की किताबों से भरी थी. समय–समय पर पर स्कूल में सरकार व्दारा भेजी गई कई पुस्तकें थी जो उन्होंने स्कूल के हेडमास्टर होने के नाते स्कूल के उपयोग से बची किताबें यहॉ इकट्ठी कर रखीं थीं. पत्र–पत्रिकाओं के पुराने विभिन्न अंक, विशेषांक तथा पुराने अखबार आदि सभी उन्होंने व्यवस्थित रूप से उस आलमारी में जमा कर रखे थे. इसके अतिरिक्त क्योंकि वे विभिन्न नाटकों में भी भाग लेते थे, अतः बहुत से नाटकों की किताबें, प्रशंसा–पत्र, ट्राफियॉ वगैरह भी वहीं जमें रहते. वह उनका बैठक–कक्ष भी था. जब भी कोई अतिथि इनके यहॉ आता या स्कूल निरीक्षण करने कोई अधिकारी आता तो वे उसे इसी कमरे में ठहराते थे. वह यह सब देख कर इनसे प्रभावित हुए बिना न रहता. वहॉ एक तख्त पर गद्दा बिछा रहता व गावतकिया लगा होता. दो–तीन लकड़ी की टेबलें व अन्य ऐसी ही चीजें इन्होंने वहॉ रख रखीं थीं.

आकाश को जब भी समय मिलता वह इस कमरे में बैठा–बैठा वे विभिन्न विषयों की किताबें, पत्र–पत्रिकाएं आदि पढ़ता रहता. यह कमरा उसके लिए प्रेरणा बिन्दु का काम करता था.

विशनाथजी आकाश की पढ़ाई में रुचि व उसकी इन सब गतिविधियों को देख कर मन ही मन बहुत प्रसन्न होते. उन्हें लगता चलो एक लड़का तो उनकी राह पर चल रहा है बल्कि उनसे भी अच्छा कर रहा है. देवकी भी उसे देख मन ही मन प्रसन्न होती व उसकी सुविधा–असुविधा का पूरी तरह ध्यान रखती. उसके खान–पान पर भी वह विशेष ध्यान देती.

00

इस समय तक कौशल्याजी काफी अशक्त हो चलीं थीं किन्तु वे अब भी अपना काम बड़े मनोयोग से करने का प्रयास करतीं. कोई मरीज खाट पर उठा कर लोगों व्दारा उनके पास लाया जाता तो वे अशक्त होते हुए भी उठ कर उसकी नाड़ी–परीक्षा करतीं. अशोक से उसके लिए उपयुक्त दवा की पुड़िया बनाने के लिए कहतीं और फिर उसे एक पुड़िया तो अपने सामने ही शहद के साथ मिला कर चटा देतीं. फिर उसे थोड़ा रुकने को कह कर अपने दूसरे काम करने लगतीं. अब उनकी उम्र भी हो चली थी. नन्हीबाई भी अब रही नही थी. उसे तोताराम एक बार मना–मुनू कर अपने साथ घर ले गया था. उसे उसने पूरा भरोसा दिया था कि अब वह उसे परेशान नही करेगा. अच्छी तरह उसकी देखभाल करेगा. उनके पति का देहान्त पहिले ही हो गया था. अतः अब वे घर में अकेली ही रह गई थी. ज्यों–ज्यों उम्र होती है, बच्चों के प्रति ममत्व भी बढ़ता ही जाता है. अतः वह उसके साथ रहने चली गई थी.

वहॉ जाने के बाद असली बात उजागर हुई. उसे संपत्ति के कागजात, पटवारी के लिखापढ़ी में उनके ऑगूठे का निशान चाहिए था. अतः जब तक यह काम नही हो गया, वह उनकी खूब सेवा करता रहा किन्तु एक बार सब कागजों पर उसके ऑगूठे की छाप लग गई तो वह अपने असली रूप में बाहर आ गया. अब वह और उसकी पत्नि नन्हीबाई को बहुत दुःख देने लगे. एक कमरे में ही वे उसे बंद रखते जिससे उनके दिल की बात वह किसी से कह न सके. उसकी बदनामी न कर सके तथा उसके खान–पान आदि की भी उपेक्षा करते. नन्हीबाई मन में सोचती अब जैसा भी है आखिर है तो अपनी ऑत जाया ही न, नौ माह इसे गर्भ में रखा, गोद में खिलाया, उसकी गंदगी इन्हीं हाथों से साफ की, अब जो वह करता है करे. विधाता का लेख मान कर वह सब सहती रही और अंत में ऐसी ही हालत में चल बसी.

अब कौशल्याजी की उनकी दवाईयों वाले कार्य में सहायता के लिए अशोक ही था. उसे उन्होंने नाड़ी–परीक्षण, औषधियों को उन्हें तैयार करना आदि भी सिखा दिया था. अतः वह उनकी हर प्रकार से सहायता करता रहता. जंगल से जड़ी–बूटी लाना, औषधियों की खोज कौशल्याजी के वश का तो था नही अतः वही जंगल में जाकर खोज करता, कूट–पीस, कपड़ छान कर औषधियाँ तैयार करता तथा विभिन्न धातुओं की भस्म बनाने हेतु गाय के उपलों की भट्टी बनाता तथा उन्हें शुद्ध कर औषधि तैयार करता. विशनाथजी को भी संतोष था कि चलो कोई तो अच्छा गुण अशोक में विकसित होकर समाज कल्याण के लिए हितकर था.

धीरे–धीरे वही कौशल्याजी की चिकित्सा सम्बन्धी काम सम्हाल रहा था. उन्हें तो चलने–फिरने में भी दिक्कत हो रही थी. बस एक जगह वे बैठीं रहतीं. उनके पैर के घुटने, पंजों आदि में सूजन आ गई थी. हर जोड़ की बंधनों में भी दर्द रहता था. वहाँ सूजन आ गई थी. वे दवाऐं तो लेतीं थीं जिससे दर्द तो कम हो जाता था किन्तु वह यह समझतीं थीं कि यह वृद्धावस्था की स्वाभाविक परिणिती है. दवा से यह पूरी तरह ठीक नही होती. इसके लिए तो अब नई यात्रा तक सभी कुछ सहना ही पड़ेगा. वे जीवन भर कथा–पुराण, भागवत, मंदिर आदि में अधिक नही गईं, यद्यपि वे धार्मिक रूप से आस्थावान थीं. वे कर्म को ही जीवन का धर्म समझतीं थीं और इसीलिए वे कामकाज में ही लगीं रहतीं रहीं. कभी उन्होंने ऊपरी दिखावे पर ध्यान नही दिया.

वर्षात के दिन थे. वे अपने घर के कोने वाले कमरे में ही लेटीं थीं. मन में घबराहट तथा बैचेनी थी. विशनाथजी रात से घर लौटे न थे. वे किसी काम से गाँव से बाहर गए हुए थे. गोवर्धन तो अवारा जैसा था वह घर में टिकता ही नही था. यहाँ–वहाँ भटकता फिरता था. आकाश शहर पढ़ने चला गया था. इस साल उसे प्रतिष्ठित इंजिनियरिंग कॉलेज में प्रवेश मिल गया था. अतः वह वहाँ के हॉस्टल

में रह कर पढ़ाई कर रहा था. घर में केवल अशोक व बिटिया पूजा ही थे. देवकी स्कूल नौकरी पर गई थी. उन्होंने अशोक को आवाज लगाई किन्तु शायद उसने उनकी आवाज सुनी नही या उस तक पहुँची नही. उन्हें जोर की प्यास लगी थी. छाती में धड़कन बहुत बढ़ गई थी तथा बैचेनी के मारे वे लगभग कमरे के फर्श पर लोट—सी रहीं थीं. पूजा उूपर कमरे में रसोई का काम देख रही थी. बहुत देर तक अशोक को पुकारने के बाद वे स्लथ होकर बेहोश—सी हो गईं. इसी बीच पूजा उनके कमरे में आई व दादी को नीचे फर्श पर पड़े देख कर वह घबड़ा गई. वह दौड़ कर बाहरी कमरे से अशोक को बुला कर लाई. अशोक ने उनकी नाड़ी देखी, वह कभी मिलती थी, कभी गायब हो जाती थी. शहद में मिला कर दवा उसने उनकी जीभ पर रखी. वह चिन्तित था. पूजा से कहा—''थोड़ा नमक व शकर रसोई से लेकर आए. ''वह लाई तो उसने दोनों एक—एक मुट्ठी लेकर उसे पानी में घोला व उसमें एक पुड़िया भी मिलाई तथा उनको होश में लाने के लिए पुकारा किन्तु वे निश्चेष्ट ही रहीं. वह बड़ी दुविधा में था, ऐसी हालत में वह उन्हें यह घोल पिला भी नही सकता था. शहर दूर था. वहाँ तक ले जाना खतरे से खाली नही था. वह अपने दवा वाले कमरे में गया, वहाँ से दवा की एक शीशी में से कुछ बूँदे रुई में फाहे पर रख कर लाया और उनकी नाक के आगे वह रुई का फाया रख दिया. श्वास तो उनकी अभी चल रही थी. हाँ, कभी धीमी व कभी तेज अवश्य हो जातीं थीं. वह दवा सुँघाने के बाद थोड़ी देर बाद हल्का—सा उन्हें होश आया. अशोक ने उन्हें सहारा देकर उठा कर वह घोल पिलाना चाहा तो उन्होंने पीने से मना कर दिया. हल्के रो फुसफुसाहट के स्वर में बोलीं—''अब न रोक, जाने दे, यात्रा पूरी हुई जा रही है. ''कह कर वे फिर गहरी निद्रा में खो गईं. नाड़ी की स्थिति में तो कोई सुधार दिखा नही, हाँ श्वास अवश्य कुछ स्थिर हो गई थी और वह भी कुछ पलों के लिए. अशोक ने पूजा से अपने कमरे से मोबाईल उठा कर लाने को कहा. वह दौड़ी—दौड़ी वहाँ तक

पहुँची ही थी कि अशोक दहाड़ मार कर रो उठा. पंछी पिंजरे से उड़ चुका था. पूजा भी आकर उनके शरीर से चिपट कर रोने लगी. सभी को फोन से सूचित किया गया. शाम तक विशनाथजी वगैरह सभी आ गए. हाँ, गिरधारी अभी भी वहाँ नही था. शायद वह आवारा दोस्तों के साथ कहीं अनजान जगह निकल गया था.

सभी ने तय किया कि पहिले ही बहुत देर हो चुकी है अब और अधिक रुकना ठीक नही. अतः उनका दाहकर्म व अन्य क्रियायें संपन्न कर दी गईं. विशनाथजी भीतर तक बहुत दुःखी थे. उन्हें अफसोस हो रहा था कि वे उनके अंतिम समय में उनके पास नही थे.

उधर गिरधारी आज दस–पंद्रह दिनों बाद भी घर नही लौटा था. विशनाथजी को उसकी बड़ी चिन्ता हो रही थी किन्तु वे कर क्या सकते थे. अब वह बड़ा हो गया था. केवल वे उससे कुछ कह ही सकते थे, जिसे वह सुनता ही नही था किन्तु उसके इस तरह घर से चले जाने व फिर वापिस न आने से वे उसके भविष्य के प्रति बहुत ही चिन्तित हो उठे. ''अशोक ही केवल अब घर पर था. वह कौशल्याजी का काम सम्हाल रहा था किन्तु अब वह भी अनमना–सा रहने लगा था. किसी से कुछ बोलता नही था. लगता था जैसे अब उसे यह घर डरावना लगने लगा था. एक दिन वह विशनाथजी से बोला–''मैं शहर जाकर आयुर्वेद की व्यवस्थित पढ़ाई कर डिग्री लेना चाहता हूँ. ''विशनाथजी को इसमें कोई आपत्ति नही थी, वे सहर्ष इसके लिए तैयार हो गए. अशोक ने उन्हें बताया था कि उसका चयन बीएएमएस में हो गया है तथा शहर के नामी आयुर्वेदिक कॉलेज में उसे एडमीशन लेने के लिए कहा गया है. विशनाथजी ने उसके लिए आवश्यक रुपये उसे दिए और स्वंय सामान सहित उसे छोड़ने बस स्टेंड तक गए. उन्होंने उससे पूँछा–''क्या वह भी कॉलेज तक उसके साथ चलें या वह स्वंय सब कर लेगा. ''तो उसने उन्हें साथ चलने को मना कर दिया. बोला–''मैं सब कर लूँगा. आप कब

तक हमें बच्चों जैसी मदद करते रहेंगे. कभी न कभी तो हमें भी अपने पैरों पर खड़ा होना ही पड़ेगा. "

अशोक के चले जाने के बाद घर और सूना हो गया था. अब बच्चों में केवल पूजा ही थी घर में. वह भी विवाह लायक हो गई थी. अतः उसके ससुराल चले जाने के बाद के अकेलेपन की कल्पना मात्र से विशनाथजी और देवकी चिन्तित हो उठते थे किन्तु बच्चों के भविष्य के लिए यह सब आवश्यक भी था. उन्होंने अशोक और आकाश से कहा भी था कि घर में इतनी खेती है, घर है, सब कुछ है, रुपयों–पैसों की कोई कमी नही है, कहॉ बाहर जाते हो, यही रह कर अपनी इच्छानुसार कोई व्यवसाय कर लो किन्तु आकाश ने सुना नही. वह आगे पढ़ाई कर इंजीनियरिंग में अपना भविष्य बनाना चाहता था और अशोक तो कौशल्याजी के जाने के बाद ही चला गया था.

अब तो पूजा की शादी–विवाह के लिए कोई अच्छा रिश्ता मिल जाता यही उचित था, इसी की खोज में वे लोग लगे थे.

00

केशव व जिज्जी रेल में बैठे सोच रहे थे कि घर पहुँचने के बाद घरवाले उनके साथ कैसा व्यवहार करेंगे? क्या करेंगे? क्या कहेंगे? जिज्जी को और किसी का नही किन्तु अपने पिता का भय अधिक सता रहा था. वह पुराने विचारों के व्यक्ति होने के कारण तुरंत क्रोधित हो जाते थे और इस क्रोध में वे अनियंत्रित हो जाते थे. ऐसे में वे कुछ भी कर सकते थे. इसी क्रोध के कारण वे जेल तक जा चुके थे. इस बात का भय जिज्जी के चेहरे पर था किन्तु फिर अपनी मॉ व भाईयों से मिलने का उत्साह भी था उसमें. उसको इन लोगों से कोई भय नही था. सभी कोमल हृदय व सहयोगी स्वभाव

71

के थे. पिता के बारे में वह सोचती थी, अब जो हुआ सो हुआ, जो कुछ वे करेंगे या कहेंगे उसे सहन करने के अतिरिक्त और कोई रास्ता नही था.

केशव इस सम्बन्ध में निश्चिंत था. उसे पता था उसके घर में पिता तो उससे कुछ नही कहेंगे, मॉ उसे देख कर खुशी से पागल हो जाएगी. हॉ, भाई वगैरह अवश्य नाराजी दिखायेंगे किन्तु वह उन्हें सम्हाल लेगा. दोपहर होने को थी उसने जिज्जी से पूँछा–''कुछ खा लें? भूख लगी है. ''–''तुम भूख की कह रहे हो, मुझे तो ज्यों–ज्यों हमारा रास्ता पूरा हो रहा है, मैं पिता के चेहरे का स्मरण कर भयभीत हो रही हूँ. पता नही क्या होगा, ऐसे में भूख की किसको खबर है. ''जिज्जी बोली. फिर भी केशव ने साथ में लाऐ भोजन के डिब्बे को खोला और उसमें से सामान निकाल कर एक प्लेट में स्वयं लिया और जिज्जी को भी दिया. इसके बाद दोनों ने पानी पिया. वारंगल आ गया था. थकान अनुभव हो रही थी. अतः वे दोनों अपनी–अपनी बर्थ पर टॉगे फैला कर लेट गए. उन्हें पता ही नही चला कि कब उनकी नींद लग गई. जब उनकी नींद खुली तो वे लोग महाराष्ट्र की सीमा में आ गए थे. नागपुर स्टेशन था. खिड़की के बाहर रेल्वे के वेन्डर'संतरा, संतरा, 'नागपुर के मीठे संतरे'की आवाज लगा रहे थे. यहॉ रेल थोड़ा अधिक समय तक रुकती थी. केशव डिब्बे से उतर कर पानी की बॉटल भर लाया. दोनों फिर बैठ कर बतियाने लगे. इसी समय एक दोनों पैरों से अपंग व्यक्ति आकर डिब्बे के भीतर के फैले मुँगफली के छिलकों वगैरह का कचरा अपनी शर्ट उतार कर उसी से साफ करने लगा. इनके पास का कचरा भी उसने झाड़ा. फिर दोनों हाथों को फैला कर इनसे भिक्षा के रूप में कुछ पैसे मॉगने लगा. केशव बोला–''खाना लोगे? ''वह बोला–''कुछ पैसे दे देते तो चाय पी लेता. ''केशव ने जेब से निकाल कर कुछ रुपए उसको दिए और फिर खिड़की के

बाहर शहर को देखने लगा. वह अपंग व्यक्ति आगे जाकर सफाई करने लगा.

उनके गाँव के पास के स्टेशन पर रेल आ गई थी. दोनों चुप थे. एक सशंकित मनोभाव दोनों को घेरे हुए था. रेल से उतर कर उनके गाँव जाने वाली बस का वे बस—स्टेंड पहुँच कर इंतजार करने लगे. एक ही बस दोनों के गाँव होकर जाती थी. पहिले जिज्जी का गाँव आता था, इसके बाद केशव का. दोनों उसमें जाकर बैठे. वहाँ सीट पर बैठे हुए वे दोनों सोच रहे थे, अब आगे क्या करें? केशव बोला—''मैं तुम्हें घर तक छोड़ कर फिर पैदल ही अपने गाँव चला जाउँगा. खेतों के पास की गड़वास ही तो मेरे गाँव की तरफ जाती है. ''सुन कर जिज्जी बोली—''नही तुम साथ में मत चलना, भाई और माँ तो ठीक है, पिता पता नही तुम्हारे साथ क्या व्यवहार करें? ''—''. मेरे साथ जो होगा, मैं देख लूँगा. ''केशव बोला. थोड़ी देर विचार कर केशव ने कहा—''वहाँ सब मैं संभाल लूँगा, तुम्हें मुश्किल में कैसे छोड़ सकता हूँ? ऐसा है तो मेरे साथ मेरे घर चलो. थोड़ी डॉट—फटकार लगेगी और क्या? ''थोड़े समय बाद जिज्जी का गाँव आ गया. जिज्जी उतर कर नीचे आई, उसके साथ केशव भी नीचे उतरने लगा तो जिज्जी ने उसे रोक दिया. बोली—''नही तुम रहने दो, जब सब कुछ ठीक हो जाऐगा तब मैं तुम्हें बुला लूँगी. ''कह कर उसने अपना सामान उठाया और चलने लगी. उधर बस चल दी. केशव चिन्तामग्न था.

जिज्जी बस से नीचे उतर कर कच्चे रास्ते पर चलते हुए अपने घर की तरफ जा रही थी. रास्ते में जो भी मिलता वह उसे पूरता—सा देख रहा था. कोई—कोई गाँव की महिला, बड़ी—बूढ़ी तो उसे रोक कर कह ही रही थी—''आ गई जिज्जी, अकेली आई हो? ''गाँव में कोई बात छुपती तो है ही नही याने उसके केशव के साथ जाने की बात पूरे गाँव में फैल गई थी. पता नही माँ—बाप, भाईयों पर क्या

गुजरी होगी. कितना तो अपमान हुआ होगा उनका. वह ज्यों–ज्यों घर की ओर कदम बढ़ा रही थी, त्यों–त्यों ऐसे ही अनजान प्रश्न उसे घेरते जा रहे थे.

उधर थोड़ी ही देर में केशव का गॉव आ गया था. वह बस से उतरा किन्तु मन था कि जिज्जी में ही लगा हुआ था. पता नही उस बेचारी के साथ वहॉ क्या हो रहा होगा. उसे मन में आता था कि वह पैर–पैर कच्चे रास्ते से वापिस जिज्जी के गॉव जाकर उसके परिवार से मिले और कहे कि सारी गलती मेरी है, मुझे सजा दो, उसे कुछ न कहें. फिर सोचता जब जिज्जी ने उसका गॉव आ जाने पर उसे बस उतरने से भी मना कर दिया था तो उसके गॉव या घर जाने पर वह कितना नाराज होगी. उसे समझ में नही आ रहा था कि वह क्या करे.

जिज्जी पैदल ही गॉव की पगडंडी पर चली जा रही थी. सामने से आता खड़ियॉ दिखा तो वह रुक गई. खड़ियॉ कुछ आश्चर्य चकित–सा उसकी ओर देख रहा था. पास आने पर वह जिज्जी के पास आकर खड़ा हो गया. जिज्जी ने आगे बढ़ कर उसे गले से लगा लिया. वह रो रही थी. खड़ियॉ के भी ऑखों में ऑसू भर उठे थे. खड़ियॉ फिर आगे नही जा सका. वह उसके साथ ही वापिस घर की ओर चल पड़ा. दोनों बातें करते जा रहे थे. खड़ियॉ बोला–''घर से जाने के पहिले कम से कम मुझे तो बताती, हम कितने दिनों तक परेशान रहे फिर सोचा जो हो गया सो उस पर अपना क्या वश था. ''जिज्जी बोली–''बापू हैं, घर पर? ''–''हॉ, वह तो अपनी बगिया में ही बेर के झाड़ के नीचे खटिया डाले पड़े रहते हैं. केवल खाना खाने के लिए घर के भीतर आते हैं, शेष वह वहीं रहते हैं. उसी की देखभाल, पेड़–पौधे लगाना, फलों, सब्जियॉ उगाना और उनकी देखभाल भर करते है. ''वह जब बोलते–बोलते रुक गया तो जिज्जी ने फिर पूॅछा–''मुझसे तो बहुत नाराज होंगे? ''–''हॉ, सो तो

है, गाँव में काफी बेइज्जती हुई है उनकी. तुम तो जानती हो, वह किसी की भी बातें सुनना पसंद नही करते, तुरंत गुस्से में भर कर जवाब देते हैं या फिर हाथ का लट्ठ उसे दे मारते हैं. इस बार उन्हें पास–पड़ौस, गाँव–देहात जहाँ भी जाते बातें सुननी ही पड़ती थीं. वह इस सबका कुछ जवाब भी नही दे पाते थे. पहली बार जीवन में उन्हें चुप–चुप सबकी बातें सुन कर सहते हुए देखा है. हम लोगों को भी यह सब बुरा लगता था, पर कर क्या सकते थे. ''फिर कुछ रुक कर जिज्जी की बात का मर्म समझ कर बोला–''चलो आगे के रास्ते से घर में चलते हैं. ऐसे में वे सामने नही पड़ेंगे. ''कहते हुए दोनों घर के पास आ जाने पर धीरे से आगे की तरफ से लकड़ी का बेंडा खोल कर भीतर गए. जिज्जी ने देखा माँ की हालत बहुत ही खराब हो गई थी. उन्हें दिखना भी कम हो गया था. अतः वे अब केवल खाट पर ही पड़ी रहतीं. पैरों में सूजन थी. कमर दर्द करती थी. उठते–बैठते नही बनता था. दोनों भाई–कल्लू और खड़ियाँ की बहुऐं आ गई थीं. अतः वे ही घर के सब काम सम्हालती थीं. दोनों बहुओं ने जब उसे देखा तो वे अचकचा कर रह गईं. खड़ियाँ ने उन्हें कुछ भी बोलने से मना किया और वह तथा जिज्जी माँ के कमरे में आ गए. वहाँ कुछ अँधियारा–सा था. वर्षात के दिन थे, आसमान में बादल छाऐ हुए थे. अतः माँ के कमरे में कुछ साफ दिख नही रहा था. खड़ियाँ ने माँ को सहारा देकर उठाया और उनके कान में कहा–''जिज्जी आई है. ''उन्हें कुछ समझ में आया कुछ नही भी आया किन्तु जब जिज्जी उनसे लिपट कर रोने लगी तो वह अपनी संतान के स्पर्श को अनुभव कर जिज्जी को पहचान गई और उसे गले लगाते हुए फफक कर रो पड़ीं. दोनों माँ–बेटी ऐसे ही अपने हृदय की तप्त आग को शांत करते रहे. फिर माँ ने जिज्जी का हालचाल पूँछा. जिज्जी ने सब कुछ बताया. फिर वे बोलीं–''केशव क्यों नही आया साथ? ''जिज्जी बोली–''दादा के डर से अभी नही आया, जब सब कुछ ठीक हो जाएगा तब आएगा और मुझे भी साथ

ले जाएगा. ''जिज्जी मॉं की गोद में सिर रख कर लेटी थी. दोनों भोजाईयॉं पास में बैठीं यह सब देख सुन रहीं थीं. उन्हें इसका सिर—पैर कुछ भी पता नही था क्योंकि जिज्जी के जाने के बाद मॉं का रो—रो कर बुरा हाल हो गया था. वे बहुत कमजोर हो गई थीं. उनसे घर का काम—काज भी नही हो पाता था. अतः पहिले खड़ियॉं का विवाह चूड़ामन ने करवाया. इसके बाद कल्लू का. दोनों ही सीधी—सादी गॉंव की महिलाऐं थीं. पढ़ी—लिखीं भी नही थीं पर घर के कामों में निपुण थीं. थोड़ी देर बाद खड़ियॉं आया तो जिज्जी बोली—''मुझे दादा से बहुत डर लग रहा है''. वह पिता को दादा ही कहती थी. सुन कर खड़ियॉं बोला—''एकदम से देखेंगे तब तो वे पता नही क्या करें. मैं पहिले उन्हें यह सब बता देता हूॅं, वैसे अब वे बहुत कमजोर हो गए हैं. हाथ—पैरों में भी दर्द रहता है उनके. लाठी के सहारे चलते हैं पर गुस्से में अब भी वे आग—बबूला हो उठते हैं और हाथ में उनके लट्ठ तो अब भी वैसा ही रहता है. ''कहता हुआ वह धीरे से घर के पीछे की बगिया में चला गया. वह उसे बेड़ा कहता था. वे उस समय फलियों के पौधों से घर में शाम के भोजन के लिए फलियॉं तोड़ रहे थे. खड़ियॉं उनके पास जाकर खड़ा हो गया. बोला—''दादा, आज फलियों के साथ आलू भी निकाल लेना, दोनों को मिला कर अच्छी साग बन जाती है. ''कहता हुआ वह पास में लगे जामफल के झाड़ पर चढ़ गया. चूड़ामन को वे बहुत पसंद थे. वह उन्हें तोड़—तोड़ कर नीचे उन्हें देने लगा. फिर वह उन्हें तोड़ कर नीचे उतरा. बोला—''आपने चखे? अच्छे पके हैं, बीज तो इसमें हैं ही नही. ''उन्होंने उसके हाथ से एक जामफल ले कर चखा और स्वाद से खाने लगे. खड़ियॉं पास में बैठ गया. वह भी एक जामफल लेकर खाने लगा. फिर वह धीरे से बोला—''दादा, नाराज तो नही होगे? एक खबर है, ''सुन कर उन्होंने जामफल खाना छोड़ कर उसकी ओर घूर कर देखा. जैसे कह रहे हों—''क्या खबर है? ''धीरे से खड़ियॉं बोला—''जिज्जी घर वापिस आ गई है. ''सुन कर जैसे उनकी ऑंखों

में खून उतर आया, गुस्से से लाल होते हुए वे लाठी का पकड़ कर खड़े हुए. उन्होंने हाथ का आधा खाया जामफल वहीं जमीन पर ही फेंक दिया. उनकी ऐसी स्थिति देख कर खड़ियॉ बोला—''दादा, अब जो हो गया सो हो गया, अब वह वापिस तो आ गई न, अपनी ही तो है. गलती होती है, सबसे होती है.''कहते हुए उसने उनके हाथ पकड़ कर धीमे से वापिस उन्हें नीचे बैठा दिया. अब वे तटस्थ हो रहे थे. खड़ियॉ कुछ देर तक और उनके पास बैठा रहा इसके बाद उसने देखा, उनका गुस्सा शांत हो रहा था. वे फिर फलियॉ तोड़ने में व्यस्त हो गए. तब वह वहॉ से उठ कर वापिस घर के भीतर आ गया. आकर जिज्जी से बोला—''डरने की कोई बात नहीं, सब ठीक हो जाएगा.''कहते हुए वह अपने काम से जाने लगा तो जिज्जी ने उससे कल्लू के बारे में पूॅछा. वह बोला—''आजकल वह गॉव की पंचायत का सरपंच हो गया है. लिखापढ़ी का भी काम उसे देखना पड़ता है, इसलिए गॉव के माट्साब उसे पढ़ाते हैं, शायद वहीं गया होगा. कहते हुए वह बाहर चला गया

हुआ यह था कि ठाकुरों की गॉवों में अधिकता होने से गॉव में उन्ही की चलती भी थी. वे लोग अत्यंत गरीब थे किन्तु रुआब अभी भी राजाओं सा ही था. उनके वंशज इस इलाके के राजा रहे थे किसी जमाने में. अतः अभी भी वे इसे अपना अधिकार समझते थे. गॉव के सुम्मेरसिंह के दो लड़के थे—झल्लूराजा और नाती राजा. असली नाम तो किसी को उनके पता थे नही. अतः इसी नाम से सभी उन्हें पुकारते थे. गॉव के हर किसी को जो उनका कहा नही मानता उसे सभी के सामने पीट देते, हाथ पकड़ कर जमीन पर खचोरते और कभी—कभी तो घर में घुस कर भी धमकाते थे. खेती के काम से उन्हें बलपूर्वक बुलवाकर उनसे अपने घर का काम करवाते. इसके अतिरिक्त रात—विरात चोरी, डकैती भी करवाते. पूरा गॉव उनसे डरता था. एक खौफ था उनका पूरे गॉव पर. एक—दो

लोगों ने गाँव के पास के थाने में उनके विरुद्ध शिकायत करने की भी कोशिश की किन्तु इनकी वहाँ मिली भगत होने से उन पर कोई भी कार्यवाही नही हुई. रिपोर्ट ही नही लिखी गई. मार–पीट कर, डॉट–डपट कर भगा दिया गया. अतः सब लोग इनसे बच कर ही रहते थे.

इस बार जब पंच–सरपंच के चुनाव हुए तो इन लोगों ने वहाँ भी अपनी गोट बिछाने के प्रयास किए. वहाँ का पंचायत सचिव इन्हीं का रिश्तदार था. उसी ने उन्हें सुझाव दिया था कि यदि अपने पंच–सरपंच चुन कर आ गए तो पंचायत का पूरा फंड अपन लोग तितर–बितर कर घर भर सकते हैं. अतः इन लोगों ने पूरे गाँव में ऐसा आदमी ढूढा जो अधिक पढ़ा–लिखा न हो तथा गाँव–देहात की किसी भी गतिविधि में दखल न देता हो.

इस हेतु उन्हें कल्लू उपयुक्त लगा. कल्लू ने पहिले तो इसके लिए उन्हें मना किया किन्तु जब उन्होंने उसे समझाया कि कुछ नही करना है केवल हाथ का अंगूठा भर कागजों पर लगाते जाना है या दस्तखत करने आते हों तो दस्तखत भर करने हैं, बाकी हम संभाल लेंगे.

गाँव में इन्ही की संख्या अधिक थी तथा डर और दबदबा भी था. अतः पंच भी इन्हीं लोगों के बताए हुए लोग चुन लिए गए और कल्लू सरपंच बन गया.

सरपंच बनने के बाद कल्लू को गाँव के लोगों न समझाया कि इन लोगों की मंशा क्या थी. खड़ियाँ भी बोला–‘‘भैया, हर एक कागज पर ऐसे ही दस्तखत मत करना नही तो ये लोग तो मजे करेंगे और फँसोगे तुम. ’’सुन कर कल्लू के जी में तो आया था कि यह सब कुछ छोड़ कर भाग जाए किन्तु फिर गाँव के स्कूल के

माट्साब के समझाने पर वह रुक गया और उनसे पढ़ाई–लिखाई सीखने लगा.

अब वह हिन्दी वाक्य–रचना वगैरह समझने लगा था. अतः जब उसका पंचायत सचिव कोई कागज लाता तो वह ध्यान से उसे पढ़ता. पंचायत के खाते में कितना रुपया राज्य सरकार या केन्द्र सरकार से अनुदान के रूप में प्राप्त हुआ, वह उसमें जमा हुआ या नही. गाॅव के लोगों से करों के रूप में कितना रुपया आया और वह ठीक से खाते में जमा हुआ या नही, यह सब बारीकी से वह देखता. साथ ही वह इन सबका खर्च और आय अपनी एक डायरी में अलग से लिखने लगा था. उसने पंचायत व्यवस्था के अध्ययन हेतु पंचायत अधिनियम की प्रति भी शहर से मॅगवा ली थी, जिससे व्यवस्था सम्बन्धी कोई गड़बड़ी न हो तथा उसे इस सबकी कार्यप्रणाली भी समझ में आ जाये.

इस सबकी सूचना जब पंचायत सचिव ने झल्लूराजा और नाती राजा को दी तो वे क्रोध से भर उठे. उन्हें लगा इससे तो उनका उद्देश्य ही पूरा नही होगा. उसको सरपंच इसलिए थोड़ी बनवाया कि वह कोई बहुत ही योग्य उम्मीदवार था तथा गाॅव–देहात का भला कर सके. उसे तो अपनी लूट–खसोट का जरिया बनाने के लिए सरपंच बनाया था. एक दिन उन्होंने कल्लू को गाॅव की पाठशाला के पास महुए के पेड़ के नीचे आड़ में आ कर घेरा. उन्होंने महुए के पेड़ की आड़ ले रखी थी. उनके रोकने पर कल्लू रुक गया. वे बोले–''क्यों बे, हमने सुना है तेरे पंख निकल आए हैं. पंचायत के काम में बहुत बारीकी कर रहे हो. जो पंचायत सचिव कहता है, वह क्यों नही करता जाता, अपना दिमाग क्यों लगाता है. हम हैं न तेरे पीछे.''कल्लू इस बीच थोड़ी होशियारी सीख चुका था तथा पंचायत के सबसे बड़े अधिकारी पंचायत मुख्य कार्यपालन अधिकारी से मिल चुका था. उनसे लिखित में कुछ निर्देश भी ले आया था. अतः वह

कागज उसे बताते हुए बोला–''मैं तो इस कागज के अनुसार काम कर रहा हूँ. यदि कुछ इधर–उधर करूँगा तो जब बिल पास होने उस अधिकारी के पास जाऐगा तब वे पूँछेंगे–''तुमने ऐसा क्यों किया, तब मुझे मजबूरन आप लोगों के नाम बताने पडेंगे. फिर आप इस सबमें फँसते फिरेंगे. ''सुन कर वे लोग बोले–''होशियार हो गया है तू, ढंग से काम कर नही तो पता नही चलेगा कौन से जंगल में मरा पड़ा है. ''कहते हुए वे लोग एक तरफ चले गए और कल्लू अपने घर आ गया.

थोड़े दिनों बाद जनपद अध्यक्ष आदि का चुनाव होनेवाला था. इस इलाके में कल्लू के समाज के लोगों का ही आधिक्य था. वे कल्लू के सम्बन्ध में बहुत कुछ सुन चुके थे. अतः उनमें अपने मन के अनुसार जनपद अध्यक्ष चुनने की हिम्मत आ गई थी. अतः जब विभिन्न पंचायत प्रतिनिधियों व्दारा जनपद अध्यक्ष वगैरह के चुनाव हुए तो उन्होंने कल्लू को ही इस पद हेतु अपना मत दिया. वह जनपद अध्यक्ष चुन लिया गया. अब सभी ठाकुरों में घबराहट फैल गई. उन्होंने ऐसा सोचा ही नही था. सब कुछ उनकी उम्मीद के विपरीत हो रहा था. वे तो सोचते थे, कल्लू सीधा–सादा अपने काम से काम रखने वाला व्यक्ति है, दीन–दुनिया के झमेले से दूर अपनी जंगल की दुनिया में मस्त रहने वाला. सरपंच बना के अपने मन के अनुसार काम करवाते रहेंगे. अब उन्हें कोई उपाय नही सूझ रहा था. अंत में उन सबने मिल कर कल्लू को ठिकाने लगाने का निश्चय किया.

अभी कुछ दिन ही कल्लू को जनपद अध्यक्ष का पद सम्हाले हुए थे कि उसने अपनी गाँव की पंचायत में जाँच बैठा दी और गड़बड़ियाँ पाए जाने पर तथा धन का दुरुपयोग करने के आरोप में पंचायत सचिव को सस्पेंड करवा बिदया. उसके घोटाले व पंचायत के धन के गबन के आरोप में पक्की जाँच भी बैठा दी. यह सब होते देख कर

सुम्मेरसिंह, झल्लूराजा, नातीराजा वगैरह क्रोध से भर उठे. उनकी आय का साधन छिन जाने से वे पहिले से ही उससे जले–भुने बैठे थे और जब उनका रिश्तेदार पंचायत सचिव सस्पेंड हो गया, जिसने सब कुछ गड़बड़ियाँ इन्हीं के कहने पर की थी–उसके सस्पेंड होने पर उन्होंने तय कर लिया कि अब कल्लू को सबक सिखाना ही होगा. यद्यपि जनपद पंचायत अध्यक्ष होने के कारण कल्लू को सरकारी वाहन, सुरक्षा आदि भी मिली हुई थी किन्तु कल्लू इनका उपयोग बहुत कम करता था. वह अब भी सहज भाव से अपने घर के काम करता था, गाय–ढोरों की देखभाल, उन्हें जंगल तक छोड़ना, इधर–उधर स्वतंत्रता से गाँव में घूमना वगैरह. सरकारी वाहन और सुरक्षा वह घर पर ही छोड़ जंगलों में अकेला पहिले जैसा घूमता रहता था.

इसी क्रम में एक दिन जब वह जंगल से वापिस लौट रहा था तब रामटोरिया के घने जंगल की मकोई व झरबेरी के झुंड के पीछे झल्लूराजा और नातीराजा ने उसे घेर लिया, पूँछा–''हमीं ने तुझे वहाँ पहुँचाया और हमारे ही आदमी को तूने सस्पेंड करवा कर जाँच बैठा दी, हमने तुझे इसीलिए वहाँ बैठाया था? ''सुन कर कल्लू बोला–''देखो राजा, न हमें तब पद चाहिए था न आज. मैंने आज भी कोई सरकारी सुविधा पास में नही रखी है. आज भी मैं निपट गँवार, जंगली आदमी की तरह सहज भाव से इस जंगल में विचरण करता हूँ. यदि आप मुझे वहाँ से हटवाना चाहते हैं तो हटवा दें, मैं बिल्कुल इसके विरूद्ध शिकायत नही करूँगा किन्तु जब तक इस पद पर हूँ, सही ढंग से ही काम करूँगा. ''सुन कर दोनों आगबबूला हो उठे, वे जानते थे कि अब उसे पद से हटाना इतना आसान नही रहा था. अतः बोले–''ऐसे नही मानेगा. ''कहते हुए वे अपने–अपने हाथ में लिए लट्ठ उस पर बरसाने लगे. वे उसे मारते रहे जब तक

कल्लू जमीन पर नही गिर पड़ा. इसके बाद उसे लात–घूँसे मारते हुए गरियाते हुए वहाँ से चले गए.

वहाँ से निकलते हुए चरवाहों ने कल्लू को घायल अवस्था में जमीन से उठा कर घर पहुँचाया. उसके सुरक्षा में लगे आदमी इसकी सूचना देने गाँव के थाने पर गए. वहाँ शिकायत लिखवाई किन्तु वे दोनों जंगल में जा छिपे थे. मामला गंभीर था. जनपद के इतने बड़े जनप्रतिनिधि की हत्या के प्रयास का मामला था. अतः सुम्मेरसिंह वगैरह सभी ठाकुरों को थाने पर बैठा कर उनकी अच्छी तुकाई की गई. पुलिस भी क्या करती, ऊपर से दवाब ही इतना था, कलेक्टर तथा मुख्यमंत्री तक इस प्रकरण से जुड़ चुके थे. मुख्यमंत्री स्वंय इस प्रकरण को देख रहे थे. पत्रकार, टेलीविजन का दृश्य मीडिया सभी में इसकी चर्चा थी. अतः दवाब में आकर अखिर झल्लूराजा व नातीराजा को भी पुलिस ने पकड़ कर जेल में बंद कर दिया. उन पर गंभीर धाराओं के अंतर्गत हत्या का प्रयास सम्बन्धी मामला दर्ज किया गया.

कल्लू स्वस्थ होने पर फिर अपने काम में लग गया. उसे किसी के प्रति कोई शिकायत नही थी. न उसके मन में किसी के प्रति क्रोध या व्देष था. वह कहता था–"जो मेरा काम है, वह मैने किया, उनका काम उन्होंने. ईश्वर सब उचित–अनुचित देखता है, मैं क्यों इस पचड़े में पड़ूँ"

जिज्जी के घर लौटने पर जब एक–दो दिन बाद प्रादेशिक राजधानी से लौट कर वह आया तो जिज्जी को देख कर बड़ा खुश हुआ. दोनों गले मिले. कल्लू जिज्जी से बोला–"बहिन, इस बारे में मुझसे तो कहतीं, तुमने तो मुझे पराया कर दिया. "इसी तरह बातें करते हुए दोनों बैठे रहे.

दूसरे दिन कल्लू वापिस सुरक्षागार्डों व सरकारी वाहन के साथ अपने जनपद अध्यक्ष कार्यालय चला गया. वहाँ कोई कार्यक्रम था. उसके

आयोजन की तैयारियाँ उसे ही देखना थीं. यदि यह आयोजन सफल हो जाता तो उसे अपने प्रोजेक्ट के लिए केन्द्र सरकार से अधिक धनराशि मिलनी थी. पहिले तो इसमें उसे केवल संबद्ध विभाग के मंत्री के ही सम्मिलित होने की जानकारी थी किन्तु वहाँ पहुँचने पर पता चला कि स्वंय मुख्यमंत्री इसमें भाग लेने आ रहे हैं, तो वह और सचेत होकर कार्यक्रम की तैयारियाँ करने लगा. वह नही चाहता था कि इसमें कोई कमी रह जाये क्योंकि अधिकारियों का क्या भरोसा, जब तक उन पर डंडा न रहे वे ठीक से काम करते ही नही.

दोपहर को कार्यक्रम था. लोग पंडाल में आने लगे थे. थोड़ी देर बाद मंत्री आए, अतिथि आऐ और सबके अंत में मुख्यमंत्री जी पधारे. मुख्यमंत्री उपस्थित जनों की विशाल संख्या को देख कर भावविभोर हो गए. उन्होंने कल्लू की पीठ थपथपाई तथा बोले–'तुम्हारे बारे में अखबार, टीवी वगैरह से बहुत कुछ जाना, देखा–सुना, अच्छे आदमी हो, ईमानदार व मेहनती हो, तुम्हारी पूरी जनपद पंचायत निर्दलियों की है, तुम हमारी पार्टी में आ जाओ, भविष्य बन जाएगा तुम्हारा. ''कल्लू ने इस सम्बन्ध में अपनी स्वीकृति दी. पार्टी अध्यक्ष ने वहीं सभी जनपद पंचायत के सदस्यों के पार्टी में शामिल होने समन्धी सदस्यता के फार्म भरवाए और पार्टी का चिन्हवाला दुपट्टा पहनाते हुए उन्हें पार्टी में सम्मिलित करने की घोषणा की. जनसमुदाय ने तालियाँ बजा कर इसका स्वागत किया. कल्लू की मेहनत व ईमानदारी तथा कर्तव्यकुशलता से प्रभावित होकर ही इतना विशाल जनसमुदाय इस सभा में सम्मिलित हुआ था. इस तरह कल्लू अब शासन वाली पार्टी का सदस्य हो गया था. लोगों को पक्का विश्वास था कि अगले विधानसभा चुनाव या रिक्त सीट पर चुनाव होने पर इस क्षेत्र से उसे ही विधानसभा सदस्यता हेतु पार्टी की ओर से खड़ा होने के लिए टिकिट मिलेगा.

00

उधर केशव घर पहुँचा. रास्ते भर वह जिज्जी के बारे में ही सोचता रहा. पता नही उसके साथ वह लोग कैसा व्यवहार कर रहे होंगे. उसका मन होता था कि एक बार वह बाहर से ही होता हुआ उसे देख आए. बेचारी ने मेरे कहने पर इतना बड़ा कदम उठाया. उसे कोई परेशानी नही होनी चााहिए किन्तु जिज्जी ने दृढ़ता पूर्वक उसे वहॉ आने से मना कर दिया था. इसीलिए वह वहॉ जाने की हिम्मत नही जुटा पा रहा था. जब वह घर पहुँचा तो पूरा परिवार बहुत खुश हुआ. मॉ ने तो उसे गले से लगा लिया. भाई–भौजाई अवश्य थोड़े–थोड़े खिंचे–खिंचे से रहे किन्तु पहिले दिन तो उसके पिता उससे कुछ बोले नही, उपेक्षा–सी करते हुए उसे दूर से देखते हुए निकल जाते रहे. दूसरे दिन शाम को जब वह अपने कमरे की तरफ जा रहा था तब वे नाराज होते हुए बोले–"क्यों रे, नालायक, यही करने को बचा था क्या? सारी विरादरी में नाक कटवा दी मेरी. अब क्या करना चाहता है, दुकान वगैरह देखेगा या नही? "उसने उन्हें कुछ जवाब नही दिया और वह अपने कमरे में चला गया. वे बड़बड़ाते हुए मॉ से चिल्ला–चिल्ला कर बातें करते रहे. मॉ उन्हें समझाती रही.

केशव का मन अब घर के किसी काम में नही लगता था. वह कॉलेज के दिनों की खरीदी व लायब्रेरी की लौटाई नही गई पुस्तकों को पढ़ता हुआ उन्हीं में डूबा रहता. उसे हिन्दी साहित्य बहुत प्रिय था. इसी में उसने एमए किया था. अतः कभी किसी कविता–संग्रह की किताब पढ़ने को उठा लेता और पढ़ताः

इस महासमर के बीच,
मैं कहॉ हूँ?
यह धुँधली–सी आकृति,
किसकी है?
जो हर पल मेरी ऑखों में,

समाती जा रही है.
मैं कहाँ से लौटा हूँ?
किसे खोया है मैंने?
शायद स्वंय को.

यह कौन है, जो हर पल,
बीतने के बाद,
प्रश्न–चिन्ह–सा आकर,
खड़ा हो जाता है?
शायद इस आकृति से,
परिचित तो हूँ
यह आक्रोषित,
तनी हुई मुट्ठियाँ भींचे,
तमतमाये चेहरे के साथ,
हर अवरोध को लाँघना चाहती है.

पूर्व की धुँधआती साँझ के,
कगारे खड़ा हो,
निराशा की नदियों की काई–सी,
अंधेरी कालिमा में इसे,
डूबते मैंने देखा है.

अपनी अस्फुट आवाज में,
क्यों कह रही है कि?
''कोई है जो मुझे मेरे,
घर पहुँचा दे,
क्योंकि मैं,
इस अंधेरी गुफा में,
आकर सब कुछ भूल गयी हूँ. ''

इसके बाद वह अलग ही मनःस्थिति में पहुँच जाता. वह पता नही क्या–क्या सोचता किन्तु मन किसी काम में लगता ही नही था. वह जाकर माँ के पास बैठ जाता. माँ उससे सब कुछ पूछती जाती और वह बताता जाता. बाद में माँ कहती–''बेटा, हमारे जमाने में तो यह सब होता ही नही था, तूने किया तो अच्छा ही किया होगा. ''इसके बाद उसका मन करता कि खेतों तक हो आए, शायद वहीं वह मिल जाए किन्तु फिर सोचता यदि उसने मिलने से मना किया है तो उसकी बात माननी ही पड़ेगी. इसके पीछे अवश्य ही कोई कारण होगा. इसी समय पिताजी अपने कमरे से निकल कर उससे बोले–''क्या दिन भर ऐसे ही बैठा रहेगा? कुछ कामकाज में मन लगा तो मन भी तेरा बहल जाएगा. उसने उन्हें कोई जवाब नही दिया. माँ भोजन बना कर वहीं ले आई तो उसे खाकर वह वापिस अपनी पढ़ने की टेबल पर आ कर बैठ गया. वहाँ अच्छी कविताओं की किताब उठा कर पढ़ने लगा. :

मेरे संशय की पतली,
दीवार,
और मेरे भीतर बैठा,
अनिश्चय का साँप,
क्यों फन फैलाए बैठा है?

ओ! पहरेदार,
''कल जो सूरजवाली बस्ती,
देख कर आया था,
वह कहाँ बिला गई?

रात के सपनों में दिखती,
बालिश्त-बालिश्त,

कॉटों की झॉड़ियॉ,
यहीं तो हैं. "

फिर मन होता तो लेट जाता.

आखिर आठ–दस दिन तक ऐसे ही अन्यमनस्क रहने के बाद उसने तय किया कि वह खेतों तक तो जाएगा ही. वहॉ कोई मिला तो वह उससे बोलेगा नही. यहॉ तक कि जिज्जी भी मिली तो जब तक वह न कहेगी, उससे बात नही करेगा. सोचते–सोचते वह उठा और पैर में चप्पल पहिन कर चल दिया. सुबह का समय था. अभी सूर्योदय पूरी तरह हुआ नही था. इसी समय तो किसान अपने खेतों में पानी वगैरह देने वहॉ आते थे.

वहॉ तक जाने का कच्चा रास्ता था. गॉव की सड़क पार करने के बाद जंगल आ जाता था. ऊॅची पहाड़ी को पार कर फिर पतली पगडंडी पर चलते हुए एक नाला आता था. उसके किनारे लगे गूलर के वृक्षों पर बंदर गूलर खा–खा कर नीचे गिरा रहे थे तथा मस्ती कर रहे थे. वह पल भर के लिए वहॉ खड़ा हो उन्हें देखता रहा फिर नाले के पानी को पार करते हुए दूसरी तरफ पहॅुच गया. नाले में पानी अधिक नही था. ठंड के दिन थे. वर्षात में तो इसमें बाढ़ आ जाती थी. इसमें इतना पानी आता था कि इसे उस स्थिति में किसी भी तरह पार नही किया जा सकता था. उन दिनों यह रास्ता बंद हो जाता था. चक्कर लगा कर पुलिया के ऊपर से होकर निकलना पड़ता था. हॉ, एक बात अवश्य थी उस नाले की बाढ़ में बह कर आते सूखे पेड़, टहनियॉ, लकड़ी के लट्ठे और कभी–कभी बड़े–बड़े कद्दू गॉव के लोग उस बाढ़ के पानी में उतर कर उन्हें किनारे इकट्ठा करते जाते थे.

वह नाला पार झर अपने खेतों में पहॅुचने ही वाला था. उसने दूर से जिज्जी के खेतों की तरफ निगाह डाली. वहॉ कोई आदमी लट्ठ

लिए खेतों में पानी दे रहा था. शायद जिज्जी के पिता होंगे. उसने सोचा. एक पल तो उसे उन्हें देख कर डर–सा लगा, सोचा–वापिस लौट जाऐ, किन्तु फिर सोचा–यहाँ तक तो आ ही गया हूँ तो कम से कम अपने खेतों तक तो हो ही आउँ. उनसे बोलूँगा नही. बोलना क्या, देखूँगा भी नही. सोचता हुआ वह आगे बढ़ गया.

खेत पर पहुँचा. गेहूँ की फसल लहलहा रही थी. अब तो उसमें गेहूँ की बालियाँ निकलने वाली थीं. उसने हल्के हाथ से उन्हें छुआ. उसे अच्छा लगा. अकस्मात उसकी निगाह पास के जिज्जी के खेत पर गई. वहाँ शायद उसके पिता काम कर रहे थे. वे खेतों में नहर से पानी दे रहे थे. शायद खड़ियाँ वगैरह आज न आए हों, उनकी जगह वे आए थे अन्यथा वे तो अपने बेड़े में बेर के पेड़ के नीचे खटिया डाले ही लेटे रहते थे तथा हर आने–जाने वाले को गरियाते रहते या किसी ने उनके बेड़े में घुसने की कोशिश की या फल वगैरह तोड़ने का प्रयत्न किया तो वे वहीं से चिल्लाते व उसे गरियाते हुए उठते और हाथ के मोटे लट्ठ को जमीन पर पटकते हुए चिल्लाते. कभी–कभी वही लट्ठ वे फेंक कर भी उसे मारने का प्रयत्न करते. यह . सब जिज्जी ने उसे बताया था. वह उनके और पास गया. वे चुपचाप अपने काम में व्यस्त थे. हाँ जब कभी वे हल्की–सी निगाह डालते हुए कनखियों से उसे देख लेते थे. उनकी बड़ी–बड़ी लाल–लाल अंगार उगलती आँखों को देख कर वह डर गया. फिर भी पता नही क्यों उसके भीतर साहस जागा और वह उनके और पास जाकर खड़ा हो गया. उन्होंने उसकी तरफ से मुँह फेर कर दूसरी ओर कर लिया और उससे दूर जाकर खड़े हो गए. केशव अपनी जगह खड़ा सोचता रहा. फिर उसने विचार किया कि उनके चरण–स्पर्श करने से वे शायद पिघल जाऐं और थोड़ी बातें करें तो वह जिज्जी के बारे में उनसे पूँछे. वह उनके और पास गया और उनके पाँव छू कर वहीं सामने खड़ा हो गया. उसे पास में खड़ा

देख वे बोले–''कौन है तू? क्या काम है. ? ''उसने धीमे से कहा–''मैं केशव. . ''इतना सुनते ही वे क्रोध से उबल पड़े–''तेरी हिम्मत कैसे हुई मेरे सामने खड़े होने की. ''कहते हुए उनके हाथ में जो मोटे बॉस का लट्ठ था, वह जोर से उठा कर उसके सिर पर मार दिया. इसके बाद भी उनका गुस्सा शांत नही हुआ तो वे उसे ऐसे ही मारते रहे. केशव खून से लथपथ नीचे जमीन पर गिर पड़ा था. उसे नीचे गिरते देख आसपास के खेत में अपना काम कर रहे किसान दौड़ कर वहॉ आए और केशव को उठा कर ले जाने लगे. उन्हें रोकते हुए वे बोले–''खबरदार, जो किसी ने उसे हाथ लगाया तो, मरने दो उसे, उसने मेरी इज्जत पर हाथ डाला है. ''किन्तु किसानों की भीड़ ने उनकी न सुनी, अस्पताल केशव के गॉव में ही था. अतः जिस रास्ते केशव यहॉ आया था उसी रास्ते खटिया की पालकी–सी बना कर वे ले चले. वहॉ केशव के घर पहुॅचने पर कोहराम मच गया. उसे अस्पताल में भर्ती किया गया किन्तु डॉक्टरों ने देखते ही कह दिया–''अब कुछ नही हो सकता, घाव गहरा है व खून भी बहुत बह गया है. ''सुन कर केशव का पूरा परिवार वहीं दहाड़ें मार कर रो पड़ा. उसके पिता कह रहे थे–''कितना समझाया था पर माना नही, अब दुःख का पहाड़ तो हम पर टूटा है. ''थोड़ी देर में थाना, कचहरी की प्रक्रिया चालू हुई. इधर जिज्जी के गॉव में अलग कोहराम मचा था. जिज्जी तो रो–रो कर बेहोश हो गई. खड़ियॉ केवल खड़ा यह सब देखता रह गया. कल्लू इस समय गॉव में ही नही था. वह प्रशासनिक काम से प्रादेशिक राजधानी गया था.

चूड़ामन की गिरफ्तारी के बाद खड़ियॉ पर ही पूरी जिम्मेदारी आ गई थीं. कल्लू तो अधिकतर अपनी राजनीति व प्रशासनिक कामों में ही उलझा रहता. हॉ, जब वह घर पर होता तो अपने पूर्ववत सभी काम वह कर लेता था. बाद में सहायता के लिए धसने दो हलवाहे रख लिए थे, वे खेती, गाय–ढोरों की देखभाल में उसकी मदद करते.

जिज्जी तो बिल्कुल भीतर से टूट—सी गई थी. उसके सारे सुनहरे स्वप्न बिखर गए थे. उसने सोचा था, घर आकर वह अपने पिता को धीरे—धीरे मना लेगी किन्तु इस सब का अनुमान नही था. उसे इस पर बिल्कुल भी भरोसा नही था कि उसके पिता इतने कठोर ह्रदय के होंगे कि अपनी ही लड़की को विधवा बना देंगे किन्तु वह समझती थी कि जो हो चुका उसे बदला नही जा सकता. एक प्रकार का उसे चैन्नई से यहॉ वापिस लौटने का पछतावा भी हो रहा था. जैसा भी था वहॉ वह सुखी थी किन्तु उसे बच्चे की मौत ने गहरा सदमा दिया था. अपने माता—पिता से संतान के रिश्ते की बारीकियों का अनुभव उसने अपनी संतान के न रहने पर महसूस किया और इसीलिए उसने अपने पिता और माता की भावनाओं को अपने भीतर अनुभव कर वह वापिस लौटी थी. धीरे—धीरे उसने घर के भीतरी कामों की जिम्मेदारी संभाल ली. लेन—देन, बेचना—खरीदना, घर की भीतरी देखभाल सब कुछ अब उसी के जिम्मे था. दोनों बहुऐं तो निरक्षर थीं तथा बहुत ही सीधी थीं. दुनियादारी से वे अछूती थी. उनके अतिरिक्त घर में केवल मॉ ही थी. वह असहाय—सी एक कमरे में पड़ी रहती. उसकी सेवा वह बड़े मनोयोग से करती.

चूड़ामन के चले जाने के बाद उसकी मॉ भी बहुत ही उदास रहने लगी थी. अब वे ठीक से न खाना खाती थीं और न ही अपने कमरे से बाहर निकलती. चलने—फिरने में असमर्थ तो थीं ही. लगता था वे गहरी निराशा की खाई में गिरती जा रहीं थीं. ज्यादा समय नही हुआ कि एक दिन रात को उन्हें अचानक कुछ भी दिखना बंद हो गया, चक्कर आऐ और बेहोशी की अवस्था में ऐसे ही पड़ीं रहीं. किसी को आवाज लगाने की स्थिति में थीं नही. अतः जब सुबह जिज्जी उन्हें जगाने व नित्यकिया करवाने हेतु उनके कमरे में गई तो उन्हें उसने निश्चेष्ट अवस्था में पाया. वह इस असार संसार को छोड़ चुकी थी. वह जोर—जोर से रोने लगी. बहुऐं भी रोने लगीं. खडियॉ

आया. वह दुःखी–सा एक कोने में खड़ा मॉं के कान्तिहीन चेहरे को देखता हुआ सुबक रहा था. कल्लू को खबर की गई. वह दौड़ा–दौड़ा आया और उनकी अन्त्येष्टि क्रिया संपन्न हुई.

विशनाथ और देवकी दोनों ही जिज्जी व पूरे परिवार को धैर्य बॅंधाते बैठे रहे. दो–तीन दिनों तक उन्होने अपने घर से ही रसोई बनवा कर यहॉं भिजवाई और आग्रहपूर्वक उन्हें खाने के लिए कहा. कल्लू का राजनैतिक परिवेष होने से लगभग पूरे प्रदेश में यह बात फैली. उसके राजनैतिक साथी, नेता आदि उसे सांत्वना देने आऐ. शासकीय पार्टी के पदाधिकारी भी आते रहे. इसके लिए उसने घर का बाहरी कमरा खुलवा दिया था. वहॉं फर्श पर दरी विछवा कर एक व्यक्ति उनकी सहायता के लिए रख दिया था. वह वहीं दरी के एक किनारे बैठा रहता. मॉं की फोटो रखी रहती. उस पर हार–फूल चढ़ा रहता, आनेवाला हाथ जोड़ कर उन्हें प्रणाम करता व थोड़ी देर बैठ कर चला जाता. खड़ियॉं तो एक दिन बाद ही अपने घरू कामों में व्यस्त हो गया था क्योंकि गाय–भैंसों, बैलों की भी देखभाल करनी आवश्यक थी. खेतों में सोयाबीन पक गया था. उसकी कटाई भी करवानी थी. उसने इस हेतु मजदूरों को पहिले ही एडवांस में भुगतान कर रखा था. अतः जब वे सोयाबीन काटने आ गए तो वह काम करवाना आवश्यक था. धीरे–धीरे सब सामान्य होता गया. कल्लू वापिस अपने काम से शहर चला गया. जिज्जी घर–बार देखने लगी.

00

खड़ियॉं के यहॉं हुए घटनाक्रम से विशनाथजी भी दुःखी थे. ऐसा हराभरा घर कुछ ही दिनों में कैसे शोक में डूब गया था. इस सब का स्मरण कर वे भीतर ही भीतर दुःखी हो उठते थे. उन्हें जिज्जी पर दया आ रही थी. अभी उसकी उम्र ही क्या थी. अकेली हो

91

गई बेचारी. उन्होंने उसका बहुत दिनों बाद मन लिया–वह बोली थी–''पंडितजी, जो होना था वह हो गया. इस जनम का यही था, सो अब अपना किस पर क्या बस. अब तो बस भोगमानी ही भोगना है.''सुन कर वे एक भारी उसांस लेकर रह गए थे. देवकी भी उसकी ऐसी बातें सुन कर उदास थी.

ऐसे समय उन्हें अपने बच्चों आकाश और अशोक का स्मरण हो आता था. सोचते थे–उनका विवाह बहुत ही सोच–समझ कर करना होगा. आकाश इंजीनियरिंग करने के बाद एमबीए के अंतिम वर्ष में था. वही सबसे बड़ा भी था. उसका विवाह सबसे पहिले करना होगा. अशोक का इसके बाद. दोनों बहुत दिनों से घर भी नही आए थे. आकाश के तो बहुत से रिश्ते भी आ रहे थे किन्तु वे ही उन्हें थोड़ा रुकने का कह कर आगे बढ़ कर रोक देते थे. कहते थे–''अभी पढ़ाई पूरी कर लेने दो, फिर देखते हैं. फिर लड़के से भी तो पूँछना पड़ेगा. आजकल के लड़के हैं, उनकी मर्जी भी तो जानना जरूरी है. वैसे अशोक की पढ़ाई समाप्त होकर वह आयुर्वेदिक कॉलेज में पढ़ाने भी लगा था तथा उसका क्लिनिक भी ठीक ही चल रहा था. वह लगभग अपने पैरों पर खड़ा हो गया था. बस आकाश की शादी के बाद उसी का नंबर था.

आकाश की पढ़ाई का भी यह अंतिम वर्ष ही था. उसकी सहपाठी थी इला. दोनों ने ही स्पेशलाईजेशन के लिए एच आर चुना था. अधिकतर दोनों एक साथ ही कैम्पस में घूमते दिखते थे. लायब्रेरी में भी बहुत देर तक दोनों बैठे रहते. थोडी–थोड़ी व्यक्तिगत, घरबार की बातें भी भी वे कर लेते थे. इला जिलाधिकारी की बेटी थी. विचार, रहन–सहन सभी उसके आधुनिक थे. इसके बाद भी कक्षा के अन्य लड़कों की अपेक्षा आकाश के साथ रहना ही उसे अधिक पसंद था. आकाश यद्यपि उससे दूर रहने की कोशिश करता क्योंकि वह उसके पिता के स्वभाव से इला की बातें सुन–सुन कर परिचित

हो चुका था. उनका पद और अधिकार भी बड़े थे. इसलिए वह इला को अपने अनुकूल नही पाता था किन्तु जब इला स्वंय उसके पास आकर अपनी क्लास की कठिनाईयॉ, परेशानियॉ, भविष्य के सपने आदि पर बात करती तो वह उसे मना नही कर सकता था. वह सब कुछ सुनता और अपनी समझ के अनुसार उनके उत्तर देता था.

आकाश कैम्पस के बीच स्थित झील पर अधिकतर सुबह के उगते सूर्य को देखते हुए बहुत देर तक बैठा रहता. पूर्व के आसमान का क्रमशः लाल व सिन्दूरी होना, फिर उसमें गहरी लालिमा आना और इसके बाद सूरज की पहली किरणों का फूटना —यह सब देखना उसे बहुत अच्छा लगता था. वह अनायास अपने दोनों हाथ जोड़ कर उसे नमन करता और झील के पानी में पड़ते उसके सुनहरे अक्स को देखता बैठा रहता. उसे पता ही नही चलता कि इला कब उसके पास आकर बैठ गई और उसकी हर गतिविधि को निहारती रही. उसे पास बैठा देख कर आकाश उससे कहता—''अरे तुम कब यहॉ आईं? ''इला कहती—''रात को पढ़ते—पढ़ते दो बज गए थे. असाइनमेंट भी पूरा करना था. लायब्रेरी में बैठी रही फिर कम्प्यूटर रूम में जाकर काम किया और तब जाकर काम पूरा हुआ, इसके बाद सोई. सुबह उठी तो इधर चली आई. यहॉ आकर तुम्हें देखा तो पास में बैठ कर मैं भी सुबह का सूर्योदय देखने लगी. सच में कितना आल्हादक व जीवन में उल्लास व प्रसन्नता का नवसंचार करने वाला पल होता है यह. ''उसकी बातें सुन कर आकाश कुछ पलों तक चुप रहा फिर बोला—''मैं तो गॉव से हूॅ बचपन से ही मुझे यह सब प्रिय है, खुली हवा, विस्तृत आकाश, खेत—खलिहान, नदी, पानी इसी के बीच में मैं बड़ा हुआ. मेरे पिता भी ऐसे ही हैं. मॉ जरूर कुछ आधुनिक विचारों की है किन्तु पिता तो बिल्कुल ग्रामीण व्यक्तित्व वाले हैं. मेरी दादी तो रही नही, नही तो वे मुझे सबसे

अधिक चाहती थीं. आयुर्वेद की दवाओं में उन्हें महारत हासिल थी. ''कह कर वह चुप हो गया.

इला सब कुछ ध्यान से सुनती रही. फिर बोली—''तुम तो कभी—कभी शाम को भी यहाँ आते हो, मैंने बहुत बार तुम्हें यहाँ आते देखा है. ''—''हाँ, शाम को ऊपर हॉस्टल से निकल कर घूमते हुए यहाँ आ जाता हूँ, अच्छा लगता है, मुझे ज्यादा भीड़—भाड़ पसंद नही. एकांत पसंद है. ज्यादा बोलचाल, लफ़्फाजी मुझे आती नही. यदि मैं ज्यादा बातचीत करूँ तो मुँह दुखने लगता है. ''इला सब सुनती रही. फिर बोली—''अब चलें कैंटीन, नाश्ता करना है या नही. ''—''हाँ, चलो, नही तो कैंटीन वाला कहेगा—आज फिर आप लेट हो गए, और बचा—खुचा सामने रख देगा. ''कहते हुए वह उठा और इला के पीछे—पीछे चलने लगा.

इंस्टीट्यूट—कैम्पस बहुत विस्तृत परिवेश में फैला था. प्रवेश करते ही सुरक्षा जाँच चौकी थी. इसके बाद बहुत आगे चलने पर जिम्नेशियम हॉल था, इसके बाद ही मैस का बड़ा भवन था जिसमें टेबल—कुर्सियाँ लगीं हुई थीं. ऑटोमैटिक रसोई थी. इससे थोड़ी ही दूर जाने पर हॉस्टल ब्लॉक्स थे. वे कमशः आठ—नौ थे. इन से हट कर बाईं ओर सड़क पर चलने के बाद ही मुख्य प्रशासनिक दो मंजिला भवन था. लैक्चर हॉल व लैब्स थोड़ी दूर थीं. इनसे हट कर थोड़ी ही दूर पुस्तकालय भवन एवम् कंप्यूटर रूम था.

पूरा कैम्पस हरे—भरे वृक्षों से आच्छादित था. इनसे हट कर ऊँची—नीची हरे—भरे वृक्षों से भरी छोटी—छोटी पहाड़ियाँ थीं जिनमें बाँस, गूलर, आम, जामुन वगैरह के वृक्ष थे. इनके बीच बैठ कर मन को बड़ी शान्ति मिलती थी. इन्हीं पहाड़ियों के बीच से चढ़ कर ऊपर जाने पर नीचे की तरफ की सीढ़ियाँ उतरने पर झील थी, जिसमें स्वच्छ, निर्मल पानी से भरा था, जहाँ से सुबह का मनोरम सूर्योदय का दृश्य दिखता था.

आकाश को सुबह–शाम घूमने का शौक था. उसे बचपन से ही यह था. बचपन में वह इस हेतु अपने खेतों की तरफ निकल जाया करता था और वहॉ खेतों में लहलहाती फसलों के बीच मेड़ पर बैठ कर आनंदित होता था. यहॉ भी वह झील के किनारे बैठे–बैठे उसमें उठती लहरें, उसके पानी में तैरती मछलियों व आसमान में उड़ते पक्षी निहारा करता था. कभी–कभी इला भी वहॉ उसके साथ आ जाती. यद्यपि उसे इस सब में अधिक रुचि नही थी. इसी तरह एक दिन दोनों झील के किनारे बैठे–बैठे बातें कर रहे थे, अकस्मात वह बोली–''एकाध बार तुम्हारा गॉव दिखाओ न, हम तो शहर के पले–बढ़े हैं. गॉव के बारे में बड़ा सुन रखा है, खेत, गलियॉ, जानवर, लोग सभी के बारे में तुमसे ही बहुत सुना है, टीवी वगैरह में भी देखा है. एक बार जीवंत गॉव भी दिखा दो. ''सुन कर आकाश ने उसकी ओर देखा. बोला–''अभी तो प्लेसमेंट की तैयारियॉ करनी हैं, फिर कभी चलेंगे, इसमें कौन सी बड़ी बात है. मेरा परिवार भी तुम्हें देख कर खुश होगा. ''कह कर वे उठ गए.

00

गॉव में विशनाथजी के साथ एक परेशानी और आ गई थी. उनके खेत सुम्मेरसिंह के खेतों से लगे हुए थे. एक खेत के थोड़े से कोने में उन्होंने मालदा आम के पौधे रोपे थे. उनमें अच्छे बड़े–बड़े आम लगते थे. वे पेड़ फलों से लद जाते थे. वे घर के काम में आने के अतिरिक्त उन्हें तुड़वा कर बेचने हेतु गॉव के एक ढीमर को ठेके पर दे दिया करते थे. वह बदले में उन्हें अच्छी रकम देता था. साल भर में इन्ही आमों से ही उन्हें पर्याप्त आमदनी हो जाती थी. यही ठाकुरों को अखरता था. इस बार सुम्मेरसिंह ने पटवारी से मिल कर आमों का वह हिस्सा अपने खेत में लिखवा कर वहॉ तक खेतों की जुताई कर फसल बो दी थी तथा आमों के वृक्षों को कॉटेदार

95

झाड़ियों से घेर कर अपने अधिकार में कर लिया था. विशनाथजी जानते थे कि उससे लड़ाई–झगड़ा करने से तो कोई फायदा था नही, पटवारी को उसने पहिले ही अपनी ओर कर लिया था. अतः उन्होंने तहसीलदार के कार्यालय में इस सम्बन्ध में एक आवेदन लगा दिया था. उन्होंने इन्हें चर्चा के लिए कार्यालय बुलाया. जब वे वहॉ पहुँचे तो तहसीलदार का चपरासी उन्हें एक तरफ ले जाकर बोला–‘‘साहेब ने आपको घर पर बुलाया है.’’ वे कुछ समझे नही पर फिर बिना कुछ कहे वह उस चपरासी के साथ ही तहसीलदार के बंगले की तरफ चल पड़े.

उनका बंगला अधिक दूर नही था. साथ वाले चपरासी ने उन्हें अंदर ले जाकर बैठका में बैठाया और साहब को खबर करने के लिए भीतर चला गया. उन्हें अधिक इंतजार नही करना पड़ा, वे बैठका में आए और बड़ी नम्रता से विशनाथजी को नमस्कार कर पास में ही बैठ गए. थोड़ी देर में वही चपरासी चाय–नाश्ते की प्लेट रख कर चला गया. विशनाथजी बड़े आश्चर्य चकित थे. उन्होंने इस तहसीलदार के बारे में सुन रखा था कि यह बड़ा ही कड़क व अनुशासनप्रिय व्यक्ति है, रिश्वत नही लेता किन्तु सीधे मुँह बात भी नही करता. उन्हें भीतर ही भीतर थोड़ा डर भी लग रहा था.

तहसीलदार ने एक पल उनके चेहरे को देखा फिर बोले–‘‘आप चिन्ता न करें, आपका आवेदन–पत्र मैंने देख कर उस पर आदेश कर दिया है तथा कल पटवारी आकर रिपोर्ट दे गया है कि उसने उस सुम्मेरसिंह के नामे दाखिल–खारिज की जमीन वापिस आपके नाम से इन्द्राज कर दी है व वहॉ से उसका कब्जा भी हटवा कर उसे चेतावनी दे दी है. अब वह आपको परेशान नही करेगा.

विशनाथजी को वहॉ बैठे अभी थोड़ा ही समय हुआ था कि उनकी पत्नि भी वहीं पास के सोफे पर आकर बैठ गई. पहिले तो वे चुप

रहीं फिर बोलीं–''आपका लड़का एमबीए में बड़ी अच्छी जगह से पढ़ाई कर रहा है. बड़ी प्रतिष्ठित संस्था है वह, वहाँ का प्लेसमेंट भी सौ प्रतिशत है तथा पैकेज भी वहाँ से अच्छा मिल जाता है. ''कह कर वे चुप हो गईं. विशनाथजी बोले–''देखिए लड़के की मेहनत है, मैंने तो उसे आगे पढ़ने से ही मना कर दिया था, कहा था–''क्या करेगा यह सब कर के, घर में खेती है, इतना सब कुछ है. मेरे बाद उसे ही तो देखना है किन्तु वह माना नही, उसकी इच्छा देखकर मैंने भी हाँ कर दी. अब फायनल है, इस समय तो बता रहा था कि अगले माह से प्लेसमेंट चालू हो जाऐंगे. फिर परीक्षा होने के बाद वहाँ ज्वाईन कर लेगा. इसके बाद ट्रेनिंग वगैरह के बाद देखिए कहाँ उसकी पोस्टिंग होती है. ''तहसीलदार तथा उनकी पत्नि दोनों ध्यान से उनकी बातें सुन रहे थे. फिर तहसीलदार बोले–''हमारी बच्ची भी एमएससी कंम्प्यूटर साइंस में कर रही है. हम चाहते है कि यह रिश्ता यदि हो जाए तो अच्छा है. ''कह कर वे चुप हो गए.

विशनाथजी चुप थे. उनके लिए यह आकस्मिक बात थी. इसीलिए वे सोच रहे थे कि इस सबका वह क्या जवाब दें. फिर कुछ रुक कर बोले–''देखिए लड़का छोटा होता है तो उस पर अपना वश होता है. आज जमाने की हवा के अनुसार मुझे उसकी इच्छा पूॅछनी होगी. वह क्या चाहता है? इसके बाद ही मैं आपको कुछ जवाब दे पाउॅगा. ''कह कर वे चुप हो गए. तहसीलदार की पत्नि बोली–''ठीक है, इस बार वह घर आए तो पूॅछ कर हमें सूचित कीजिएगा. ''फिर दोनों चुप हो गए. विशनाथजी चाय पीते नही थे, नम्रता पूर्वक इसके लिए उन्होंने मना कर दिया. इसके बाद वे उठ खड़े हुए. दोनों पति–पत्नि उन्हें छोड़ने दरवाजे तक आए. इसके बाद विशनाथजी वापिस घर आ गए.

इस घटनाक्रम के बाद सुम्मेरसिंह ने इनके प्रति और भी अधिक बुराई की गाँठ बाँध ली. इसका परिणाम भी विशनाथजी को जल्दी

ही मिला. जब एक दिन उनके गाय–बैल, भैंसें जंगल से चरने के बाद वापिस लौटीं तो बरेदी बोला–"आपकी दो गायें व एक बैल व भैंस जंगल में चरते समय पता नही कहाँ खो गईं. मैं जंगल में उन्हें ढूढता रहा किन्तु वे मिली नही. आपने उन्हें सुबह चरने भेजा था या नही? "सुन कर विशनाथजी एक क्षण को विचलित हो उठे. बोले–"मैं स्वंय तो सुबह पूरी गिन कर तुम्हें सौंप आया था और तुम कहते हो कि हैं नही, तो कहाँ गईं? "उस गरीब चरवाहे से वे और क्या कहते. घर आए तो देवकी बोली–"तुम्हें समझ में आया कि नही. यह सब सुम्मेरसिंह का किया धरा है. ऐसा काम यही लोग कर सकते हैं. शायद जंगल के बीच रास्ते से जब चरवाहा खाना खा रहा होगा या दोपहर को पेड़ के नीचे सो रहा होगा, तब इन्हीं लोगों ने उन्हें चुरा लिया होगा व पास के बाजार में बेच आए होंगे. "सुन कर विशनाथजी को यह विश्वास हो गया किन्तु वे इनका कर क्या सकते थे. कुछ कानूनी कार्यवाही करते तो बात और बढ़ती. फिर उन लोगों की तो मनःस्थिति ही झगड़ालू थी, जिसका कोई अंत नही था. अतः मन मार कर रह गए.

इधर आकाश के संस्थान में प्लेसमेंट प्रकिया आरंभ हो गई थी. उसकी बैच के अधिकाँश लड़कों का प्लेसमेंट हो गया था. उन्होंने कन्सलटेन्सी कंपनियों को चुना था. कोई फॉयनेंस कोई मार्केटिंग आदि में भी गया था. आकाश अभी तक तय नही कर पाया था, यद्यपि उसके पास विकल्प तो थे. इला का भी अभी प्लेसमेंट शेष था. प्लेसमेंट वाले दिन वह सुबह–सुबह ही आकाश के रूम पर आई और बोली–"क्या तय किया, कौनसी कंपनी चुनोगे? "वह फिर अनिश्चय की स्थिति में रहा तभी वह बोली–"अपन ने एच आर लिया है तो उसी से सम्बन्धित कोई अच्छी कंपनी चुनते हैं. आकाश को भी यह उचित लगा. जब उसने प्लेसमेंट प्रकिया में भाग लिया तो दो–तीन कंपनियों के उसे ऑफर मिले, जिसमें एक बेंगलौर की थी, वेतन व

अन्य सुविधाऐं भी ठीक ही थीं. फिर वह अपने ही देश में थीं. अतः उसे वह अच्छी लगी और उसने उसका ऑफर स्वीकार कर लिया.

इसी तरह इला ने भी यही किया. उसने भी वही कंपनी पसंद कर ली और उसका ऑफर स्वीकार कर आकाश से बोली—''मैंने भी तुम्हारी वाली कंपनी ही चुनी है. साथ—साथ ही रहेंगे. ''सुन कर आकाश कुछ न बोला.

इसके बाद अंतिम वर्ष की परीक्षाऐं थीं. वह निपटीं तो यद्यपि इन लोगों को कंपनी में अपनी ज्वाईनिंग देनी थी किन्तु दोनों ने ही अपनी ज्वाईनिंग की तारीखें कंपनी से बढ़वा लीं. आकाश बोला—''इस बीच मैं घर जाकर मॉ से मिलना चाहता हूॅ. बहुत समय से मिला नही उनसे. पिता भी तो चाहते होंगे मिलना. यहॉ पिछले साल दोनों मिलने आऐ थे किन्तु गेस्टहाउस में एक—दो दिन ही रुक पाए. ठीक तरह से बातचीत भी नही हुई उनसे. इसलिए मैं तो उधर होकर आने के बाद फिर कंपनी ज्वाईन करूॅगा. ''सुन कर इला बोली—''मैं भी चलॅू तुम्हारे साथ, मैंने गॉव नही देखा है, शहर में ही बचपन से माता—पिता के साथ रही हूॅ. वही घर का कृत्रिम वातावरण. पिता कलेक्टर हैं तो न चाहते हुए भी घर में एक प्रशासनिक माहौल ही रहता था. मॉ भी प्रशासनिक पद पर हैं. अतः पूरे घर में एक अजीब माहौल रहता था. आवश्यकता होती थी तो देखना पड़ता था कि घर पर उनकी उपलब्धता है या नही या उनके पास मुझसे बातचीत करने का समय भी है या नही. रुपये—पैसों की आवश्यकता होती तो बैंक खाते से निकाल लेती. वे तो केवल समय—समय पर उस खाते में रुपया डालते रहते थे. इसलिए इराकी कभी कमी खली नही. खाने—पीने के लिए रसोईया था रसोईघर में, घर के कामों के लिए नौकर—चाकर थे. घर में सबके अपने—अपने कमरे थे, उनमें अपने—अपने अजनबी बन कर रहते थे. मैं सच कहूॅ तो इस सबसे ऊब गई हूॅ पर करूॅ क्या. तुम्हारे साथ गॉव—देहात जाउॅगी, वहॉ का

माहौल, रहन-सहन, जीवन चर्या देखूँगी तो अच्छा लगेगा. जीवन का यह पक्ष भी तो पता होना चाहिए. इस सम्बन्ध में किताबों में पढ़ा-लिखा तो बहुत है. ''सुन कर आकाश बोला-''तुम्हारी इच्छा है तो चलो किन्तु कुछ असुविधा हो तो तुम्हें ही उसको सहना पड़ेगा. शहरी व ग्रामीण जीवन अलग-अलग होता है, तुम्हें ग्रामीण जीवन का अनुभव नही है, इसलिए कह रहा हूँ. ''सुन कर इला बोली-''नही मैं सब सम्हाल लूँगी, तुमसे इस सम्बन्ध में कोई शिकायत नही करूँगी. '' ''तो ठीक है चलो, मुझे इसमें क्या परेशानी है. ''आकाश बोला.

उन्हें अपनी ज्वाईनिंग में लगभग पंद्रह दिनों की अवधि कंपनी की तरफ से मिल गई थी. दोनों ने अपने-अपने आवश्यक सामान को सूटकेश में रखा, शेष सामान हॉस्टल के कमरे में ही पड़ा रहने दिया क्योंकि वापिस आकर विभिन्न प्रमाण-पत्र संस्था से लेने थे, इसके बाद हॉस्टल खाली कर कंपनी ज्वाईनिंग के लिए यहीं से जाना था. अतःउन्होंने अपने साथ आवश्यक सामान ही रखा और चल दिए. इला बोली-''कार से चलते हैं. मेरा ड्रायवर भी है, वह गाड़ी चला लेगा. वहाँ आसपास घूमने वगैरह में भी वह काम आएगा. ''-''मैंने तो टिकिट वगैरह बुक करवा रखीं है. ''आकाश बोला. -''तो क्या हुआ, ऑनलाईन रद्द करवा लेंगे. ''इला बोली.

दोनों निश्चित दिन कार से ही गाँव चल दिए. लगभग पाँच-छः सौ किलोमीटर की दूरी थी. दस-बारह घंटे में आराम से पहुँच गए. रास्ते में इला ने एक-दो जगह कार रुकवा कर नाश्ता, भोजन भी किया. प्राकृतिक अच्छा वातावरण मिलने पर वहाँ भी थोड़े रुके, घूमे और वापिस चल दिए.

गाँव पहुँचते-पहुँचते शाम हो गई थी. दिन तो अस्त हो गया था, गोधूलि वेला आ गई थी किन्तु अभी अँधेरा गहराया नही था. गाँव में

प्रवेश करने के पूर्व बस स्टेंड आया. वहाँ से मुड़ कर उन्होंने गाँव की सड़क पकड़ी. सड़क अभी पूरी तरह बनी नही थी, ऊबड़–खाबड़ थी. बड़े–बड़े गड्ढों को गिट्टी से ढँकने की कोशिश की गई थी. थोड़ी दूर जाने पर बस्ती आरंभ हुई. आकाश ने बताया सामने का रास्ता सीधे तालाब को जाता था और बाँई तरफ मुड़ने पर पहिले कुँआ और एक मंदिरी आऐगी. इसके बाद प्रायमरी स्कूल था, जहाँ आकाश ने पाँचवी तक पढ़ाई की थी. इसके बाद बहुत विशाल पीपल का पेड़ आता था. वह सड़क से लग कर पीछे खेतों तक फैला था. इसी के किनारे से नहर बहती थी जिसमें तालाब से पानी आता था. उसी के ऊपर से पुलिया से होकर ये निकले. वहाँ नहर के किनारे केले के पेड़ लाईन से लगे थे, उनमें केलों की ढारें लटक रहीं थीं. यह सब इला को बड़ा अच्छा लगा. इसके बाद एक पतली गली जाती थी तथा दूसरी चौड़ी वाली गली के आसपास लुहारों, तेलियों की बस्ती थी. उन लोगों के बच्चे सड़क के किनारे ही खड़े गुल्ली–डंडा खेल रहे थे. इसके आगे झंडा चौक था, यहाँ स्वतंत्रता दिवस पर पूरा गाँव झंडा वंदन करता था. आगे एक घाटी थी. उसको चढ़ कर जाने पर ही आकाश का घर था. सामने के मकानों से पतली गली ऊपर पहाड़ों तक जाती थी, जिस पर चलने पर ऊँचे–ऊँचे पेड़ व घना जंगल था. आकाश का घर आया. उसके घर के सामने तो एक बड़ा–सा मैदान था. उसी में आकाश ने कार रुकवाई.

उसे देख कर विशनाथजी व देवकी बाहर निकल आए. अशोक तो शहर में था. वह कभी–कभी ही बड़ी मुश्किल से आता था. देवकी ने आकाश के साथ इला को देखा तो वह उसके पास आकर उसे अपने साथ घर के भीतर ले गई. आकाश विशनाथजी के साथ बातें करते हुए भीतर आ गया. उन्होंने बातों–बातों में इला के बारे में आकाश से पूँछ भी लिया. आकाश बोला–''साथ में पढ़तीं है, बोली गाँव, देहात देखना है, आसापास के रमणीय स्थान भी उसे देखना

है. अतः बोली तो मैं साथ में उसे लेता आया. इससे उन्होंने अनुमान लगा लिया कि घनिष्ठता जैसा कुछ नही है दोनों के बीच. इसी बात को ध्यान में रख कर उन्होंने तहसीलदार को इनके आने की सूचना दे दी. तहसीलदार ने पटवारी के व्दारा संदेश भिजवाया कि ऐक–दो दिनों बाद घर पर आऐं, मिलेंगे, बैठेंगे, बातचीत करेंगे. इस बहाने हम आपके बच्चे से मिल भी लेंगे. आप लोग भी हमारे परिवार से परिचित हो जाऐंगे. इन्होंने स्वीकृति दे दी.

आकाश और इला पहिले दिन यात्रा की थकान के कारण दिन में खाना खाने के बाद सो गए. शाम को उठ कर इला ने आकाश के कमरे में आकर कहा–''चलो, शाम को कहीं घूमने चलते है. उनके साथ आऐ ड्रायवर को भी अलग कमरे में ठहराया गया था. इला ने उससे गाड़ी निकालने के लिए कहा तो आकाश बोला–''नदी की तरफ चलते हैं, पैदल घूमना ज्यादा अच्छा रहेगा. सुन कर ड्रायवर वापिस अपने कमरे में चला गया. दोनों आकाश और इला नदी की तरफ चल दिए. अभी सूर्यास्त में देर थी. ठंड के दिन थे. दोनों पैदल ही जा रहे थे. नदी तक जाने के बीच में थोड़ा जंगली इलाका भी आता था. उसी के बीच पगडंडी से होते हुए वहॉ तक जाना होता था. जंगली रास्ते को देख कर इला थोड़ी डर–सी गई. बोली–''इधर कोई खतरा तो नही होगा? ''आकाश ने कहा–''यहॉ ऐसा कुछ नही है, लोग दिन भर आते–जाते है, उधर एक गॉव भी आता है. अतः दोनों गॉवों के लोग आते–जाते रहते हैं.

घने सागौन के बड़े–बड़े पत्तों से ढॅका वन्य प्रदेश, उसमें से सन–सन करती आती हवा, सुखद लग रही थी. इला क्षण भर को खड़ी हो उस हवा की आवाज को सुनने लगी. आकाश बोला–''यह चलती हुई हवा इन वृक्षों के बीच से गुजरती है, तो ऐसा ही संगीत उत्पन्न होता है. ''पल भर उस हवा की ठंडक व आनंद का अनुभव करती हुई वह वहॉ खड़ी रही. फिर वे आगे चल दिए. पहाड़ी प्रदेश

102

होने से यहाँ थोड़ी चढ़ाई थी, आकाश को तो इस सबका अभ्यास था अतः वह सामान्य रूप से चढ़ गया किन्तु इला चढ़ते हुए हाँफने-सी लगी. वह पहाड़ी चढ़ कर ऊपर जमीन के एक ढूह पर बैठ गई. वहाँ से वन्य-प्रदेश शांत, प्रशांत, एकाकी और बड़ा ही सुन्दर लग रहा था. इसके बाद आकाश के कहने पर कि –"चलो जल्दी नही तो सूर्यास्त होने के बाद अंधेरे में तुम्हें और डर लगेगा. "वह उठ कर साथ चल दी. वहीं से उसने देखा बहती हुई नदी की कल-कल आवाज, निश्छल, शुभ्र, धवल बहता उसका पानी. नदी के बीच ही बड़ी-बड़ी चट्टानें थीं. उन्हीं के पास गूलर के वृक्ष लगे थे. दोनों पहाड़ से उतर कर नदी के किनारे पहुँच गए थे. किनारे पहुँच कर आकाश नदी के भीतर उतर कर बहती नदी के बीच की चट्टान पर जाकर बैठ गया. इला बोली–"मैं भी आउँगी. "आकश ने उसे हाथ का सहारा दिया और दोनों आकर चट्टान पर बैठ गए. आसपास चट्टानों को छूकर फेनिल बहती जलधारा बड़ी ही आकर्षक लग रही थी. दोनों चुप बैठे, मौन इसका सौन्दर्य देख रहे थे. दोनों एक-दूसरे से कुछ बोल नही रहे थे. बहुत देर तक ऐसे बैठे रहने के बाद आकाश ही बोला–"अब चलना चाहिए, सूर्यास्त हुए भी समय हो गया है. अब तो हल्का-हल्का अँधियारा भी छा रहा है. "इला जैसे दूसरी ही दुनिया में खोई थी, सुन कर आकाश की ओर देखती हुई उठ खड़ी हुई. फिर आकाश ने उसका हाथ पकड़ा, दोनों नदी के किनारे पर आए और वापिस घर की ओर चल दिए. आते समय फिर वही पहाड़ी वन-प्रांतर आया. आकाश और इला दोनों चुप थे. सागौन के पत्तों के कारण और भी घना अंधेरा महसूस होने लगा था. इला कुछ डर रही थी. वह आकाश का हाथ पकड़े उससे एकदम सट कर चल रही थी. उसे डरते देख आकाश बोला–"डरो मत, इला यहाँ सब कुछ सामान्य ही है. मानवता सबसे बड़ा सहारा है, एकांत, अंधेरापन और निश्छलता यहाँ का आभूषण है. "सुन कर इला कुछ आश्वस्त हुई और वे दोनों पहाड़ी से उतरते हुए वापिस अपने घर

आ गए. उन्हें आते देख कर विशनाथजी बोले–"बेटा, बड़ी देर कर दी. उजियाले में ही लौट आना था."दोनों ने उनकी बात का कोई जवाब नही दिया और घर के भीतर आ गए.

दूसरे दिन इला और आकाश कार से फिर घूमने निकल गए. आकाश चाहता था, जितने दिन इला यहाँ रहे, वह पूरा ग्रामीण परिवेश, यहाँ के प्राकृतिक स्थल वगैरह देखे. आज वे लोग वासुकी खोह की ओर चले थे. यह घने जंगल के बीच स्थित था. इन जंगली राहों पर चलने का इला को अभ्यास नही था. पहिले तो जहाँ तक पक्की सड़क थी वहाँ तक तो गाड़ी अच्छी तरह चलती चली गई किन्तु ग्राम, बस्तियों के बाद आई जंगली राह में न तो ठीक से सड़क थी और न ही कोई जन–जीवन की चहल–पहल. ड्रायवर होशियार था, अतःसावधानी पूर्वक सड़क के किनारे से खाईयों, गडढों से बचाता हुआ गाड़ी चला रहा था. ऐसा सुनसान व एकांत स्थान जहाँ केवल साँय–साँय हवा की आवाज व दिन में भी अंधेरा–सा पसरा था, इला तो भय से काँप ही उठी. आकाश ने उसे धैर्य बँधाया, बोला–"धैर्य रखो, डरो मत, दिन में कोई खतरा नही है. वैसे प्राकृतिक स्थल ऐसे ही एकांत व घने जंगलों के बीच ही होते हैं. बीच में एक गाँव आया तो आकाश ने ड्रायवर से गाड़ी रोकने के लिए कहा. वहाँ उतर कर वे सब एक कच्ची–सी गॅडवॉस से चलते हुए एक घर के आगे खड़े हो गए. वह आकाश के परिचित का घर था. आकाश ने बाहर से ही उसे आवाज लगाई तो एक किसान जैसा व्यक्ति सिर पर लाल गमछा बाँधे बाहर आया. वह अपने खेतों में गोबर का खाद डालने की तैयारी में था.

आकाश को देख कर बोला–"अरे, आकाश तुम? शहर से कब आए?"आकाश ने इला से उसका परिचय कराया–"यह और मैं साथ में ही गाँव के स्कूल में पढ़ते थे."वह इन्हें अपने घर के भीतर ले कर गया. साधारण घर था. ग्रामीणों का जैसा होता है. मिट्टी

व ईंटों से बनी दीवारों व उसी से लीप–पोत कर बनाया गया आँगन, जिस पर छुई मिट्टी से पुताई कर विभिन्न आकृतियाँ वहाँ बनाई गईं थीं. वह किसान भीतर गया, उसकी पत्नि भी बाहर आ गई. आकाश के उसने हालचाल पूँछे और बोली–''भोजन करके ही आगे जाना. ''आकाश बोला–''भोजन कर साथ ही चलेंगे. इतने घने जंगल में पैर–पैर चलना वैसे भी अब हम सबके लिए संभव नही है. पहिले जब छोटे थे तब की बात और थी. ''वह इला को घर के भीतर ले गई. चूल्हे पर कुछ चढ़ा बन रहा था. मिट्टी का चूल्हा था. उसे उसने पूरा घर दिखाया. अनाज रखने की कुठियाँ, मिट्टी से बनी, जाँता–घट्टी गेहूँ वगैरह पीसने के लिए, दालें बनाने के लिए. पानी की घिनौची, भीतर एक छोटा–सा कुँआ भी था जिससे पानी जवैरा व्दारा खींच–खींच कर भरा जाता था. इला ने पास जाकर कुँऐं के भीतर झाँका, काफी गहरा था पर पानी मीठा, स्वच्छ व निर्मल था.

जब रसोई बन गई तो सभी ने बैठ कर भोजन किया. जमीन पर आसन बिछा कर, सारौट लगा कर थाली में भोजन परोसा गया. इतनी दूर से चल कर आने से सब थके हुए थे ही, भूख भी अच्छी लगी थी. सबने भरपेट भोजन किया. भोजन में कुदई, उड़द की दाल व ज्वार की रोटी बनी थी. इला को देख कर वह किसान बोला–''आपको तो यह सब खाने की आदत होगी नही, पर क्या करें हमारे इधर तो यही सब चलता है. ''–''नही ऐसा नही है, भूख अच्छी लगी हो तो सब कुछ अमृत जैसा लगता है. ''आकाश बोला.

भोजन कर सब उठे तो आकाश ने उससे कहा–''अब तुम्हें हमारे साथ वासुकी खोह तक चलना होगा क्योंकि अकेले जाने की तो हमारी इस जंगली रास्ते पर पैर–पैर चलने की हिम्मत है नही. ''सुन कर वह तुरंत ही तैयार हो गया. रास्ते में पीने के लिए कुछ पानी भी उसने घैले में रख लिया.

जिस तरफ से आकाश और इला गाड़ी से चल कर आए थे, थोड़ी दूर उसी रास्ते से चल कर फिर ऊपर पहाड़ के बीच एक पगडंडी पर सब चलने लगे. फिर घना जंगल, तेंदू, सलैया, सागौन, चरवा के बड़े-बड़े ऊँचे पेड़, उनके पास उगी झरबेरी की झाड़ियाँ इतनी घनी कि रास्ता खोजना मुश्किल, इन्ही के बीच से उन्हें निकलना पड़ा. इनके बीच से निकलते समय पहिने हुए कपड़ों की बाहें, पिछला हिस्सा इनके कॉटो में उलझ जाता था. इला डरी हुई थी. उसके चेहरे पर डर के भाव स्पष्ट थे. ऊपर पहाड़ से थोड़े ही नीचे पहुँच कर उन्हें जंगल में पत्थरों को काट कर पक्की सीढ़ियाँ का रास्ता बना था. घुप्प अंधेरे में सीढ़ियाँ उतरने के बाद हल्का-सा उजास दिखाई दिया. इसके और नीचे जाने पर यह उजास बढ़ता जा रहा था. इला बेहद डरी हुई थी किन्तु आगे-आगे वंशी व साथ में आकाश के होने के कारण वह भी नीचे सीढ़ियाँ उतरती गई. जहाँ सीढ़ियाँ समाप्त हुई उसी के आगे सफेद संगमर के पत्थरों के बीच झरने के रूप में पानी की बहुत मोटी धारा बह रही थी. यह पानी की धारा आगे चल कर चट्टानों से टकरा कर नीचे खोह में भयंकर आवाज करती हुई गिरती थी. इसके परिणाम स्वरूप हल्की-सी धुँध छा जाती थी. यहाँ से आगे चल कर यही पानी की धारा अनगिनत धाराओं में बट कर आगे बहती जाती थी. आगे खुला आसमान था. यहाँ मंदिर भी बना था यद्यपि वहाँ भी घनी झाड़ियाँ और वृक्ष थे किन्तु यह स्थान समतल था. आकाश का साथी किसान आगे-आगे चल रहा था. यद्यपि आकाश बचपन में यहाँ वसंत पंचमी पर लगने वाले मेले में आ चुका था किन्तु उसे इसके लिए बहुत समय बीच चुका था. फिर भी उसने अनुमान लगा लिया कि वासुकी खोह यही है. सामने चट्टानें ही चट्टानें ऊँची-नीची, समतल और इनके बीच बहती नदी की धारा. जब यह लगभग आधा किलोमीटर और आगे तक फैली ऊँची-ऊँची चट्टानों से होकर जाती थी तो यह झरनों के रूप में नीचे गिरती थी, जिससे फेनिल, शुभ्र जलराशि का हाहाकार

करता हुआ बहुत ही सुन्दर दृश्य नीचे समतल चट्टानों पर गिरते समय होता था. बाद में यह आगे बहती जाती थी तथा बीच में बने एक कुण्ड में समाहित होने के बाद फिर आगे चल देती थी. इला यह दृश्य देख कर रोमॉंचित थी. उसने इसे अपने कैमरे में उतार लिया. वहीं ॅूूंची चट्टानों के पास से ही धुँऑं उठ रहा था. आकाश का साथी उधर देख ही रहा था कि उधर से आवाज आई–''बंशी, तुम आज इधर कैसे? ''वह पास के गॉव का दूसरा किसान था. वह जंगल में कंडी बीन रहा था. इसी से वहॉ कंडों में अग्नि सुलगा कर भोजन बनना था. उसे देख कर वे बोले–''आज क्या यहॉ विशेष आयोजन है? ''बंशी ने पूँछा. वह बोला–''आज पूरे गॉव वालों ने तय किया है कि यहॉ नदी के किनारे हनुमानजी के ओटले के पास ही रसोई बनेगी, गकरियाव होगा, पूरा गॉव यहॉ इकट्ठा होकर भोजन करेगा. ''आकाश और इला वगैरह भी वहीं पास ही आ गए थे. उन्हें देख कर वह बंशी का साथी किसान बोला–''ये लोग शहर से आए है? इन्हें भी भोजन के लिए साथ ही ले आना. '' बंशी आकाश से बोला–''इसका नाम बूठा है, किसान है, हमारा साथी है. पड़ौस के गॉव में जमीन है इनकी. ''उस किसान को भी आकाश और इला के बारे में उसने बताया. फिर बंशी ने उस साथी किसान से पूँछा–''इस गकरियाव में तो बाटी और भटे का भुरता ही बनाओगे? चूरमा का लड्डू भी होगा क्या? ''वह बोला–''हॉ, गॉव की व्यवस्था के अनुसार यही सब बनेगा. मैं इसीलिए इधर गाय के गोबर की कंडी बीनने आया था. ''कह कर वह चला गया.

आकाश, इला और बंशी वापिस नदी के किनारे की ओर चल दिए. वे लोग नीचे उतर कर उसके तेजी से बहते पानी को देखने लगे. इला जल से बने कुंड के निर्मल, स्वच्छ पानी को देख रही थी. वह इतना स्वच्छ था कि कुंड के नीचे की सतह भी साफ दिखाई दे रही थी.

दोपहर बारह—एक बजे जब सूरज एकदम ऊपर आकर ढलने की ओर अग्रसर होने ही वाला था तभी वही बंशी का साथी किसान उन्हें भोजन के लिए बुलाने आया. ये लोग वहाँ पहुँचे. वहाँ अच्छे—खासे लोग इकट्ठा थे. सबने पहिले हनुमानजी के चबूतरे पर चढ कर हनुमानजी को चोला चढ़ाया फिर अगरबत्ती, हार—फूल चढ़ाने के बाद वहाँ बना भोजन एक थाली में परोस कर उन्हें भोग लगाया, नारियल फोड़ा गया. फिर सब खाना खाने के लिए एक लाईन से पंगत में बैठे.

आकाश, इला वगैरह ने भी खूब छक कर भोजन किया. इसके बाद इला बोली—"अब चलना चाहिए, जंगली रास्ता है, दिन में ही अंधेरा—सा था तो शाम को क्या होगा. "सब लौट पड़े. फिर उसी रास्ते से लौट कर सब लोग बंशी के घर आए. वहाँ से कार में बैठ कर सब वापिस घर की तरफ चल दिए. आते समय बंशी ने उसके खेत में लगे हुए महुए के फूल एक थैले में भर कर गाड़ी में रखवा दिये. जब गाड़ी में ये लोग बैठने लगे तो वह बोला—"आकाश, आते रहना, अच्छा लगता है, पिताजी को मेरा राम—राम कहना. गाड़ी चल दी. वह फिर भी खड़ा इन्हें जाते हुए देखता रहा.

रास्ते में फिर वही ऊबड़—खाबड़ ऊँची—नीची, छोटी—बड़ी पहाड़ियों व जंगल के बीच से वे लोग गुजरे. इला चुप थी. इसी समय जब वे निर्जन एकांत सघन वन से जा रहे थे तभी ड्रायवर बोला—"मेडम, शायद अगला टायर पंचर हो गया है, बदलना पड़ेगा. यहाँ गाड़ी रोकनी पड़ेगी. "गाड़ी रुकी, वह स्टेपनी निकाल कर पंक्चर पहिया निकालने लगा तभी आकाश बोला—"चलो अपन थोड़ा एकान्त वन—प्रांतर की हवा का आनंद उठाते हैं. "निर्जनता और जंगल की सघनता को देखते हुए इला तो बहार आने को राजी नही थी किन्तु जब आकाश कार का दरवाजा खोल कर बाहर खड़ा हो गया तो वह भी बाहर निकल आई. दोनों ऊपर पहाड़ पर चढ़ते हुए घने जंगल के

बीच एक पत्थर पर बैठ गए. वहाँ से ड्रायवर व्दारा कार की स्टेपनी बदलने का कार्य दिख रहा था. वे सोच रहे थे कि ज्योंहि कार चलने लायक होगी है, उठ कर चल देंगे.

दोनों चुप बैठे थे. उस सूने एकांत सघन वन के बीच सन–सन करती हवा का मधुर संगीत अच्छा लग रहा था. इला ने तो कभी ऐसी स्थिति की कल्पना तक नही की थी, न ही कभी ऐसे सूनेपन में गई थी. वही बोली–''आकाश तुम्हें इस सब से डर नही लगता. ''वह बोला–''मेरा तो बचपन ही इन जंगलों में बीता है. मेरी दादी ऐसे ही घने जंगलों में जड़ी–बूटी खोजने जाती थी. साथ में छोटे भाई अशोक के साथ कभी–कभी मैं भी चला जाता था. फिर बाद में महसूस हुआ कि जीवन से हम जितना मोह रखेंगे, उतनी ही नकारात्मक बातें हमारे दिमाग में घूमती रहेंगी. जीवन के दो सत्य हमेशा याद रखना है–जन्म और मृत्यु. जिस तरह जन्म होना तय है उसी तरह मृत्यु भी. जो व्यक्ति इन सत्यों को हमेशा याद रखता है, वह कभी भूल नही कर सकता. ''ऐसे ही बैठे–बैठे वे बातें करते रहे. दिन ढलने लगा था. इसी समय ड्रायवर ने इन्हें आवाज लगाई. गाड़ी का पंक्चर वाला पहिया बदल कर उसने स्टेपनी लगा दी थी. दोनों नीचे उतरे और कार में बैठ कर वापस चल दिए.

घर लौटते–लौटते रात हो गई थी. आकाश को माँ और विशनाथजी घर के बाहर ही चिन्तित खड़े मिले. उन्हें देख कर उन्होंने आकाश से किंचित क्रोध में कहा–''इतनी देर हो गई थी तो वहीं रुक जाते. बंशी ने तुम्हें रोका नही? ''आकाश बोला–''चल तो हम जल्दी ही दिए थे किन्तु रास्ते में कार का पहिया पंक्चर हो जाने के कारण लेट हो गए. ''सब घर के भीतर गए. इला का तो थकान के मारे चेहरा उतर गया था. उसे भूख भी लग आई थी. देवकी ने भोजन वगैरह बना कर पहिले ही तैयार कर लिया था. अतः सब हाथ मुँह धोकर भोजन करने बैठ गए.

दिन भर के थके थे ही, भोजन कर वे लोग सोने चले गए. गहरी नींद सोए. सुबह उठे तो इला रोज की भाँति आकाश के साथ नदी तरफ घूमने निकल गई. वहाँ नदी की धारा के बीच बहुत देर तक बैठे रहने के बाद जब वे वापिस लौटे तो देखा घर के सामने के मैदान में पंडाल वगैरह तन रहा था. आकाश ने पिताजी से पूछा तो वे बोले–''नवरात्रि चल रही है इसलिए हर वर्ष की तरह रामलीला की तैयारी हो रही है.

देवकी ने सबके लिए नाश्ता तैयार किया. फिर इला को अकेला देख कर उसे रसोईघर में ले गई. वहाँ कुर्सी पर उसे बैठाया व घर बाहर के हालचाल जानने के बाद बोली–''अच्छा एक बात बताओ–आकाश के साथ केवल दोस्ती ही है या इसके आगे भी कुछ सोचा है.''देवकी के अचानक यह पूछने पर क्षणभर को वह चुप–सी हो गई. उसे ऐसे प्रश्न की आशा नही थी. यद्यपि भीतर ही भीतर उसे भी यह प्रश्न मथ रहा था किन्तु अभी कुछ निश्चित नही कर सकी थी. धीरे से वहाँ से उठ कर वह जाने लगी तो देवकी ने उसका हाथ पकड़ कर उसे रोका और बोली–''बेटी, मैं यह इसलिए पूछ रही हूँ कि बाद में बात हाथ से निकल न जाय. इससे बाद में उलझनें और पछतावा होता है.''सुन कर वह फिर वहीं बैठ गई और बहुत जोर देने पर बोली–''हम जिस माहौल में और संस्था में पढ़ते हैं उसमें यह सब सामान्य है. लड़के–लड़कियों का साथ–साथ घूमना, एक साथ पढ़ना, लायब्रेरी जाना, बातचीत वगैरह और कभी–कभी तो हम रात–रात भर बैठ बर सब्जैक्ट पर डिस्कसन करते हैं, एक–दूसरे की कठिनाई समझते हुए उसे हल करने में सहयोग करते हैं. मेरे मन में ऐसा कुछ नही है.''सुन कर देवकी बोली–''तो ठीक है.''कह कर दोनों ही उठे और आकाश वगैरह को नाश्ते के लिए बुलाने को चल दिए. सभी ने मिल कर नाश्ता किया. कल की थकान अभी पूरी तरह गई नही थी अतः फिर आराम करने अपने–अपने कमरे में चले गए.

वे दोपहर को उठे, थोड़ा गाँव तरफ घूमने गए. वहाँ आकाश के बचपन का साथी त्रिभुवन मिल गया तो थोड़ी देर उसके पास बैठे, उसने दुकान से नाश्ता मँगवाया, उसकी मिठाई की दुकान थी. नौकार दो प्लेटों में ताजी बनी हुई मिठाई लाया, दोनों ने थोड़ा–थोड़ा खाया और फिर आकाश त्रिभुवन से बचपन से लेकर अभी तक के बारे में बातचीत करता रहा. इला चुपचाप सुनती रही. दुकान के ऊपर ही त्रिभुवन का निवास–स्थान भी था. वह अंदर खबर कर आया था. अतः उसकी पत्नि इला को अपने साथ ऊपरी मंजिल के अपने कमरे में ले गई. वहाँ बैठका में टीवी वगैरह भी था. उसने चाय बनवाई व बैठ कर फिर बातें करने लगी.

थोड़ी देर में आकाश ने उसे आवाज लगाई तो इला भी उठ खड़ी हुई. नीचे आकर वह आकाश के साथ वापिस घर की ओर चल दी. घर आकर वे लोग अपने–अपने कमरे में चले गए. देवकी आकाश के पास आकर बोली–‘‘बेटा, अब घर गृहस्थी की कब सोचोगे? ’’आकाश ने पहिले तो कोई जवाब नही दिया. फिर बोला–‘‘माँ, थोड़ा नौकरी में ठीक से जम तो जाउँ, फिर देखेंगे. ’’देवकी बोली–‘‘नौकरी की तुम्हें क्या जरूरत, अशोक शहर में जाकर जम ही गया है. उसकी आयुर्वेदिक की डिस्पेंसरी अच्छी चल रही है. अपने पैरों पर खड़ा है. अब तू यहाँ खेती–बाड़ी वगैरह पिता के साथ सम्हाल ले. अब उनसे ज्यादा कुछ होता भी नही है. बस इन हलवाहों के सहारे है सब. ’’सुन कर भी आकाश ने कुछ जवाब नही दिया. कुछ देर तक वे उससे अपनी बात का जवाब सुनने की प्रतीक्षा करती रहीं. फिर बोलीं–‘‘अच्छा पर्ल तहसीलदार साहब के यहाँ चलना है, वे तुझसे मिलना चाह रहे हैं, कल भी पटवारी उनका संदेशा दे गया था और आज भी गाँव वाले से उन्होंने कलवाया है. ’’आकाश कुछ देर तक सोचता रहा फिर उसने विचार किया कि इस बहाने इला यहाँ के प्रशासनिक माहौल से भी परिचित हो जाएगी–उसने जाने के लिए हाँ कह दी.

रात के आठ–साढ़े आठ बजे होंगे, अधियारा छा गया था किन्तु पूर्णिमा की चाँदनी रात की शीतलता आज कुछ जल्दी ही छाने लगी थी. घर के सामने सजे पंडाल में गाँव के लोग आने लगे थे. रामलीला के पर्दे टंग गए थे. हारमोनियम, तबला वगैरह साज–सामान मंच पर आ गया था. धीरे–धीरे बजाने वाले भी आ गए. सबसे आखरी में रामायणी पंडित अपनी सुन्दर काया के साथ प्रकट हुए और हारमोनियम पेटी पर अपने हाथ साधने लगे.

थोड़े समय बाद मंच के सामने का पूरा पंडाल गाँव के लोगों से भर गया. हारमोनियम पर रामायणी जी व्दारा भगवान की स्तुति के मधुर स्वर गूँजने लगे थे. . . . . . श्री रामचंद्र कृपालु भजमन. . . . . आकाश ने जब घर के अंदर से भगवान राम की चरणवंदना सुनी तो वह भी आकर दर्शकों के बीच बैठ गया. इला भी आ गई. हनुमान स्तुति हुई, आरती हुई और फिर रामलीला आरंभ हुई. इस समय अयोध्याकांड के राम वन गमन का मंचन हो रहा था. कैकई ने राजा दशरथ से वर माँग लिए थे. उनके व्दारा भरत को राज्य की माँग पर राजा दशरथ को कोई आपत्ति नही थी. जब कैकई ने उनसे राम के लिए चौदह वर्ष का वनवास माँगा तो वे भाव–विव्हल हो उठे. दुःख के अनंत सागर में डूब गए, विलाप करने लगे. उधर रामायणी पंडित रामायण की चौपाई–दोहे का उच्चारण कर रहे थेः

देखि व्याधि असाध नृपु परेउ धरनि धुनि माथ।
कहत मरम आरत वचन राम–राम रघुनाथ।।

इन पंक्तियों को रामायणी जी इतनी मार्मिकता से व भावाभिभूत अभिनय के साथ उच्चरित कर रहे थे कि उपरोक्त पंक्तियों में समाया दर्द श्रोताओं की अश्रुविगलित आँखों में दिख रहा था. इसके बाद वे बोले–"

राम राम रट विकल भुआलु, जनु विन पंख विहंग बेहालु।
हृदय मनाव भोरू जनि होई, रामहि जाइ कहै जनि कोई।।

इसी तरह करुणासिक्त यह प्रसंग चलता रहा. आकाश और इला तो केवल मनोरंजन के लिए वहाँ आ बैठे थे किन्तु थोड़ी देर में वे भी तात्कालिक भावानुभूति से आप्लावित हो उठे.

यहाँ राजा दशरथ के पात्र को विशनाथजी ने जीवंत कर दिया था. मोह के वशीभूत राजा व्दारा कैकई की चिकनी–चुपड़ी बातों में आकर वर माँगने का कहना, उस समय का इनका मोहमय रूप में अभिनय तथा इसके बाद राम के लिए वनवास की बात सुन कर व्यथित होना, कैकई को भलाबुरा कहना, अपने बेटे के प्रति अनुराग प्रकट करना, इसके बाद तो उन्होंने पुत्र से विलग होने के बाद की मनःस्थिति को जिस रूप में अभिव्यक्त किया था, वह हर किसी की आँखें गीली करने के लिए पर्याप्त था. इसमें आकाश और अशोक की इनसे दूरी तथा उपेक्षा के परिणाम स्वरूप घनीभूत उनके भीतर की पीड़ा इस अभिनय में साक्षात प्रकट हो रही थी.

रात काफी हो गई थी. लीला समाप्ति के बाद आकाश व इला उठे और घर के भीतर जाने वाले थे तभी उन्होंने देखा कि माँ भी घर की देहरी पर बैठी लीला देख रहीं थीं. उन्हें ऐसे देख कर इला बोली–''आप भी उधर ही आ जाती न, आराम से देखते. वे कुछ न बोलीं. केवल उन्होंने आँखों में भरे आँसू पौंछे और उन्हीं दोनों के पीछे–पीछे आकर उनके सोने की व्यवस्था करने लगीं.

दरअसल आकाश की पढ़ाई के कारण तथा अशोक के पर न आने के कारण विशनाथजी और देवकी बहुत अकेलापन महसूस करते थे. आकाश भी उनसे पढ़ाई के दौरान केवल महीने–दो महीने में एकाध बार ही थोड़ी देर के लिए टेलीफोन पर बात करता था. वह भी तब जब देवकी आगे होकर उसे फोन लगाती थी. उसे वहीं

से स्कॉलरशिप मिल गई थी. अतः रुपये पैसे की चिन्ता उसे थी नहीं. फीस संस्था की ओर से ही दी जाती थी. हॉस्टल मैस तो था ही. ऐसे में उसे माता–पिता की याद तो आने से रही. इस उपेक्षा से दोनों भीतर ही भीतर दुःखी रहते थे.

दूसरे दिन तहसीलदार साहब के यहाँ भोजन का निमंत्रण था. अतः जल्दी ही निकलना था. सब लोग जल्दी ही सो गए.

सुबह उठे और पहाड़ की तरफ घूम कर आने के बाद आकाश ने नाश्ता करने हेतु इला को बुलाया तो देवकी बोली–''वह तो सो रही है. मैं जाकर देखती हूँ. अब तक तो उसे उठ जाना चाहिए था. जब वह इला के कमरे में गई तो वह तैयार होकर आ ही रही थी. आकर उसने और आकाश ने नाश्ता किया. इसके बाद वे लोग अखबार वगैरह देखने लगे.

लगभग दस बजे विशनाथजी ने सबको तैयार होकर चलने को कहा. वे बोले–''बस से चलें या प्रायव्हेट टैक्सी कर लेते हैं. गाँव के साँव के यहाँ किराये की टैक्सी चलती है, कहो तो बोल कर आता हूँ. इला बोली–''अपनी गाड़ी है तो किराये की टैक्सी क्यों. ''सबने कहा ठीक है.

सब तैयार हुए. इस बार देवकी भी साथ थी. उन्होंने सपरिवार बुलाया था. इला ने ड्रायवर से गाड़ी लगाने को कहा. ड्रायवर गाड़ी साईड में लगा कर खड़ा हो गया. सब उसमें बैठे और चल दिए. लगभग चालीस–पचास किलोमीटर दूर तक ही तो जाना था. पहिले तो वह कस्बा था किन्तु पिछले चुनाव के बाद से तहसील बन गई थी. पहली नियुक्ति ही तहसीलदार के पद पर उनकी हुई थी. उनका नाम था—शिवसरन वैसे तो वह ईमानदार व सज्जन व्यक्ति थे किन्तु परिस्थितियों के अनुसार ढल भी जाते थे.

लगभग एक–डेढ़ घंटे में वे लोग वहाॅ पहुँच ही गए. उन्हें आते देख कर उनका चपरासी उन्हें अंदर खबर करने गया. तहसीलदार सपरिवार बाहर आकर उनकी कार के पास उनके स्वागत के लिए आ गए. इला का देख कर बोले–‘‘तुम हमारे साहब विजयवर्गीयजी की बेटी हो? मैंने उनके मातहत काम किया है उसी समय आपको घर पर देखा था. उन्होंने स्वंय कार का दरवाजा खोला और सभी को घर के भीतर ले गए. नौकर सामान लेने हेतु रुक गया. इला व देवकी को तो तहसीलदार साहब की पत्नि घर के भीतर वाले कमरे में ले गईं. वहाॅ उनकी लड़की ऋचा भी थी. वह कुछ काम कर रही थी. इन सभी को अंदर आते हुए देख कर वह अपने स्थान से उठी और सभी का अभिवादन कर फिर देवकी के पास आ कर बैठ गई. इला उससे बातें करने लगी. उसने बताया कि वह एमएससी कम्प्यूटर साईंस की फायनल परीक्षा दे चुकी है. शैक्षणिक कैरियर भी उसका अच्छा था. इला ने उससे पूॅछा–‘‘भविष्य में क्या करोगी? नौकरी का विचार है या नही. आखिर इतनी अच्छी शिक्षा है तो उसका उपयोग तो होना ही चाहिए. ‘‘वह बोली–‘‘हाॅ, हमारे यहाॅ प्लेसमेंट की प्रक्रिया चल रही है, मेरा भी सिलेक्शन मल्टीनेशनल कंपनी में हो गया है, ऑफर लेटर भी मिल गया है. अगले माह तक ज्वाईनिंग है. ‘‘कहते हुए वह चुप हो गई.

दोपहर हो गई थी. डायनिंग टेबल पर सबका भोजन लगा, सभी ने एक साथ बैठ कर भोजन किया. इला और ऋचा साथ–साथ ही देवकी के पास ही बैठे थे. वह आकाश को देख रही थी. विशनाथजी ने आकाश से कहा–‘‘बेटा, ऋचा है यह, तहसीलदार साहब की बेटी. ‘‘आकाश ने उसकी तरफ देखा. अच्छी, सुघड़ समझदार लगी उसे. कपड़े पहिनने व सजने–सॅवरने का सेंस भी ठीक लगा. फिर भोजन करते हुए आपस में सब बातें करने लगे.

भोजन के बाद सब बैठका में बैठे गाँव, देहात व इधर–उधर की बातें करते रहे. देवकी ने धीरे से आकाश के कान में कहा कि –''बेटा, ऋचा तुमसे अकेले में बात करना चाहती है. ''सुन कर आकाश अचकचा गया किन्तु मॉं ने दूसरी बार उससे यही कहा तो वह उठ कर भीतर चला गया. ऋचा वहाँ अकेली थी. उसे आया देख कर वह उठी और दोनों भीतर ऑंगन के पार पिछले दरवाजे से लगी बगिया में चले गए. आकाश भी पीछे–पीछे चला गया.

दोनों कुछ पलों तक चुप रहे फिर ऋचा ही बोली–''आपको यहाँ आकर कैसा लगा? ''–''अच्छा लगा. ''वह बोला. आपको पता है पापा ने आपको यहाँ क्यों बुलाया है''वह बोली. –''नही, मुझे मॉं ने भी कुछ नही बताया. '' ''यहाँ मुझे देखने तथा आपसे मिलवाने के लिए. ''सुन कर आकाश कुछ पल चुप रहा. फिर बोला–''आप ठीक तो हैं, कमी क्या है आपमें. नौकरी करोगी? ''वह बोली–''हॉं, सिलेक्शन तो हो गया है. ''इसी बीच ऋचा की मॉं वहाँ आ गई और आकाश धीरे से वहाँ से निकल कर सबके बीच आकर बैठ गया.

शाम होने लगी थी. अतः सभी लोग वापिसी के लिए चल दिए फिर तहसीलदार साहब उन्हें छोड़ने कार तक आए.

सब वापिस घर की ओर चल दिए. आते समय आकाश ने देखा था कि ऋचा भी तहसीलदार साहब और उनकी पत्नि के साथ ही कार तक आई थी. वह आकाश की ओर ही देख रही थी. आकाश अब भी उसकी भाव–भरी ऑंखें भूल नही पा रहा था. फिर सोचने लगा, पहली बार ही तो वह उससे मिला है. यदि उसकी मॉं वहाँ न आ जाती तो वह और भी कुछ कहना चाहती थी. यह उसके मन में छाया हुआ था. फिर इला ने उसे एकदम चुप देख कर उससे कहा–''क्या सोच रहे हो? तहसीलदार साहब शहर में अधिकतर मेरे पापा के पास कार्यालयीन काम से आया करते थे. मैं उन्हें अच्छी

तरह जानती हूँ. अच्छे आदमी हैं. बहुत दिनों बाद उनसे मुलाकात हुई और अच्छी हुई.

वे लोग घर पहुँचे. सब लोग जब कार से उतर कर भीतर जाने लगे तो इला ने आकाश को हाथ के इशारे से एक तरफ रोक लिया. बोली–''तुम्हें क्या लगता है, तहसीलदार साहब ने हमें केवल खाने के लिए बुलाया था? ''–''मुझे तो और कुछ नही लगता. ''आकाश बोला. –''नही, जिस तरह ऋचा और तुम्हें अकेले में बात करने को उन्होंने कहा, यह संकेत करता है कि बात कुछ और है. ''इला बोली. –''तुम्हें ऋचा कैसी लगी? ''यह प्रश्न सुन कर आकाश कुछ असहज हो गया. बोला–''कुछ भी लगे, अभी कैरियर पर और नौकरी की ज्वाईनिंग पर ध्यान देना है. कल तुम चली जाओगी? ''–''हाँ अब जल्दी करना चाहिए. एक–दो दिन मम्मी के पास रुक कर फिर वापिस भी तो जाना है. ''फिर कुछ रुक कर बोली–''तुम भी साथ ही चलो न, पापा से मुलाकात हो जाएगी तुम्हारी. वहीं से फिर साथ–साथ चले चलेंगे. ''कुछ क्षण आकाश चुप रहा फिर बोला–''बात तो ठीक है किन्तु एक–आध दिन मैं भी माँ के पास रहना चाहता हूँ. वे कुछ दुःखी–सी हैं. बहुत दिनों बाद आया हूँ और आने के बाद उन्हें समय भी ठीक से नही दे पाया, केवल तुम्हारे साथ ही घूमता रहा. ''इला कुछ क्षण चुप रही, फिर बोली–''साथ चलते हो तो मैं भी एक दिन रुक जाती हूँ, फिर साथ–साथ चले चलेंगे. एक दिन आराम भी कर लेंगे. ''आकाश ने कहा–''ठीक है, ऐसा ही करते हैं. ''दोनों भीतर आ गए. विशनाथजी कही चले गए थे. इला अपने ठहरने के कमरे में चली गई.

आकाश अपने कमरे में अकेला बैठा कुछ पढ़ रहा था, फिर वह उठ कर अपने लैपटॉप पर दिन भर की मेल देखने लगा. तभी देवकी वहाँ आई. वह पास ही कुर्सी पर बैठ कर आकाश को काम करते हुए देखती रहीं. फिर बोलीं–''बेटा, तुमसे एक बात पूँछनी थी,

यदि काम कर रहे हो तो बाद में बात करूँगी किन्तु फुर्सत में हो तो कहूँ. ''वह बोला–''मॉ, क्या औपचारिक बात कर रही हो, कहो न क्या कहना है. ''फिर भी कुछ समय तक वे चुप रहीं. फिर धीरे से बोलीं–''ऋचा तुम्हें कैसी लगी? दरअसल तहसीलदार साहब ने हमें पहिले ही तुम्हारी और ऋचा के सम्बन्ध की बात बताई थी. हमने उन्हें कहा था कि आकाश ही यह सब तय करेगा. इसीलिए लड़की दिखाने के लिए उन्होंने यह पूरे परिवार का निमंत्रण रखा था अपने घर. ''

आकाश ने लैपटॉप से सिर उठा कर कहा–''मॉ, मुझे अभी नौकरी व अपने कैरियर पर ध्यान देना है, यह सब बाद में देखेंगे. ''सुन कर देवकी कुछ क्षणों तक कुछ न बोली. फिर कुछ रुक कर बोलीं–''ऋचा तुम्हें पसंद तो है न? आते समय तुम्हारी तरफ कैसी तो देख रही थी. ''–''मॉ, अच्छी लड़की है. मैं इस सम्बन्ध में बाद में बताउुँगा. ''कह कर आकाश चुप हो गया. देवकी उठ कर जाने लगी किन्तु फिर बैठ गईं. थोड़ी देर बाद बोलीं–''बेटे, मैं अपने अनुभव से कह रही हूँ, इला आधुनिक लड़की है, सौ समस्यायें पैदा करेगी. ऋचा तुम्हारे लिए ठीक है. वह सब निभा ले जाएगी. पढ़ी–लिखी है, नौकरी भी कम्प्यूटर में ही उसकी लगी है. दोनों साथ में काम करोगे. यह रिश्ता ठीक रहेगा. ''आकाश कुछ न बोला. देवकी कुछ समय तक उसकी ओर अपनी बात का जवाब सुनने के लिए बैठी रही किन्तु जब आकाश ने कुछ न कहा तो वे उठ कर जाने लगीं. आकाश का मन अब कुछ भी काम में नही लग रहा था. वह उठा और बाहर आ गया.

दूसरे दिन आकाश और इला कहीं नहीं गए. इला के घर तक का लंबा सफर था. अतः दोनों ने ही घर पर आराम करना ही ठीक समझा. दोपहर का भोजन कर दोनों सो गए.

देवकी फिर आकाश के कमरे में आई. आकाश पलंग पर लेटा कुछ पढ़ रहा था. वे वहीं पास ही बैठ गईं. थोड़ी देर बाद बोलीं—''क्यों बेटा, तुम यहाँ से जाकर हमें भूल ही जाते हो. देखो, पढ़ाई के लिए तुम बाहर गए तो तुमने एक फोन तक नही किया, न कभी हमारी सुध ली. हमने ऐसा क्या तुम्हारे साथ गलत किया है कि आज इतने समय तक तुमने हमारी खोज–खबर भी नही ली. हम दोनों तुम्हें फोन करते थे तो भी तुम हमारा फोन नही उठाते थे. हम दोनों यहाँ अकेले तुम्हें याद करते रहते हैं. दूसरों के लड़कों के माँ–बाप को अपने बच्चों के साथ खुश देख कर हम विचलित हो उठते थे. तुम्हारे पिता कहते थे—''उसे पढ़ाई में डिस्टर्ब करना ठीक नही. इसीलिए हम कभी वहाँ तुम्हारे पास मिलने नही आए. अशोक भी यहाँ नही आता. जब से वह गया है एक बार भी यहाँ नही आया, न उसकी चिट्ठी न फोन, बड़ा बुरा लगता है. अकेलापन काटने को दौड़ता है. एक गिरधारी था, उसका पता नही जीवित भी है या नही. वह जबसे घर से भागा है आज तक उसकी कोई खबर नही लगी. ''सुन कर आकाश बोला—''माँ, ऐसा कुछ नही है, पढ़ाई ही वहाँ इतनी थी कि इन सब बातों पर ध्यान ही नही गया. अब से मैं बराबर तुम्हें फोन किया करूँगा. ''ऐसी ही बातें करती देवकी वहाँ बैठी रहीं. फिर उसे अलसाया सा होता देख कर वह चली गई.

सुबह हुई. इला और आकाश जाने की तैयारी करने लगे. देवकी सबके लिए नाश्ता बनाने लगी. उन लोगों के लिए रास्ते में खाने हेतु भी उसने भोजन बनाया और फिर उन्हीं के कमरे में आ गई. वह आकाश को तैयार होते हुए देखतीं रहीं जैसे बचपन में अपने बच्चों को देखती थी. उन्हें लग रहा था पता नही अब वह कब तक लौटेगा. इसलिए उस विछोह की प्यास वह आज एक ही दिन में पूरा कर लेना चाहतीं थीं.

विशनाथजी चुप अकेले बैठे थे. वैसे भी आकाश उनसे बचपन से ही दूर–दूर रहा था. केवल मॉ से उसका लगाव हमेशा रहा. इसलिए वे अपने कमरे में बैठे पता नही क्या–क्या सोच रहे थे. उनके भीतर भी अपने बच्चे के प्रति असीम स्नेह था किन्तु वे उसके सामने व्यक्त नही कर सकते थे.

ड्रायवर गाड़ी तैयार कर रहा था. वह उसकी सफाई कर, उसे धो–पौंछ कर, पेट्रोल व पहियों की हवा चैक कर रहा था. इसके बाद उसे नाश्ता दिया गया, उसने नाश्ता किया और गाड़ी के पास जा कर खड़ा हो गया.

थोड़ी देर में आकाश और इला घर के भीतर से निकले, उनके हाथ में दो छोटे–छोट सूटकेश थे. ड्रायवर ने आगे बढ़ कर उन्हें उठा कर गाड़ी की डिक्की में रख दिया. इसी बीच देवकी व विशनाथजी उन्हें जाते देखते हुए घर के बाहर आए. गॉव के भी कुछ उनके मिलने–जुलने वाले तथा पड़ौसी जिज्जी का पूरा परिवार वहॉ आकर खड़ा हो गया. आकाश और इला ने सभी को प्रणाम किया और गाड़ी में बैठ गए. गाड़ी चल दी. देवकी व विशनाथजी कुछ देर वहॉ उदास–से खड़े रहे फिर घर के भीतर आ गए.

घर में दोनों चुप बैठे हुए थे. एक अजीब–सी असहजता वहॉ पसरी थी. उधर ड्रायवर गाडी चला रहा था. गॉव पीछे छूट चुका था. अभी लगभग चार सौ किलोमीटर का सफर बाकी था. सड़क की स्थिति अच्छी थी अतः गाड़ी अपनी लय में चली जा रही थी. अचानक इला बोली–''यहॉ आकर बहुत अच्छा लगा. मैंने तो पहली बार ही ग्रामीण जीवन की झलक देखी है. मैं शहरों में पली–बढ़ी हूॅ. पहिले शहर के स्कूल में पढ़ती रही फिर पिताजी के बार–बार ट्रॉसफर होने से बार–बार बदलना पड़ता था. अतः उन्होंने शहर के एक प्रतिष्ठित अंग्रेजी स्कूल के हॉस्टल में एडमीशन

करवा दिया. बाद में कॉलेज लेवल की पढ़ाई तो हॉस्टल में रह कर ही की. ''

गाँव पीछे छूटने के बाद घने जंगल के बीच से कार निकल रही थी. सूनी–सपाट सड़क पर जंगली हवा के थपेड़े एक कौतूहल भरी हलचल पैदा कर रहे थे. इला बोली–''आज सुबह सो कर उठने के बाद से ही सिर भारी था. मैंने सोचा शायद थकान से ऐसा होगा, नहाने व नाश्ता करने के बाद ठीक हो जाएगा किन्तु अब तो और भी बढ़ गया है. हल्के–हल्के चक्कर भी आ रहे हैं. ''सुन कर आकाश ने कहा–''घर पर ही बता देतीं तो वहाँ दवाईयाँ भी रखीं थीं, नही तो किसी डॉक्टर को दिखा लेते. शहर तो यहाँ से बहुत दूर है. तुम कुछ दवा रखती हो सफर में? ''इला बोली–''ड्रायवर गाड़ी रोको, उल्टी–सी आ रही है. ''गाड़ी सूने जंगल के बीच खड़ी हो गई. इला उल्टियाँ कर रही थी. आकाश को लगा ऐसे में तो उसे डिहाईड्रेशन हो जाएगा. आते समय मॉ ने उसे बॉक्स रखने को दिया था. उसने उसे खोल कर देखा––अलग–अलग रंग की आयुर्वेदिक दवाओं की पुड़ियाँ थीं. उन पर कुछ लिखा भी था. उसने उल्टी वाली पुड़िया उठा कर खोली और इला को खाने को दी. इला ने पुड़िया खा कर पानी पिया. शहद की शीशी भी मॉ ने रास्ते के लिए रख दी थी. उसने पानी की बॉटल में घोल कर उसे पीने को दी. थोड़ी देर में इला को अच्छा लगा. वह बोली–''अब ठीक लग रहा है. ड्रायवर चलो. ''गाड़ी चल दी. दो–तीन घंटे बाद आकाश ने फिर एक पुड़िया उसे खाने को दी. अब वह बिल्कुल ठीक थी.

जब कार इला के बंगले पर पहुँची, शाम का हल्का–सा अंधेरा छा गया था. जिलाधीश का बंगला था. बाहर उनके नाम की नेमप्लेट लगी थी. अंदर–बाहर संतरी बंदूक लिए पहरा दे रहे थे. इला कार में बैठे देख कर संतरी ने बंगले का गेट खोल दिया. कार बंगले के भीतर आई. बाहर विस्तृत पक्का मैदान–सा था. इसके बाद हरा–भरा

लॉन व एक तरफ कुछ फसल भी लगी हुई थी. उसी के बगल में गाय–भैंस बँधी थीं जिनके लिए अलग से स्थान था. वहाँ उनकी देखभाल के लिए एक आदमी भी था जो उनके खाने के लिए बॉट बना रहा था.

इला को देख कर मॉ दरवाजे से बाहर आ गईं. वे उसे देख कर भावुक हो उठीं. उन्होंने उसे गले से लगा लिया. उनके गालों पर ऑसू छलक रहे थे. वे बोलीं कुछ नही. इला को भीतर ले गईं. आकाश वहीं खड़ा रह गया. थोड़ी देर में इला वापिस बाहर आई और आकाश को लेकर मॉ के पास जा खड़ी हुई. उसने उन्हें आकाश से परिचय करवाया. बोली–''मम्मी यह आकाश है, इसी के यहाँ गॉव में मैं दो–तीन दिन रही, घूमी, खाया–पिया बहुत अच्छा लगा. इसके माता–पिता से भी मिली. रास्ते में मेरी तबियत भी खराब हो गई थी. इसी ने कोई दवा दे कर मुझे ठीक किया. ''सुन कर उसकी मॉ आकाश के पास आई और बोलीं–''साथ–साथ पढ़ते हो? ''आकाश ने कहा –''हॉ. ''और चुप हो गया. उन्होंने उसका सामान गेस्ट हॉउस में रखवाया और सब लोग वहीं बैठ गए. इला की मॉ बोली–''तेरे पापा तो सरकारी काम से बाहर गए हैं, तेरी बड़ी याद कर रहे थे. कल दोपहर तक आ जायेंगे. ''इसके बाद इला आकाश को गेस्टरूम तक ले कर गई. वह बाथरूम में जाकर तरोताजा हुआ और वापिस गेस्टरूम के बैठका में आ गया. इला अभी भी वहीं बैठी थी. बोली–''लगता है, मैं भी इसी गेस्टरूम में आ जाउँ. मैंने तो मॉ से कहा था तुम्हें साथ में ही ठहराने के लिए किन्तु वे बोलीं–''पापा नाराज होंगे. कोई बात नही, मेरा अधिकतर समय तो यहीं बीतेगा. ''आकाश बोला–''सफर से थकी होगी, नहा–धो लो, फिर बैठ कर बातें करेंगे. –''ठीक है. ''तुम सही कह रहे हो, पूरा बदन पसीने की चिपचिपाहट से भर गया है. ''कहती हुई वह उठ

कर भीतर चली गई. इसके बाद सबने मिल कर भोजन किया और आराम करने अपने–अपने कमरे में चले गए.

दोपहर के दो–तीन बजने को थे. विजयवर्गीयजी याने इला के पिता लौट आए थे. घर में अजब–सी खामोशी थी. वे अनुशासनप्रिय थे. इसीलिए उनके घर में रहते एक अजीब–सा सन्नाटा पसरा रहता था.

शाम को इला ने उनसे आकाश का परिचय करवाया. उन्होंने वही जिलाधीश वाली बारीक निगाह से उसे ऊपर से नीचे देखा. फिर बोले–''यहाँ से सीधे बैंगलौर जाओगे ज्वाईन करने? ''आकाश ने कहा–''हाँ, टिकिट भी बुक हैं. उन्होंने इला से पूँछा–''तुम भी साथ ही जाओगी या रुकोगी कुछ दिन? ''वह बोली–''नही, दोनों के ही एक ही दिन के टिकिट बुक हैं. एक–दो दिन रुक कर फिर निकलना है. ''कुछ देर तक सबके बीच सन्नाटा रहा फिर आकाश की ओर देख कर वे बोले–''पथरिया गाँव के हो? ''आकाश ने संक्षिप्त उत्तर दिया –''हाँ''. वे बोले–''वहाँ के तहसीलदार सेन का फोन आया था कल, वे ही बता रहे थे सब. ''इसके बाद थोड़ी देर और उनमें बातचीत होती रही, बाद में आकाश वहाँ से उठ कर अपने गेस्ट–हाउस वाले कमरे में आ गया.

दोनों दिन आकाश और इला घर से निकले ही नही. घर के लॉन में टहलते, आकाश के साथ गेस्ट–हाउस में विभिन्न विषयों पर विचार विनिमय करते व डायनिंग टेबल पर वह आग्रहपूर्वक आकाश को साथ लेकर घर के भीतर ही रही. इला की माँ आकाश और इला के साथ ही भोजन करती. इस बीच इला की माँ की बारीक निगाह इला की ओर ही रही. वे उसके आचार–व्यवहार से यह जानना चाहती थीं कि दोनों का पढ़ाई–लिखाई का साथ है या आगे भी कुछ है? ''पिता तो दूसरे ही दिन विभिन्न राजनीतिक सम्मेलनों में आए नेताओं की व्यवस्थाओं में व्यस्त होने के कारण बाहर चले गए थे.

शाम हुई तो इला आगृह पूर्वक आकाश को बंगले के बाहर थोड़ी दूर बने एक विशाल बगीचे में बने तालाब की ओर ले गई. इस तालाब मे ंनिर्मल, स्वच्छ पानी भरा था, उसमें मछलियों की धमाचौकड़ी मची थी. आकाश और इला उसके किनारे बनी सीमेन्टेड सतह पर बैठ कर उन्हें देखते रहे. वे अपने साथ चावल या परमल भी ले गए थे, उन्हें खिलाते बैठे रहे. इस समय मछलियों के कारण पानी में जो हलचल मचती वह उन्हें बहुत अच्छी लगी. फिर वहाँ से उठ कर ऊपर आकर घूमने के लिए बनी सड़क पर आ गए. थोड़ी देर वही तालाब के चारों ओर घूमते रहे फिर वहीं उसके किनारे बनी बेंच पर बैठ कर देश–दुनिया की बातें करने के बाद थोड़ा–सा अंधियारा घिरने पर वे लोग उठ कर बगीचे के सामने की सड़क पर घूमते हुए सूनी सड़क पर पुराने राजाओं के बने महल तक गए. इस सड़क का सूनापन मन को सुकून देता था. इसके दोनों ओर इमली के बड़े–बड़े पेड़ थे. जिनसे छन–छन कर आती हवा और सूनापन अच्छा लगता. लोग इधर सुबह–शाम घूमने आते थे पर ज्योंहि अंधियारा–सा होता उन लोगों की आवक–जावक थम जाती. सड़क पर टिमटिमाती ट्यूबलाईटों के प्रकाश में आसपास मड़राते भिनगे, उनकी भिन–भिन की आवाज, यह सब उस एकान्त में अजीब–सा माहौल उत्पन्न कर देता था. दोनों लौट कर बंगले पर आ गए.

दूसरे दिन विजयवर्गीय जी अपने शासकीय दौरे से लौट आए. आज इला को जाना भी था. इसलिए भी वे अपने आगे के कार्यक्रम स्थगित कर घर आ गए थे. वे चाहते थे, जितना हो सके आज का दिन वे अपनी बेटी के साथ उसके विचार जानने, भविष्य में वह क्या करना चाहती है, शादी–विवाह वगैरह आदि के बारे में वह क्या सोचती है, यह जानना चाहते थे. वैसे वे मन से चाहते थे कि उनकी बेटी भी उनके ही जैसे बने. कलेक्टर के पद का आकर्षण ही अलग होता है किन्तु इला बचपन से ही उन्हें घर में देख रही थी

कि घर पर बहुत कम रहते थे. मॉं तो उनके न होने पर अकेलापन महसूस करती हुई इधर—उधर अपना मन लगाने का यत्न करती रहती. इसीलिए इतना रुतबा, अधिकार होते हुए भी वह पिता कि पद्चिन्हों पर चलने के लिए तैयार नही थी. उसे तो खुले आकाश में उड़ना था. कभी अमेरिका, कभी इंग्लैंड और कभी अन्य संसार की विभिन्न जगहों पर जाना उसका लक्ष्य था. अच्छा पैकेज, जीवन की सभी सुविधाऐं, उच्चकोटि का रहन—सहन तथा शादी—विवाह का झंझट वह नही चाहती थी.

उसी दिन शाम की उड़ान से आकाश और इला चले गए. हवाई अड्डे तक उन्हें छोड़ने स्वंय वे इला की मॉं के साथ गए थे. उन दोनों को जाते हुए देख कर उसकी मॉं रो उठी थी.

उधर आकाश के चले आने के बाद देवकी अत्यंत दुःखी थी. वह बार—बार विशनाथजी से कहती थी कि आकाश को फोन कर विदेश जाने से रोकें. वह कहती थी कि उसके चले जाने के बाद हम कितने अकेले हो गए हैं. मैंने तो सोचा था—वह यहीं मेरे पास ही रहेगा. घर में बालबच्चों की किलकारियॉं गूँजेंगी. मेरी बहू आऐगी वगैरह—वगैरह. यह सब सुन कर बिशनाथजी बोले—"देखो ये आज की जनरेशन है, किसी की कुछ नही सुनेगी. अपने मन के अनुसार ही रहेगी. तुम ब्यर्थ का मोह मत पालो. यद्यपि भीतर से वे भी दुःखी थे. देवकी फिर भी न मानी तो बोले—"देखो, तुम समझती क्यों नही, बच्चों से अपेक्षाऐं मत पालो. तुमने गॉंव के सरपंच रामजीलाल के बारे में नही सुना उनका भी एक ही लड़का था. उन्होंने खूब पढ़ाया—लिखाया और जब उसकी नौकरी विदेश में लगी तो वे दुःखी हो उठे. उन्होंने एक—दो वर्ष तो उसके अभाव में काट लिये किन्तु जब मन नही माना तो जबर्दस्ती लड़के को अपने पास बुला लिया. लड़का—बहू आकर उनके पास रहने लगे. कुछ दिनों बाद तक तो सब ठीक रहा फिर बहू घर में परेशानी खड़ी करने लगी. लड़के के पिता से वह

बोली–''हम ऊपर के कमरों में अलग रहेंगे. आप नीचे रहो. खाना वगैरह हम बनवा कर नीचे ही भिजवा देंगे.

ऐसा ही होने लगा. लड़के ने पूरी जमीन–मकान अपने नाम करा लिया. इसके बाद वे दाने–दाने को तरस कर ऐसे ही चल बसे. इसलिए मैं कहता हूँ ईश्वर पर विश्वास रखो, वह सब अच्छा ही करता है. हमारे मन का न होना बुराई का मत समझो. उसके अनुसार जो हो रहा है वह और भी श्रेष्ठ होगा. वह हमारा परमपिता है वह हमें कभी दुःखी नही देख सकता. सुन कर भी देवकी भीतर तक संतुष्ट नही थी.

00

कल्लू अब कल्लू चौधरी हो गए थे. उसने राजनीति के दावपेंच भी सीख लिए थे. अब वह देहाती अपनी दुनिया में मस्त रहने वाला व्यक्ति नही रह गया था. घर में भी चमक–दमक आ गई थी. पुरानी मिट्टी का गुँदर मकान तुड़वा कर नया पक्का मकान बन गया था. उसमें भी बैठका की सजावट, फर्नीचर वगैरह भी आकर्षक व उच्चकोटि का बनवा लिया था. इसके अतिक्ति जहाँ उसका जनपद अध्यक्ष कार्यालय था वहाँ भी उसने एक घर बनवा लिया था. अधिकांश वह यहीं रहता. गाँव तो जब जरूरत होती तब जाता. अपने काम से वह गाँव देहात में प्रतिष्ठित भी हो गया था. घर पर मिलने आने वालो की लाईन लगी रहती. वह किसी को भी निराश नही करता. सबकी सुनता और उनकी समस्याओं का यथासंभव निराकरण करने का प्रयास करता. मिलने वाले अधिक हो जाते तो वह जनता दरबार का आयोजन करता. सब मिलने वाले एक लाईन में खड़े हो जाते. कल्लू लाईन में खड़े एक–एक व्यक्ति के पास जाकर उनकी समस्यायें सुनता, कुछ लिखा लाए होते तो वह ले लेता तथा अपनी

तरफ से उन्हें पूरा संतुष्ट करने का प्रयास करता. इन दिनों जाति की राजनीति अधिक थी. वह अपनी जाति में तो प्रतिष्ठित था ही, इसके अतिरिक्त सभी आगन्तुक समाज के लोगों को बराबर सम्मान व उन्हें संतुष्ट करने का प्रयास करता. अतः सभी उसे चाहते थे.

बस केवल एक ही समस्या उसे परेशान कर रही थी, वह थी अपने पिता चूड़ामन को जेल से छुड़वाने की. उसने अपनी तरफ से उन्हें छुड़वाने की बहुत कोशिश की किन्तु असफल रहा था. अंत में उसने शासकीय पार्टी में अपने प्रभाव का इस्तेमाल कर अपने गाँव के थानेदार का स्थानांतरण करवा दिया और अपने पसंद का अनुकूल व्यक्ति उसकी जगह बुलवा लिया. यद्यपि कोर्ट में पेश होने के लिए चालान तैयार था किन्तु अभी पेश नही हुआ था. उसमें चश्मदीद के बयान होने शेष थे.

केशव को चूड़ामन व्दारा सिर पर लट्ठ मारते वहाँ बहुत से किसानों ने देखा था, वे तो कल्लू के प्रभाव में आकर चुप थे तथा उन्होंने अपने बयानों में कह दिया था कि उन्होंने ऐसा कुछ नही देखा. किसी ने कह दिया कि मैं तो वहाँ था ही नही किन्तु ठाकुरों को कल्लू से बदला लेने का यह बहुत ही अच्छा अवसर मिला था. अतः ठाकुरों में से नरपतसिंह चश्मदीद के रूप में बयान देने को तैयार था. उसे बहुत से माध्यमों से समझाने का प्रयास किया किन्तु वह मानने को तैयार ही नही था.

सुम्मेरसिंह ने सभी ठाकुरों को उसके पीछे खड़ा कर दिया था. वह सोचता था कल का गँवई लड़का आज हमें समझाईस दे रहा है. उसके लिए यही मौंका था उससे बदला लेने का. उसे इसका भी पछतावा था कि उसने क्यों इसको पंचायत के चुनाव में खड़ा कर यह रास्ता दिखाया कि आज वही उनकी गाँव में फैली सत्ता को चुनौती दे रहा था. यद्यपि इस बार वह आगे नही था. वह

चालाक था, कल्लू की राजनीतिक शक्ति को पहचानता था. अतः वह नरपतसिंह को जो चूड़ामन की हत्या का एकमात्र चश्मदीद गवाह था उसके पीछे खड़ा हो, उकसा रहा था. इसके साथ ही फुत्तू भी उसे भड़का रहा था. दोनों ठाकुर होने के साथ ही पड़ौसी भी थे.

कल्लू को कुछ समझ में नही आ रहा था कि इस झमेले से कैसे निपटे. उधर चार्जशीट पेश होने की भी जल्दी थी. उसे लगा गाँव के पटवारी से सलाह लेना चाहिए. वह गाँव आया. उसने अपने सेवक से कहकर पटवारी नन्हेलाल को बुलवाया. वह आकर उसके घर के बगल वाले कमरे के बरामदे में बैठ गया. वह अपने साथ गाँव की जमीन के बंदोबस्त का बस्ता भी लाया था. थोड़ी देर में कल्लू भीतर से बाहर आया. उसे देख पटवारी खड़ा हो गया. उसे प्रणाम किया, कल्लू ने उससे पूँछा–''कहो, कैसे हो? नन्हें बोला–''ठीक हूँ. ''फिर कल्लू को लगा यहाँ बाहर बैठ कर इस सम्बन्ध में उससे बातचीत करना ठीक नही होगा क्योंकि गाँव में बातें बड़ी जल्दी इधर से उधर हो जाती हैं. वह उसे घर के भीतर ऑगन के पास बने एकांत कमरे में लेकर गया और बोला–''मेरा एक काम है, करोगे? ''नन्हें बोला–''क्यों नही. आप हुकुम तो करो. ''–''तो ठीक है, नरपतसिंह की जमीन का रिकार्ड निकाल कर देखो, उसके खेत, उनकी नपती, अतिक्रमण सब ढूँढ कर मुझे बताओ. ''पटवारी ने अपना बस्ता खोला और उसमें गाँव की जमीन की व्यवस्था के नक्शे देखने लगा. बहुत देर तक देखने के बाद वह बोला–''और तो सब ठीक है, नरपत के दो खेत अतिक्रमित होकर जंगल की जमीन पर हैं. उसने जंगल की जमीन दबा कर वहाँ खेत बना कर फसल बो रखी है. ''—''ठीक है, इसकी खतौनी, नक्शा वगैरह बना कर दो, मैं तहसीलदार से बात कर आर्डर करवाता हूँ. आगे सब मैं देख लूँगा. तुम कब तक यह काम कर लोगे? ''कल्लू बोला. नन्हेंलाल ने कहा–''बस कल तक यह सब बना कर मैं आपको ला दूँगा. ''इसके बाद वह जाने लगा

तो कल्लू बोला—"कानोकान किसी को इस बात की खबर न हो, समझे. "—"ठीक है साहब. "नन्हें कहता हुआ चला गया.

दो—तीन दिन बाद वह आया और कल्लू के हाथ में जमीन के नक्शा, खतौनी वगैरह देकर बोला—"यही खेत उसे सबसे अच्छी उपज देते हैं. साल में तीन—तीन फसलें यहाँ लेता है वह. गेहूँ तो यहाँ इतना अच्छा व मोटे दाने को होता है कि पूरे गाँव में और किसी के यहाँ न होता होगा. पैदावार भी अच्छी होती है. "कह कर वह चला गया. कल्लू ने वे कागज खोल कर ध्यान से देखे और फिर अपने ऑफीसियल बैग में रख लिए. वह उसी दिन मुख्यालय के लिए निकल पड़ा. ऑफिस पहुँच कर पहिले तो वह अपनी नियमित फाईलों के काम निपटाता रहा. फिर उसने अपने स्टॉफ से कहा— "विकास कार्यों के समन्वय हेतु विचार करने के लिए जनपद के सभी अधिकारियों की बैठक बुलाने का प्रस्ताव बना कर लाओ. "जनपद के सभी अधिकारी नियत दिन एकत्रित हुए. समन्वय मीटिंग आयोजित हुई. इसमें तहसीलदार वगैरह भी सम्मिलित हुए. मीटिंग के बाद तहसीलदार को उसने अपने कमरे में बुलाया. वह आकर बैठा. उनसे वह बोला—"यह एक काम है, इसे करवाना है, आपका क्या विचार है? "तहसीलदार साहब ने एक क्षण उसका चेहरा देखा. उसके हाथ से लेकर जमीन के कागज देखे फिर बोले—"जमीन अतिक्रमण का प्रकरण है, पहिले नोटिश देना होगा, फिर आगे की कार्यवाही होगी. "—"जल्दी हो सके ऐसी कोई तरकीब नही है क्या? "कल्लू ने पूँछा. —"ऑफिसियल कार्य है, नियम से ही करना होगा, फिर मैं उन लोगों को जानता हूँ, वे लोग विरोधी पार्टी से जुड़े हुए हैं, ऐसा—वैसा करेंगे तो हल्ला होगा और बदनामी अलग से. "तहसीलदार साहब बोले. कल्लू ने कहा—"ठीक है. "फिर धीरे से कहा—"अच्छा एक काम करो, नरपतसिंह को तहसील ऑफिस में बुलवा कर पहिले समझा लो, थोड़ी धौंस—धपट, चेतावनी वगैरह देकर हमारे परिवार

के मामले में गवाही से हटने के लिए कहो. फिर भी न माने तो वहीं हाथ के हाथ जमीन अतिक्रमण का नोटिश थमाते हुए अतिक्रमण हटाने की कार्यवाही का नोटिश पकड़ा देना. ''–''हाँ, यह हो सकता है. ''वे बोले. तहसीलदार साहब उठने को हुए तो कल्लू बोला–''यह काम आजकल में हो जाय तो अच्छा हो. ''–''आप चिन्ता न करें, मैं उसे कल ही बुलवाता हूँ. ''उन्होंने कहा. फिर कुछ रुक कर वहीं से उन्होंने गाँव के पटवारी को फोन लगा कर नरपत को कल ही उनके ऑफिस में आने के लिए कहा. फिर कल्लू की तरफ देख कर बोले–''अब तो ठीक है? ''–''हाँ, ठीक है. ''कह कर वह अपने दूसरे काम में उलझ गया. उसे राजधानी से फोन आ गया था. मुख्यमंत्री से सीधे संवाद होने व उनसे सम्बन्धों के कारण उसे राज्यमंत्री का दर्जा मिला हुआ था. वहाँ से ही फोन था. दो–एक दिन में प्रादेशिक जिला जनपद अध्यक्षों का सम्मेलन होने वाला था. उसी की तैयारियों के सम्बन्ध में उसे वहीं बुलाया गया था. वह इस सम्मेलन का संयोजक था. जाते–जाते तहसीलदार साहब को उसने रोका. वे रुक गए और उसके चेहरे की तरफ देखने लगे. कल्लू उनसे बोला–''मुझे तो अब राजधानी जाना होगा, वहीं से फोन था, अब आगे का काम आपके सुपुर्द करता हूँ. बस कैसे भी हो नरपतसिंह को गवाही से दूर रखना है. यह कैसे करना है, यह आपके सोचने का विषय है. ''वह चुप हो गया. –''हो जाऐगा. ''कहते हुए वे कमरे से बाहर हो गए.

वहाँ से आने के बाद उन्हें याद आया कि नरपत ने वनभूमि का अतिक्रमण किया है, अतः वन विभाग की तरफ से भी नोटिश जाना चाहिए व वहाँ से उनके पास अतिक्रमण हटाने का पत्र भी आना चाहिए, नियमानुसार कार्यवाही करना ठीक होगा. अतः उन्होंने वन विभाग को सूचित कर दोनों पत्र अपने पास ही मँगवा कर रख लिए.

निश्चित दिन नरपत तहसीलदार के ऑफिस आया. उसे उन्होंने एक–दो घंटे तक अपने कार्यालय के बाहर ही इंतजार करवाया. इसके

बाद दोपहर के रेस्ट का समय हो गया. इस तरह लगभग तीन बजे वह तहसीलदार के सामने पेश हो सका. वह उनका इंतजार करते–करते थक गया था तथा वह वहाँ बैठा–बैठा सोचता भी जा रहा था कि उसे तहसीलदार साहब ने क्यों बुलवाया है. आखिर जब वह उनके सामने पेश हुआ तो मानसिक रूप से बेहद थक चुका था. तहसीलदार साहब ने उसे सामने खड़े देख कर पूॅछा–''तुम्हीं नरपतसिंह हो, वनभूमि पर कब्जा कर वहाँ खेत बना कर फसल ले रहे हो, पता है यह फौजदारी का काम है. ''सुन कर नरपत एक पल को तो हतप्रभ रह गया. वह सोच रहा था–वह तो वहाँ वर्षों से खेती कर रहा है. इसके पहिले उसके पिता भी यहीं खेती करते थे, आजतक तो किसी ने भी इस पर आपत्ति नही की फिर वनभूमि पर कब्जा उस अकेले का ही नही है, गाँव में बहुत से लोग हैं ऐसे, जिन्होंने ऐसा ही किया है. फिर उसे ही क्यों कहा जा रहा है. इसी समय तहसीलदार साहब बोले–''कोई जवाब नही है तुम्हारे पास, हमारे पास इस सम्बन्ध में शिकायत आई है. कल पुलिस व पटवारी वगैरह आ कर तुम्हारी वहाँ की फसल उखड़वा कर तुम्हारा कब्जा समाप्त कर जमीन वन विभाग के सुपुर्द कर देंगे. ''सुन कर वह कमजोर पड़ा. बड़ी ही नरमी से बोला–''मेरे अकेले को ही क्यों दोषी बना रहे हैं साहब. गाँवों में तो बहुतों ने ऐसे कब्जे किए है. ''सुन कर वे बोले–''उन्हें भी देखेंगे, पहिले तुम्हारी ही शिकायत आई है, इसे हल करना है. ''सुन कर नरपत उनके और पास आकर बोला–''और कोई रास्ता नही है इससे बचने का? ''तहसीलदार साहब ने अपने बाबू वगैरह को कमरे से बाहर जाने के लिए कहा. जब वे दोनों अकेले कमरे में रह गए तो नरपत से बोले–''तुम्हीं ने तो यह वखेड़ा खड़ा किया है, चूड़ामन मामले में तुम्हीं गवाह हो? क्या पड़ी है तुम्हें इसमें गवाह बनने की. तुम उधर उससे हट जाओ, हम इधर तुम्हें छोड़ देंगे. कुछ क्षण नरपत चुप रहा. फिर सोचने लगा––इस मामले में वह अकेले कुछ निर्णय नही कर सकता. इसमें सुम्मेरसिंह

व पूरा ठाकुर समुदाय मिला हुआ है. मैं उनसे हट कर चलूँगा तो गाँव में रहना मुश्किल हो जाएगा. अतः तहसीलदार साहब से वह बोला—''आपको जो करना है साहब वह करो, उस मामले से मैं नही हट सकता. ''सुन कर तहसीलदार साहब कुछ क्षण चुप रहे फिर कमरे के बाहर खड़े अपने क्लर्क को बुला कर वन विभाग की जमीन खाली करने सम्बन्धी आए पत्र की प्रति तथा राजस्व विभाग के अपने कार्यालय से जारी अतिक्रमण हटाने का पत्र उसे इसी समय देने के लिए तथा इसकी पावती के रजिस्टर पर उसके हस्ताक्षर भी करवाने के लिए कहा. क्लर्क ने नरपत को अपनी टेबल के पास बुलाया और आल्मारी में से दोनों नोटिश निकाल कर उसे दे कर पावती के रूप में अपने जावक रजिस्टर में उससे हस्ताक्षर भी करवा लिए. नरपत हस्ताक्षर करते समय कॉप—सा रहा था. उसने उन्हें लेकर जेब में रखा और धीरे—धीरे तहसीलदार साहब को प्रणाम कर कमरे से बाहर हो गया.

उसके जाने के बाद तहसीलदार साहब ने कल्लू को फोन लगा कर बताया कि समझाने से नही माना, अब कार्यवाही करने के अलावा कुछ नही हो सकता. कल्लू बोला—''ठीक है, ऐसा ही सही. ''इसके बाद नोटिस अवधि पूरी होने के बाद तहसीलदार साहब, वन विभाग के अमले व पुलिस बल सहित नरपतसिंह के गाँव पहुँचे. नरपतसिंह को अतिक्रमित जमीन पर बुलवाया गया. तहसीलदार साहब बुलडोजर वगैरह लेकर गए थे. उन्होंने पहिले बुलडोजर से खेत की फसल नष्ट करवाई, इसके बाद वन विभाग का अमला जमीन का कब्जा लेने हेतु उसके आसपास तार फेंसिंग करने लगा. इसी समय नरपतसिंह, सुम्मेरसिंह व गाँव के सभी ठाकुर एक साथ तहसीलदार साहब वगैरह पर लाठी—डंडा, फरसे, धारिए लेकर टूट पड़े. युद्ध का मैदान बन गया वह स्थान. पुलिस बल बड़ी मुश्किल से इस स्थिति पर नियंत्रण कर पाया. सभी ठाकुरों को

पुलिसबैन में पकड़ कर थाने लाए. हत्या, बलवा व दंगा भड़काने की धाराओं के अन्तर्गत उन पर केश दर्ज किया गया. उन सबको हवालात में बंद कर दिया गया. जब उन्हें जेल में बंद किया गया तो नरपत को अलग सेल में रखा गया. वहॉ वह अकेला रोने लगा. थानेदार वगैरह उसके पास गए. रोने का कारण पूॅछा तो वह बोला–''साहब मुझे छोड़ दो, इन लोगों के कहने में मैं आ गया था, आप जो कहोगे, करूॅगा. ''उसने तुरंत चूड़ामन वाले केश में बयान दर्ज करवाए जिसमें उसने बताया कि घटना वाले दिन वह गॉव में ही नही था तथा इस बारे में वह अधिक कुछ नही जानता. बयान दर्ज कर थानेदार बोला–''मजिस्ट्रेट के सामने भी यही बयान देना नही तो फिर केश दर्ज कर तुझे अंदर कर देंगे. ''वह बोला–''एक बार गलती हो गई, बार–बार थोड़े ही करूॅगा. '' थानेदार ने उसे व्यक्तिगत मुचलके पर रिहा कर दिया. उसके ऊपर से गंभीर धाराऐं हटा कर हल्की धाराऐं लगा दीं किन्तु केश तो हो ही गया था जो लंबा चलना था. उसे जमानत दे दी गई. शेष सब सुम्मेरसिंह, फुत्तू वगैरह ठाकुर अंदर ही बंद रहे.

चूड़ामन सम्बन्धी चालान कोर्ट में पेश होते ही चूड़ामन को उसके व्दारा प्रस्तुत जमानत याचिका पर उसे जमानत मिल गई. केश तो चलते ही रहने वाला था किन्तु वह घर आ गया था. घर आने पर कल्लू ने उनके पैर छुए और उनसे बोला–''दादा, गुस्सा थोड़ा कम करो, कितनी परेशानी हुई सबको. ''चूड़ामन ने अपनी लाल–लाल ऑखों से उसे घूरा, बोला कुछ नही. इसके बाद वह घर के पीछे की अपनी बगिया की तरफ चला गया.

कल्लू घर की तरफ से अब बेफिक्र हो गया था. अब खड़ियॉ अकेला नही था. पिता वगैरह भी थे–घर की देखभाल करने के लिए. खड़ियॉ भी खुश था. सबसे बड़ी बात जिज्जी तो थी ही लेन–देन, पैसा व्यवहार सब अच्छी तरह संभालने के लिए. थोड़े समय बाद

विधानसभा चुनाव था. उसे ऊपर से कह दिया गया था वह अपने क्षेत्र में काम करे, उसे वहीं से विधानसभा का चुनाव लड़ने के लिए टिकिट दिया जाएगा किन्तु कल्लू को महसूस हो रहा था कि नरपतसिंह वाले मामले में वह न केवल गाँव के बल्कि आसपास के क्षेत्रीय ठाकुर उसके विरोधी हो गए हैं. ऐसे में तो उसका चुनाव जीतना मुश्किल था. उसे समझ में नही आ रहा था कि वह क्या करे जिससे सब ठीक हो जाये. उसने जानबूझ कर ठाकुरों को नाराज नही किया था. उसके पिता का मामला था. आवश्यक था, इसीलिए यह सब किया था. बहुत सोचने के बाद उसे याद आया––गाँव की सीमा से लग कर ऊपर पहाड़ से एक झरना गिरता था. वह बारहमासी था. बाद में वह गाँव के बाहर से नदी के रूप में बहने लगता था. गाँव के लोग न जाने कब से क्षेत्रीय नेताओं, विधायकों, जनप्रतिनिधियों से इस पर बाँध बनाने की माँग कर रहे थे. उधर गाँव में पानी की वैसे भी कमी थी. गेहूँ वगैरह की फसल लेने हेतु वे पूर्णतः वर्षात या मावठे पर निर्भर थे. ऐसे में किसी वर्ष देर तक अच्छी वर्षा होती और खेतों में नमी बनी रहती तो वे चना वगैरह की फसल ले लेते थे किन्तु गेहूँ की फसल के लिए तो कम से कम दो या तीन पानी आवश्यक होने से वे बड़ी परेशानी अनुभव करते थे. उसने सोचा क्यों न वहाँ बाँध बनाने का प्रस्ताव पंचायत, जनपद पंचायत से स्वीकृत करवा कर वह स्वंय अपने संपर्कों का लाभ उठा कर संबद्ध विभाग के मंत्री से स्वीकृत करवा दे और चुनाव के पहिले इस पर काम भी आरंभ करवा दे तो शायद सब ठीक हो सकता है.

उसने सम्बद्ध विभाग के अधिकारी से बात की और इस सम्बन्ध में शीघ्र सर्वे कर मंत्री से मिल कर उनसे प्रस्ताव बनाने के कहलवाया. प्रस्ताव बन जाने पर प्रशासनिक अमले जिसमें प्रमुख सचिव, सचिव वगैरह से मिल कर इस प्रस्ताव को सम्बद्ध विभाग से स्वीकृत करवाया किन्तु इसमें वित्त विभाग ने विपरीत टीप लगा दी. उसे

अपने सारे प्रयास विफल होते हुए लगे. तब वह सीधे मुख्यमंत्री से मिला. उन्हें अपनी समस्या बताई. वे बोले–''थोड़ा दो–चार दिन रुको फिर देखते हैं, अभी केन्द्रीय नेताओं के स्वागत वगैरह की व्यस्तता के कारण यह संभव नही हो पाऐगा. ''वह वहाँ से आकर राजधानी में ही रुका रहा. चार–छः दिन बाद मंत्रिमंडल की बैठक थी, उसमें यह प्रस्ताव स्वीकृत होना आवश्यक था. अतः दो दिन पहिले ही वह फिर मुख्यमंत्री से इस सम्बन्ध में मिला. उन्होंने वित्तमंत्री को अपने कक्ष में बुलवा कर बात की और इस प्रस्ताव पर लिखी विपरीत टीप हटा कर स्वीकृति जारी करने को कहा.

वित्तमंत्रालय की सहमति के बाद कैबिनेट बैठक के ऐजेन्डे में यह प्रस्ताव भी जुड़ गया. वहाँ से स्वीकृत होकर उसमें सम्बद्ध मंत्रालय व्दारा पीडब्ल्यू विभाग को टेन्डर, वर्कआदेश आदि निकाल कर कार्य आरंभ करने के आदेश भी कर दिए गए. यह सब करवाने के बाद वह वापिस गाँव आया. गाँव तक यह खबर फैल गई थी. सभी खुश थे. ठाकुर भी, क्योंकि उनके खेतों की अधिकांश जमीन भी तो बनने वाले तालाब से निकलने वाली नहरों के किनारे ही थी.

थोड़े दिनों बाद पीडब्ल्यू विभाग के इंजीनियर व तहसीलदार वगैरह भी गाँव आऐ. वे कल्लू से मिले और तालाब बनाने का वर्कआर्डर जल्दी ही जारी होने की सूचना उन्होंने कल्लू को दी. इसके बाद वे चले गए. केवल तहसीलदार साहब वहाँ रुक गए. कल्लू को अकेला पाकर वे पास की कुर्सी पर आ बैठे. बोले–''मेरी एक समस्या है, वह केवल आप ही सुलझा सकते हैं. ''कल्लू बोला–''क्या है, बताओ. ''वे बोले–''मेरी बेटी है ऋचा, बेंगलौर में आईटी कंपनी में काम कर रही है. वह विवाह नही कर रही है, कहती है, आपके पड़ौस में रहने वाले विशनाथजी के लड़के आकाश से ही विवाह करेगी. हालांकि वह भी बेंगलौर में ही है. आप लड़के के पिता से बात करो तो शायद काम हो जाये. विशनाथजी आपके पड़ौसी हैं,

आपके उनसे अच्छे सम्बन्ध है, आप कहेंगे तो न नही करेंगे. ''सुन कर कल्लू बोला–''यह तो एकदम निजी समस्या है, इसमें समय लगेगा, पर मैं आपको विश्वास दिलाता हूँ कि अवसर आने पर मैं निश्चय ही यह काम कर दूँगा. ''सुन कर तहसीलदार साहब चुप हो गए. वे थोड़ी देर और बैठे फिर चले गए.

00

आकाश और इला अपनी नौकरी की ज्वाईनिंग के लिए साथ–साथ ही एक ही प्लैन में सीट रिजर्व कर निकले. विमानमें सवार होने के बाद वे अपनी–अपनी सीटों पर बैठे भविष्य के बारे में बातें कर रहे थे. इला बोली–''चलो इस बहाने संसार घूमने का मौका भी मिलेगा क्योंकि जिस कंपनी में उन्हें ज्वाईन करना था वह मल्टीनेशनल कंपनी थी. उसमें कर्मचारी को संसार भर के उसके किसी भी ऑफिस में कार्य करने के लिए भेजा जा सकता था. उसके विषय के प्रोजेक्ट में जहाँ कंपनी को जरूरत होगी वहाँ उसे भेजती ही है. मेरी तो बस यही इच्छा है कि अब मैं खुले आसमान में उड़ू. ''आकाश ने कुछ जवाब नही दिया. वह चुप था. उसके जीवन का उद्देश्य केवल यह था कि वह जिस भी क्षेत्र में उतरे, पूरी विशेषज्ञता के साथ उतरे, इतनी कि कंपनी उसकी आवश्यकता के लिए उसे अनिवार्य समझे. वह किसी का मोहरा नही बल्कि एक आवश्यकता बनना चाहता था. उसके काम की हर किसी को जरूरत होनी चाहिए. उसने देखा इला उसके कंधे से सिर टिका कर सो गई थी. दो–तीन घंटे का सफर था.

वे गंतव्य पर पहुँच कर प्लेन से उतरे. उन्होंने रुकने के लिए पहिले ही ऑनलाईन हॉटल में कमरा बुक करवा लिया था. अतः टैक्सी से सीधे हॉटल के सामने ही रुके. दोनों ने एक ही कमरा

136

बुक किया था. हालांकि उसने इला से अलग—अलग कमरा लेने को कहा था किन्तु वह बोली —''क्यों व्यर्थ का खर्च बढ़ाते हो, दोपहर में पहुँचेंगे और नहा—धोकर सीधे कंपनी ऑफिस ही तो जाना है. उसके बाद देखेंगे. ''

दोनों ने कमरे में जाकर अपने कपड़े बदले. नहाने के बाद खाना खा कर ऑफिस के लिए निकल पड़े. कंपनी ऑफिस शहर से थोड़ी दूर व एकांत में था. इस शहर में अभी आईटी इन्डस्ट्री विकसित हो ही रही थी. अतःयहॉ का पूरा सेटअप नया ही था. इस हेतु बहुत सी मल्टी—स्टोरी बिल्डिंगों का समूह आधुनिक सुविधाओं सहित तैयार हो रहा था. नई चमचमाजी सड़कें, मॉल, हॉटल वगैरह बन रहे थे. वे ज्योंहि ऑफिस के मुख्य व्दार पर पहुँचे रिसेप्सनिस्ट ने उनके ऑफर लेटर देखे फिर उन्हें इंतजार कर सामने लगे सोफे पर बैठने को कहा. उसने कंपनी के एचआर डिपार्टमेंट को इंटरकॉम से फोन लगा कर इनके आने की सूचना दी.

थोड़ी देर में इन्हें भीतर बुलाया गया और ये अन्य लोगों के साथ ही एचआर के पास पहुँचे. वहॉ के इंचार्ज ने उनके कागज देखे फिर किसी महिला कर्मचारी को बुला कर इन्हें उसके साथ जाने को कहा.

उसके साथ चलते हुए वे एक कमरे में आए, ज्वाईनिंग दी वहॉ. फिर उन्हें प्रोजेक्ट मैनेजर के पास भेज दिया गया. उसने इनका परिचय लिया व काम वगैरह के बारे जानकारी दी तथा साथ ही एक महिला कर्मचारी को बुला कर उसे इनके कैबिन के बारे में बताने के लिए कहा. उसके साथ जाकर वे एक कैबिन में बनी बहुत—सी डेस्कों में से उन्हें बताई गई डेस्क पर बैठ गए. वहॉ कंप्यूटर वगैरह सभी कुछ था. उन्हें कंपनी की तरफ एक—एक लैपटॉप भी काम करने के लिए दिया गया. इसी के साथ ही उनके लिए कंपनी के गेस्ट हॉउस में पंद्रह दिनों 'तक रहने का पत्र भी दिया गया. इला

बोली–"इसकी सूचना तो ईमेल से कंपनी ने पहिले ही दे दी थी. "उसने देखा था. आकाश बोला–"यह मेल मैं देख नही सका. शायद आने की जल्दबाजी या उत्सुकता में ऐसा हुआ होगा. जब तुमको पता था तो तुमने बताया क्यों नही. "इला ने कुछ पलों तक उसका चेहरा देखा फिर बोली–"उसमें हम दोनों के कमरे बहुत दूर–दूर थे. मेरा ऊपरी मंजिल पर था और तुम्हारा नीचे, अलग–अलग रुकते तो अच्छा नही लगता. "सुन कर आकाश चुप रह गया. फिर कुछ रुक कर उसने कहा–"चलो, अब तो पता चल ही गया है, अपना–अपना सामान हॉटल से लाकर गेस्टहॉउस के कंपनी की तरफ से दिए गए कमरों में रख कर वहीं ठहरते हैं. वैसे भी एक ही कमरा है, अच्छा नही लगेगा हॉटल में. "इला कुछ न बोली.

दोनो शाम को वापिस हॉटल लौट रहे थे तभी इला बोली–"मैंने हॉटल वाले को पेमेन्ट तो चार–पॉच दिनों का एडवांस में कर दिया है. वह वापिस थोड़े ही देगा. चलो यहीं कुछ समय तक रुकते हैं. इसी बीच ब्रोकर से कह कर कहीं फ्लेट ले लेंगे. "आकाश बोला–"इला, यह अच्छा नही रहेगा. तुम वहॉ रात में कैसे सोओगी. "इला चुप रही. फिर बोली–"अब तीन–चार दिनों की ही तो बात है, रास्ते में प्रापर्टी ब्रोकर से बात करते चलते हैं. "कहते हुए उसने हॉटल जाते समय रास्ते में ही टैक्सी रुकवाई और सामने लगे प्रापर्टी ब्रोकर के बोर्ड को देख कर उसी के सामने टैक्सी से उतर कर उसके भीतर चली गई. आकाश वहीं बैठा रहा. थोड़ी देर में इला उससे बात कर वापिस आ गई. इधर आकाश सोच में पड़ा था. जीवन में उसके साथ कभी ऐसा अवसर आया नही था. फिर उसने सोचा शायद नए जमाने में यह सब चलता होगा. कलेक्टर की लड़की है, आधुनिकता में पली–बढ़ी है, देखते हैं, तीन–चार दिनों की ही तो बात है. "इस बीच इला वापिस आकर आकाश के बगल में बैठ गई. बोली–"मैंने उससे कंपनी के इलाके में ही कोई सुविधाजनक फ्लेट दिखाने के

लिए कहा है. उसे मेरा मोबाईल नंबर भी दे दिया है. बोला है, कल ही मैं आपको फ्लेट फायनल कर देखने के लिए बुलाता हूँ. ''आकाश चुप था. इला भी चुप हो, हॉटल आने का इंतजार करने लगे. टैक्सी चल दी.

हॉटल आकर दोनों कमरे में आए और कंपनी के दिए लैपटॉप को खोल कर बैठ गए. इला बोली—''कंपनी के दिए लैपटॉप से व्यक्तिगत काम मत करना, मैने सुना है कि कंपनी इसमें ऐसा साफ़टवेयर डाल देती है कि सारी जानकारी उसके पास पहुँचती रहती है. इसी के आधार पर वह आपका मूल्यॉकन करती है. ''आकाश बोला—''अच्छा हुआ तुमने बता दिया, शायद इस क्षेत्र का अनुभव है तुम्हें. ''वह बोली—''अधिक तो नही किन्तु कुछ-कुछ जानती हूँ, पिताजी बताया करते थे. उनके पास ऐसे मामले जॉच के लिए आते थे. ''सुन कर आकाश ने लैपटॉप बंद कर दिया और एक तरफ जाकर अपने कपड़े बदलने लगा. फिर आकर पलंग पर लेट गया. इला लैपटॉप खोल कर विभिन्न कंपनी की साईट खोल कर देखने लगी. वह कंपनी के बारे अधिक से अधिक जानकारी जुटा लेना चाहती थी. इसके बाद वह उठी और कपड़े वगैरह बदल कर हॉल के पार्टीशन से बने दूसरी तरफ पड़े पलंग पर आराम करने लगी. शाम के बाद दोनों ने नीचे हॉल में जाकर भोजन किया और आकर सो गए. सुबह जल्दी उन्हें कंपनी की बस पकड़नी थी.

सुबह उठ कर पहिले उन्होंने नाश्ता किया और कंपनी की बस में बैठ कर ऑफिस पहुँचे. दोपहर व शाम का भोजन वे लोग कंपनी की कैंटीन में ही करने वाले थे. इसी बीच प्रापर्टी ब्रोकर का फोन आ गया. उसने उनके लिए कोई फ़्लैट देखा था, उसे ही दिखाने के लिए उनसे समय मॉग रहा था. इला ने उससे कहा—''आज तो वे लोग दिन भर कंपनी के काम में व्यस्त रहेंगे. कल छुट्टी का दिन है, उसी दिन फ़्लेट देखने चले चलेंगे. ''वह बोला—''ठीक है, कल

दिन में ग्यारह बजे अपनी गाड़ी आपको लिवाने हेतु भेज दूँगा. उसी से चल कर आपको फ्लेट दिखा देंगे, वापिस उसी से आपको आपके रूम पर भी छोड़ देंगे. ''इला ने कहा–''ठीक है. ''इसके बाद उसने फोन रख दिया.

दूसरे दिन अवकाश था. दोनों थोड़ी देर से ही सो कर उठे. चाय–नाश्ता वगैरह करके तैयार हुए. दिन का अखबार पढ़ा और कमरे की बालकनी में बैठे नीचे सड़क पर आते–जाते वाहन और दूर शहर की बसाहट देख रहे थे तभी प्रापर्टी ब्रोकर स्वंय अपनी कार लेकर आ गया. शायद उसने दूर से ही उन्हें बाल्कनी में बैठे देख लिया था. अतः नीचे से ही उन्हें फ्लेट देखने के लिए चलने को कहा. इला ने उसे हाथ के इशारे से रुकने को कहा और वे लोग तैयार होने कमरे में आ गए. थोड़ी देर में दोनों नीचे आकर उसके साथ कार में बैठे और फ्लेट देखने चल दिए.

बैंगलौर भीड़भाड़ वाला शहर है. वे जहाँ ठहरे थे वह बीच बाजार का इलाका था. अतः वहाँ से निकलते हुए वे शहर के उस हिस्से में जा रहे थे जहाँ नई बसाहट हो रही थी. वहीं पास ही आईटी कंपनियाँ भी थीं. वहाँ काम करने वाले पेशेवरों की आवश्यकता को ही ध्यान में रख कर मल्टियाँ तान दी गई थीं. यहाँ हर प्रकार के फ्लेट थे. हर सुविधा थी. हाँ किराया व दूसरी व्यवस्थाऐं मँहगी अवश्य थीं.

शहर से निकल कर जब कार इस ऐरिया में पहुँची तो आकाश और इला दोनों ही वहाँ की सड़कों की चमक–दमक देख कर आश्चर्य से भर उठे. अभी तक वे गाँव–देहात या छोटे शहरों में ही रहे थे. हालांकि अब इस दृष्टि से बी टाईप शहरों में भी आईटी कंपनियाँ आ रहीं थीं. उसी हिसाब से वहाँ विकास भी हो रहा था किन्तु यहाँ की बराबरी में तो उन्हें वर्षों लगने थे.

वे लोग विभिन्न मल्टियों को पीछे छोड़ते हुए बीच की मल्टि के पास आकर रुक गए. प्रापर्टी ब्रोकर कार रोक कर बाहर आया. वे दोनों भी उतरे. वह बोला दूसरी मंजिल पर है अपना फ्लेट, परेशानी की बात नही, लिफ्ट है, चढ़ाव है, चले चलेंगे. आगे–आगे वह पीछे–पीछे ये दोनों मल्टि के पार्किंग एरिया को पार कर अंदर पहुँचे. अवकाश होने से पार्किंग एरिया में बहुत–सी कारें खड़ीं थीं. लोग वहाँ रहने आ गए थे. वे लोग वहाँ अकेले ही रहने वाले नही थे. तीनों लिफ्ट में चढ़े. दूसरी मंजिल पर पहुँचे, प्रापर्टी ब्रोकर ने आगे चल कर बीच वाले फ्लेट का ताला खोला और इनसे बोला–''आपने जैसा कहा था वैसा ही है, एचआईजी फ्लेट है. इस फ्लेट के दो हिस्से हैं और दोनों के दरवाजे बाहर की तरफ खुलते हैं, न खोलना हो तो एक दरवाजा तो है ही. बढ़िया ग्रेनाईट फिनिस्ड फर्श है. आकर्षक किचन व दो–दो बाल्कनी भी है. दोनों खुले एरिया में खुलतीं हैं. वहाँ का एरिया भी ठीक है. आराम से फुर्सत के समय बैठ कर अपना काम किया जा सकता है. दोनों ने पूरा फ्लेट देखा, फिर इला आकाश की तरफ देख कर बोली–''फ्लेट तो अच्छा है, आकाश ने कुछ जवाब नही दिया. उसने ब्रोकर से किराया व अन्य चीजें पूछीं. वह बोला–''बत्तीस हजार किराया है, कुछ एडवांस देना होगा, कुछ रुपया फ्लेट ऑनर के खाते में जमानत के तौर पर जमा करना होगा जो फ्लेट छोड़ते समय फ्लेट में कुछ टूटफूट या कुछ गड़बड़ियाँ हुई तो उनका खर्च काट कर वापिस कर दिया जाएगा. इसके साथ ही ग्यारह माह का एग्रीमेंट व कुछ चैक साईन कर अग्रिम देना होंगे. ''सुन कर आकाश चुप रह गया. इला भी कुछ न बोली.

फ्लेट देख कर वे लोग नीचे उतरे. कार में बैठे और हॉटल आ गए. रास्ते में कोई कुछ न बोला. हॉटल के बाहर गाड़ी खड़ी करते हुए ब्रोकर बोला–''कल तक जवाब दे दीजिए, दूसरी पार्टी भी इसी

फ़्लेट के इंतजार में तैयार है, मुझे उन्हें भी जवाब देना है. ''आकाश चुप रहा. इला बोली–''कल नही, आज शाम तक ही तुम्हें अपना निर्णय बता देंगे. ''जाते–जाते ब्रोकर रुका बोला–''मेरे कमीशन के बारे में तो आप जानते ही होंगी. ''इला बोली–''हॉ, ठीक है. ''कह कर वे लिफ़्ट की तरफ बढ़े और ब्रोकर आगे चला गया.

हॉटल आकर दोनों चुप थे. शाम की चाय का समय हो रहा था. इला ने फोन कर चाय–बिस्किट बुलवा लिया. चाय पीते हुए इला बोली–''फ़्लेट तो ठीक है पर किराया कुछ ज्यादा है किन्तु बैंगलौर जैसे शहर में यह ठीक ही है. हमने जिस शहर में एमबीए किया है जब उस छोटे–से शहर में टू बीचके का किराया तीस हजार हो सकता है तो यह आईटी सिटी है व अन्य दृष्टियों से भी विकसित शहर होने से यह ठीक ही है. सारे संसार में इस शहर की चर्चा होती है. ''कह कर वह आकाश की ओर देखने लगी. आकाश चाय पीता रहा. जब उसने चाय पी ली तब वह बोला–''फ़्लेट तो ठीक है किन्तु एक क्यों दोनों के लिए अलग–अलग लेने थे. क्या तुम भी साथ ही वहीं रहोगी या तुम्हारा कुछ और विचार है? ''सुन कर इला बोली–''नही, में भी वहीं रहूँगी. उस फ़्लेट में भीतर से दो अलग–अलग हिस्से हैं ही, दूसरे हिस्से के बाहर से भी निकास है, यदि तुम चाहोगे तो मैं कामन दरवाजा खोलूँगी ही नही. केवल किचन दोनों के बीच सम्मिलित रूप से रहेगा. वहाँ दोनों मिल कर खाना बना लिया करेंगे या बनाने वाली बाई रख लेंगे. सोचो दोनों अलग–अलग फ़्लेट लेंगे तो दुगुना खर्च आऐगा व कागजी कार्यवाहियों की परेशानी अलग से. नौकर वगैरह भी अलग–अलग रखना होंगे. झाड़ू–बुहारी, साफ–सफाई, भोजन वगैरह भी अपन दोनों तो करेंगे नही. बहुत पैसा अलग–अलग रहने पर खर्च होगा. यही सोच कर मैंने उससे ऐसा ही फ़्लेट दिखाने को कहा था. सुनता हुआ आकाश चुप रहा फिर थोड़ी बाद बोला–''खर्च वगैरह की बात

तो सही है किन्तु पता नहीं भीतर से मुझे यह उचित नहीं लग रहा है. ''कह कर वह फिर चुप हो गया.

चाय पीकर दोनों बाल्कनी में आ गए. आकाश अपना लैपटॉप भी वहीं ले आया. वह उसे खोल कर अपने काम व कंपनी की गतिविधियों के बारे में देखने लगा. बहुत देर तक चुप रहने के बाद इला बोली–''शाम हो रही है, ब्रोकर को फ्लेट के बारे में क्या जवाब देना है, कुछ तो कहो. ''सुन कर आकाश बोला–''खर्च बचाने की दृष्टि से ठीक है, यदि तुम्हें अच्छा लग रहा है तो उसे हॉं कह दो व कल–परसों पूरी कागजी कार्यवाही दोनों के नाम से करवाने के लिए कह दो उससे. ''इला ने तुरंत ब्रोकर को फोन कर यही जानकारी उसे दे दी व फ्लेट लेने की स्वीकृति भी दे दी.

थोड़ा सोचने के बाद आकाश बोला–''इला अभी मेरी आर्थिक स्थिति इतनी अच्छी नहीं है कि मैं एडवांश वगैरह की व्यवस्था कर सकूँ. घर से रुपये–पैसे मॅगवाना मैं ठीक नहीं समझता. ऐसे में यदि फ्लेट का एडवांस वगैरह तुम्हें ही देना है तो तुम अपने नाम से ही कागज तैयार करवा लो. मैं मेरे हिस्से का पैसा पहली सैलेरी मिलने पर तुम्हें दे दूँगा. ''सुन कर इला बोली–''क्या मेरा–तुम्हारा लगा रखा है, रुपये–पैसे की की चिन्ता नहीं है, मैं सोचती हूँ जब साथ ही रहना है तो दोनों के नाम से कागज तैयार करवा लेते हैं. ''सुन कर आकाश बोला–''नही, तुम अलग प्रोजेक्ट पर काम कर रही हो और मैं अलग. ऐसे में यदि तुम्हें या मुझे अपने प्रोजेक्ट के सम्बन्ध में विदेश जाना पड़ा तो रिफन्ड वगैरह में परेशानी आऐगी. इसीलिए भी तुम्हारा नाम ही सही रहेगा. ''सोचने के बाद इला ने ब्रोकर से अपने ही नाम से कागज बनवाने के लिए कह दिया.

इसके बाद वे लोग टीवी पर कार्यक्रम देखते रहे, बाद में दोनों अपने–अपने कमरों में जाकर सो गए.

दूसरे दिन इला और आकाश अपनी कंपनी के ऑफिस से ब्रोकर की दुकान से होते हुए ही गए. उसे इला ने आवश्यक रुपयों का चैक दिया और कहा कि कागज तैयार करा कर वह हस्ताक्षर वगैरह के लिए समय पर फोन कर दे. वह उसी समय आकर कागजों पर साईन कर व फ्लेट की चाबी लेते हुए चले जाऐंगे. ब्रोकर बोला—''ठीक है. ''

दोनों ऑफिस के कामों में दिन भर व्यस्त रहे. शाम के चार बजे होंगे तभी ब्रोकर का फोन आया. उसने उन्हें हस्ताक्षर करने के लिए बुलाया था. दोनों ऑफिस से छुट्टी लेकर ऑफिस की कार से ही वहाँ पहुँचे, वैसे आज उनका ऑफिस में पहला ही दिन था. अतः केवल एक—दूसरे से परिचय, काम की जानकारियाँ व कंपनी के बारे में विवरण वगैरह सम्बन्धी गतिविधियाँ ही हुई थीं. इन दोनों के अलावा और भी लोगों को कंपनी ने नौकरी पर रखा था, वे भी आऐ और उनके साथ भी यही सब हुआ था.

दोनों ब्रोकर के पास पहुँचे. उसने जो कागज तैयार करवाऐ थे, उन पर इला ने दस्तखत किए और उसके कमीशन का चैक भी इला ने दिया. फ्लेट मालिक भी पास में ही खड़ा था, उसने भी कागजों पर हस्ताक्षर किए और फ्लेट की चाबी उन्हें सौंप दी.

दोनों इस सबके बाद वापिस ऑफिस आऐ वहाँ थोड़ा—बहुत काम किया और जो अन्य नए लोग आए थे उनसे बातें करते रहे. इला का ग्रुप लीडर भी अधिक सीनियर नही था फिर भी अपने काम में वह निपुण था. वह इला के साथ काम के बारे में बातें करता रहा. आकाश दूसरे कमरे में अलग प्रोजेक्ट से जुड़ा होने के कारण उसका ग्रुप लीडर व प्रोजेक्ट मैंनेजर अलग था. अतः वह प्रोजेक्ट मैंनेजर के कमरे में अपने ग्रुप लीडर के साथ बैठा प्रोजेक्ट के बारे में बातें करता रहा. बाद में जब वे जाने लगे तो वह भी उठा और इला के कमरे में आकर उसकी सीट के पास खड़ा हो गया.

इसके बाद वे दोनों उठ कर कैंटीन में चले गए. वहाँ भोजन किया और टैक्सी से हॉटल आ गए. आकाश बोला–‘‘फ्लेट से होकर चलते हैं, कल तो वहाँ शिफ्ट होना ही है. मैं तो सोचता हूँ, कल क्यों आज से ही हॉटल छोड़ कर फ्लेट में चले चलते हैं. कल तो ऑफिस वगैरह जाने के झंझट में इसके लिए समय ही नही मिलेगा. ’’इला बोली–‘‘फ्लेट पर अभी जाने से क्या फायदा, जब आज ही हॉटल छोड़ कर फ्लेट में शिफ्ट होना ही है तो सीधे हॉटल जाकर रूम खाली करते हैं और फिर वहाँ से अपना सामान लेकर फ्लेट पर चलते हैं. ’’आकाश बोला–‘‘यही ठीक रहेगा. ’’दोनों हॉटल पहुँचे, थोड़ा हाथ–मुँह धोया और थोड़ी देर आराम करके उन्होंने सामान संभाला और नीचे रिसेप्सन पर आकर हॉटल के रूम की चाबी वहाँ सौंपी, उसका हिसाब–किताब पूरा किया और टैक्सी से फ्लेट पर आ गए.

फ्लेट के सामने खड़े होकर आकाश से इला बोली–‘‘लो फ्लेट की चाबी अपने हाथ में रखो और सबसे पहिले फ्लेट का ताला तुम्ही खोलो. ’’आकाश बोला–‘‘यह काम तो गृहलक्ष्मी करती है. ’’सुन कर इला ने आकाश को हल्की मुस्कुराहट के साथ देखा और फिर चाबी हाथ में लेकर फ्लेट का ताला खोल कर आकाश से कहा–‘‘चलो, पहिला कदम फ्लेट में तुम्हारा ही होगा. ’’आकाश बोला–‘‘दोनों साथ–साथ ही भीतर चलते हैं. ’’कहते हुए दोनों ने एक साथ फ्लेट में प्रवेश किया.

00

धीरे–धीरे वहाँ रहते हुए दोनों को लगभग दो–तीन महीने हो गए थे. सुबह तैयार होकर ऑफिस जाते, वहीं की कैंटीन में नाश्ता करते, इसके बाद दोनों अपने–अपने कमरों में बनी डेस्क पर बैठ

कर काम करते रहते. जाते ही प्रोजेक्ट मैनेजर सभी की एक मीटिंग लेता. उन्हें प्रोजेक्ट के सम्बन्ध में दिशा–निर्देश देता. फिर एक–एक को प्रोजेक्ट के विभिन्न हिस्सों पर अलग–अलग काम देता. इसके बाद सब अपने काम में लग जाते. बीच–बीच में सब एक–दूसरे से मदद भी लेते. कभी किसी का काम ठीक नही होता तो उसे उनका हेड समझाता, काम को सही करता और इसी तरह पूरा दिन हो जाता. कभी–कभी तो इला या आकाश को रात के दस भी बज जाते किन्तु काम समाप्त नही होता, वे काम पूरा कर ही घर आते. ऐसे में दोनों अलग–अलग समय पर घर पहुँचते. हॉ, दोपहर व रात का खाना वे कैंटीन में ही खा लेते.

आकाश तो अधिकतर प्रयास करता कि शाम तक या न हो शाम के सात बजे तक तो किसी तरह घर पहुँच ही जाता किन्तु इला को तो रात हो ही जाती. उसका प्रोजेक्ट अमेरिका का था. अतः वहॉ यहॉ की रात के समय वहॉ दिन होता और इसी समय प्रोजेक्ट का क्लाइंट मीटिंग रख लेता. अतः वह रात तक बैठी काम करती रहती.

छुट्टी के दिन तक कभी–कभी खूब सुबह क्लाइंट का फोन आ जाता तो फिर उसके साथ मीटिंग में बहुत समय तक उसे व्यस्त रहना पड़ता. इसके बाद वह सो जाती. आकाश को सुबह घूमने का शौक था. इसलिए वह जल्दी सुबह घूमने निकल जाता. जब वह लौट रहा होता तो इला उसे बिस्तर से उठती दिखती. वह उसे देख कर कहता–"तुमने जो पहिना है वह पहिनने जैसा है ही नही. हालांकि यह तुम्हारी स्वतंत्रता है पर समाज, संस्कृति भी तो कोई चीज है. बाहर जाओगी तो अधिकतर लोग तुम्हें ही देखेंगे, ऐसे में घूमने की सहजता तो बचती ही नही. वैसे मैंने तो ऐसे ही कह दिया. आगे तुम्हारी इच्छा. "इला यह सब सुन कर उसे कुछ जवाब न देती और दोनों वहॉ के एक बगीचे में घूमते रहते. बगीचे के दरवाजे पर ही एक ठेले वाला खड़ा रहता. वह इडली, डोसा, मैंदूबड़ा अच्छा

बनाता था. जहाँ वे लोग बैठे होते उसकी खुश्बू वहाँ तक जा रही होती. ऐसे में वे उससे एक-एक प्लेट यह सब मँगवा लेते और वहीं बैठ कर खाते. बड़ा स्वादिस्ट नाश्ता होता. इसके बाद दोनों फ्लेट पर आकर अपने-अपने काम में लग जाते. आकाश अपना लैपटॉप खोल कर ईमेल वगैरह चैक करने लगता. बीच-बीच में वह सिर उठा कर देखता–घर आकर इला ने यह क्या पहिन लिया फटी जीन की छोटी-सी चड्डी जैसी चीज. न चाहते हुए भी उसका ध्यान उसके खुले बदन व टाँगों पर चला जाता. इस बीच वह अपना काम समाप्त कर, आकर उसके पास ही बैठ जाती. आकाश कहता–''ये क्या पहना है तुमने, सब कुछ तो दिख रहा है.''इला कहती–''यहाँ कौन है देखने वाला, कम से कम घर में तो आदमी सहज रूप से रह ही सकता है.''सुन कर आकाश कहता–''तुम्हारे लिए यह सहजता है, वैसे चाहे जो पहिनो, तुम्हारी मर्जी.''कहता हुआ वह वापिस अपने काम में व्यस्त हो जाता. इला थोड़ी देर वहाँ बैठ कर फिर दूसरे कमरे में चली जाती. इसके बाद वे वहीं से आर्डर देकर अपना खाना मँगवा लेते और साथ बैठ कर खाते. इसके बाद आकाश टीवी देखता और इला अपने कपड़े वगैरह साफ करने में लग जाती.

इस रविवार को हमेशा की तरह आकाश फ्लेट से उतर कर सामने बगीचे में घूम रहा था तभी इला भी उठ कर वहाँ आ गई. वह देर रात काम से लौटी थी. अतः देर तक सोती रही थी. आकाश को आज सोकर उठने में देर हो गई थी. इला आकर आकाश के साथ ही घूमने लगी. थोड़ी बाद वह बोली–''आकाश सामने बैंच पर बैठते हैं.''एक-दो चक्कर आकाश और इला ने साथ में लगाए और फिर वे एक किनारे की बैंच पर बैठ कर बगीचे के बीच में लगे फव्वारे के ऊपर उठती और नीचे गिरती पानी की धार का देख रहे थे. उसका एक धार के रूप में उठना और फिर फैनिल होकर बूँदों के रूप में बिखरना. इसे देख कर आकाश कुछ कहना चाहता था

तभी इला बोली–''आकाश हम इतने दिनों से साथ–साथ रह रहे हैं, यह एक प्रकार की लिव इन रिलेशन शिप ही है, क्यों न हम इसे वास्तविक रिलेशनशिप में बदल लें. ''सुन कर आकाश ने इला की ओर पल भर देखा. फिर बोला–''मैं इसे व्यभिचार ही कहूँगा. हम ऐसा करते हैं तो हममें और जानवरों में फर्क ही क्या रह जाएगा. हम अपने आपको उनसे श्रेष्ठ इसलिए मानते है कि हमारी सभ्यता, संस्कृति, रहन–सहन, जीवन जीने के कुछ नियम हैं, जिसमें संयम और नैतिकता, अनैतिकता वगैरह भी हैं. मैं तो इससे सहमत नही हूँ, न यह मेरे संस्कारों में है. ''सुन कर इला बोली–''आजकल तो अधिकतर कामकाजी लोग इसे अपना रहे है, इसमें बुराई क्या है, ठीक चला तो अपना कैरियर बना कर विवाह कर लेंगे, नही तो छुट्टी. ''आकाश बोला–''देखो इला आपको यह चुनना है कि हमारे लिए प्राथमिकता में क्या है? कैरियर या विवाह. वैसे दोनों चीजें भी संयम पूर्वक जीवन जी कर पाई जा सकतीं हैं. हाॅ, कैरियर इतनी तेजी से आगे नही बढ़ेगा पर दोनों में सामंजस्य बिठाया जा सकता है. ''फिर रुक कर बोला–''लिव इन रिलेशनशिप वो लोग अपनाते है जो उत्तरदायित्व से भागते हुए शारीरिक सुख भोगना चाहते हैं, बाद में इसकी परिणिति अधिकतर सम्बन्ध विच्छेद या एक–दूसरे को धोखा देने में ही होता है. इस प्रकार की रिलेशनशिप मुझे स्वीकार नही, हाॅ तुम विवाह की बात करती हो तो मैं सहमत हूँ, बिना विवाह सम्बन्ध बनाना उचित नही. हमारे यहाॅ तो गर्भाधान भी एक प्रकार का संस्कार है जिसमें तिथि, मुहूर्त, अच्छी मनःस्थिति आदि देख कर इसे सम्माननीय माना गया है. विवाह हमें संतान के जन्म के रूप में अमरत्व प्रदान करता है, ''सुन कर इला बोली–''तुम्हारे विचार कितने दकियानूसी हैं, आकाश समय के साथ चलो, नही तो पिछड़ जाओगे. ''आकाश बोला–''मनुष्य बने रहना पिछड़ जाने के भय से कहीं ज्यादा अच्छा है. ''इसके बाद दोनों चुप हो गए. थोड़ी देर और वे लोग वहाॅ बैठे फिर इला धीरे से उसके पास से उठ कर

चली गई. आकाश फिर भी वहीं बैठा रहा. बाद में वह भी उठा और फ्लेट में आकर नाश्ते के लिए बाहर निकल गया. इला अपने कमरे में अकेली रह गई.

लगभग आठ–दस माह हो गए थे उनको वहॉ रहते हुए. इला का प्रमोशन हो गया था. उसके अपने बॉस से बहुत ही घनिष्ठ सम्बन्ध हो गए थे. वह उसे उसके प्रोजेक्ट के सिलसिले में क्लाइन्ट से आमने–सामने बैठ कर बातें करने के लिए विदेश भेजने वाला था. आकाश अपने काम में व्यस्त था और वह संतुष्ट था. कभी–कभी रात को मॉ का फोन आ जाता तो बहुत देर तक वह उनसे बातें करता रहता.

इन दिनों इला का व्यवहार और रहन–सहन पूरी तरह से बदल गया था. अब वह आकाश वाले कमरे में भूल कर भी न आती. दोनों कमरों के बीच वाला दरवाजा उसने भीतर से बंद कर लिया था तथा बाहर वाले दरवाजे से अपना आना–जाना करने लगी थी. आकाश को भी अब वहॉ रहना अच्छा नही लग रहा था. इस बीच उसने किसी दूसरी कंपनी में भी एप्लाय कर दिया था. वहॉ से उसे इंटरब्यू के बाद सिलेक्ट हो जाने पर ऑफर भी आ गया था. वह कंपनी इस जगह से दूर थी तथा पद के साथ वेतन भी अच्छा ऑफर हुआ था. अतः उसने कुछ दिनों बाद वहॉ ज्वाईन कर लिया. इला वाले फ्लेट को भी छोड़ दिया था. फ्लेट छोड़ते समय इला दरवाजे पर खड़ी उसे देखती रही थी. उसकी ऑखों में ऑसू थे पर वह कुछ बोली नही थी.

अब आकाश नई जगह, नए फ्लेट में रहने लगा था. फिर भी रह–रह कर उसे इला का ऑसू भरा चेहरा याद आ जाता था किन्तु फिर सोचता था मेरी क्या गलती, उसकी महत्वाकॉक्षाऐं उसे ऐसा करने के लिए विवश करती हैं. हमारे विचारों में भिन्नता है. ''इसी

तरह एक दिन वह कैंटीन में बैठा दोपहर का भोजन कर रहा था कि उसने देखा उससे थोड़ी दूर वाली कुर्सी टेबल पर कोई परिचित सी लड़की बैठी है. वह सोच रहा था कि उसने उसे कहीं देखा है. यह तो नया शहर है, यहाँ कौन परिचित हो सकता है. वह याद करने लगा फिर मन ही मन बोला–"अरे, ये तो ऋचा है. "वह भी एकटक तो नहीं किन्तु खाना खाते हुए कनखियों से बीच–बीच में उसकी ओर देख लेती थी. थोड़ी देर तक आकाश उसे देखता रहा फिर उठा ओर अपनी जगह जा कर काम करने लगा.

दो–चार दिन तक ऐसा ही होता रहा. एक दिन इसी तरह खाना खाकर वह उठ ही रहा था कि वह लड़की उठ कर उसकी टेबल के पास आई. बोली–"आप आकाश हो? "सुन कर एक क्षण वह उसकी ओर देखता रहा गया. फिर बोला–"हाँ, मैं आकाश ही हूँ. "सुन कर वह बोली–"मैं ऋचा हूँ. आप मुझे पहचानने का प्रयत्न शायद दो दिनों से कर रहे थे. इसलिए मैं ही उठ कर आपके पास अपना परिचय देने आ गई. आप भी इसी कंपनी में काम करते हैं? " आकाश बोला–"हाँ, अभी कुछ ही दिनों पूर्व मैंने ज्वाईन किया है. तुम यहाँ? "ऋचा बोली–"हाँ, मैंने कंप्यूटर साईंस में पूरी युनिवर्सिटी में टॉप कर गोल्ड मैडल जीता था. इसी समय हमारे प्लेसमेंट सैल में प्लेसमेंट के लिए कंपनियाँ आ गईं. मेरा इस कंपनी में सिलेक्शन होकर ऑफर लेटर आ गया तो मैंने भी अभी एक–दो दिन पहिले ही यहाँ ज्वाईन किया है. अभी तो मेरा ट्रेनिंग पीरियेड चल रहा है. "आकाश चुप सुनता रहा. कुछ रुक कर फिर वह बोली–"सीख तो रही हूँ फिर देखो क्या होता है"ऐसी ही बातें हुई दोनों में और फिर वे अपने–अपने काम से वापिस ऑफिस के भीतर चले गए.

उस दिन आकाश के लिए ऑफिस का फोन जल्दी ही आ गया. सुबह के छः बजे होंगे. वहाँ से कहा गया कि विदेश में बैठा क्लाइंट अपने प्रोजेक्ट के बारे में आपसे मीटिंग करना चाहता है. अतः आकर

उसे अटेन्ड करो. आकाश ने कहा–''लैपटॉप पर वीडियो कॉल से यह मीटिंग कर लें. ''वे लोग बोले–''इसमें ऑफिस को भी तुम्हारे प्रोजेक्ट के बारे में फाईलों से संदर्भ देना होगा. क्लाइंट कंपनी के लिए बहुत ही महत्त्वपूर्ण था. अतः उसका जाना आवश्यक हो गया. वह उठ कर तैयार हुआ. कपड़े पहिने. मल्टी के नीचे ऑफिस की कार पहिले ही आ गई थी. वह नीचे उतरा और कार में बैठ कर ऑफिस आ गया. सब उसी का इंतजार कर रहे थे. वहाँ से उसने क्लाइंट से प्रोजेक्ट के संदर्भ में उसके संदेहों को दूर किया व प्रोजेक्ट का पूरा प्रजेन्टेशन दिया. इसमें लगभग दो–तीन घंटे बीत गए. क्लाइंट के संतुष्ट हो जाने पर वह उठा. सुबह के आठ–नौ बज रहे थे. वह उठ कर कैंटीन में नाश्ता करने गया और जब लौट रहा था तो रास्ते में ऋचा मिल गई. वह भी कैंटीन में नाश्ता ही करने आई थी. आकाश क्लाइंट के साथ मीटिंग करने के बाद बहुत थकान–सी महसूस कर रहा था. चाहता था किसी से बातें करे, बगीचे में टहले. उसने ऋचा से पूँछा–''जल्दी न हो तो थोड़ा यहीं बगीचे में टहल लें. वह बोली–''अभी तो नौ ही बजे हैं, मैं वैसे भी आज जल्दी ही आ गई थी. घर पर अकेले मन नही लग रहा था, भूख भी लगी थी. सो सोचा यहाँ आकर नाश्ता करेंगे और किसी से बातचीत भी करेंगे. इतने में ऑफिस का समय हो जाएगा तो वहाँ चली जाउँगी. अभी तो लगभग एक घंटा है ऑफिस में. दस बजे तक ही और लोग भी आऐंगे. ''कहती हुई वह आकाश के साथ टहलती हुई सामने बगीचे में चल दी. थोड़ी देर इधर–उधर की बातें वे लोग करते रहे फिर वे लोग एक बैंच पर बैठ गए. आकाश बोला–''अच्छा ऋचा बताओ, तुम्हें शादी-ब्याह की व्यवस्था में विश्वास है? ''एक पल को उसने आकाश का चेहरा देखा. फिर बोली–''विवाह तो सनातन संस्था है, दो अनजान व्यक्ति जीवन भर के लिए एक पवित्र बंधन में बँधते हैं. सपने नए, विश्वास नया, सब कुछ नया जन्म लेता है. नए सम्बन्ध आकार लेते हैं. फिर विवाह में विश्वास क्यों नही हो. ''–''नही, मैंने

ऐसे ही पूँछा. कुछ लोग तो अपनी महत्वाकाक्षांओं में उलझ कर अकेले रहना ही पसंद करते हैं. ''आकाश बोला. ऋचा ने जवाब दिया–''अकेले रहना नैसर्गिक नही है. पक्षी तक जोड़े में रहते हैं, सारी सृष्टि का आधार ही मिलन है, जो अकेले में संभव नही. जीवन की परिपूर्णता ही साथी के साथ रहने पर प्राप्त होती है. हमारे यहाँ तो पूरी व्यवस्था ही विवाह पर टिकी है. ''कह कर वह चुप हो गई. आकाश बोला–''अच्छा, कैरियर और विवाह और परिवार में से एक को चुनना हो तो किसे चुनोगी. ''वह बोली–''परिवार मेरे लिए प्राथमिकता में रहेगा. कैरियर तो चलता रहता है. जो मिला सो ठीक न मिला तो ठीक, हाँ परिवार को साथ लेकर कैरियर के लिए पूरी मेहनत करना मैं जीवन की सफलता मानती हूँ. ''अचानक आकाश ने हाथ में बँधी अपनी घड़ी देखी और बोला–''अरे, दस बज गए हैं, तुम्हें जाना होगा. सब आ गए होंगे. मैं तो सुबह जल्दी आ गया था, मैंने ऑफिस का काम तो निपटा ही लिया है, अब घर जाउँगा. ''कह कर वह उठ खड़ा हुआ. ऋचा भी उठी और दोनों बगीचे से बाहर आकर अपने–अपने रास्ते चले गए.

घर आकर आकाश बिस्तर पर बैठा सोच रहा था. उसकी आँखों में नींद भरी थी और शरीर में थकान. वह वहीं लेट कर सो गया. उठा तो देखा मोबाईल में माँ के मिस्ड कॉल थे. उन्होंने दो–तीन बार उसे फोन लगाया था. उसने मोबाईल उठा कर उन्हें कॉल किया. बोला–''सब ठीक तो है न माँ? ''––''हाँ, सब ठीक तो है किन्तु दीवाली आ रही है तुम साल भर से घर से बाहर हो, कम से कम दीवाली पर तो आ ही जाओ. अशोक तो एक प्रकार से दूर–सा ही हो गया है. पता नही उसे हमारी क्या बात या काम बुरा लगा कि न बात करता है, न कभी आता ही है. अपनी ही दुनिया में खोया रहता है. ''सुन कर आकाश बोला–''मैं पूरी कोशिश करूँगा आने की, नौकरी नई है न, तो छुट्टी मिलती है या नही, देखना होगा. इसके

बाद मैं तुम्हें बताता हूँ. ''ऐसी और भी उसकी मॉ से बातें हुईं और फिर उसने फोन रख कर दूसरे काम करने लगा.

दूसरे दिन उसने ऑफिस में छुट्टी देने के लिए कहा तो वे बोले''दीवाली पर चार–पॉच दिन की छुट्टियॉ आ रही है, हालांकि ऑफिस में केवल एक दिन की ही छुट्टी रहती है किन्तु तुम्हें जाना है तो एडजस्ट कर लेंगे. दो–एक दिन और भी लग जाऐं तो कोई बात नही, कोशिश करना कि जल्दी लौट आओ. ''उसने कहा–''ठीक है. ''इसके अगले ही दिन वह प्लेन का टिकिट बुक करा कर गॉव की तरफ चल दिया. प्लेन से उतर कर उसे वहॉ से गॉव बस से ही जाना था.

वह गॉव पहुँचा तो मॉ बहुत खुश हुई. पिताजी भी उसके आने से प्रसन्न थे. मॉ ने उसके आने के पूर्व घर की पुताई, साफ–सफाई वगैरह करवाई थी. घर भी अच्छी तरह बनवा लिया था. सामने के मैंदान में सीमेन्ट का फर्श बन जाने से वहॉ भी अच्छा लगने लगा था.

उसके आने की खबर सुन कर पड़ौस के चूड़ामन, खड़ियॉ व जिज्जी भी उससे मिलने आए. बोल गऐ कि एक दिन उनके यहॉ भी भोजन के लिए आए. कल्लू विधायक बन गया था. उसका तो रूप ही बदल गया था. गॉव में उसने खूब काम करवाया था. सड़के पक्की बन गईं थीं. पूरे गॉव में नल–जल योजना लाकर पास की नदी से पाईपों व्दारा पानी लाकर उसे गॉव में बनी पानी की टंकी व्दारा पूरे गॉव में नल से ही पानी आता था. अब कुँऐं पर पानी भरने जाने की जरूरत नही रह गई थी. दो–एक दिनों बाद कल्लू भी बाहर से लौटा. वह जब घर आता था तो गॉव के थानेदार से लगा कर तहसील का पटवारी, तहसीलदार वगैरह भी आकर उसके घर के चक्कर लगाते थे. जब उसने सुना कि आकाश घर आया है तो वह उससे मिलने आ गया. उस समय आकाश बैठका

में बैठ कर अखबार पढ रहा था. उसे आया देख वह उसे नमस्कार करने उठा तो कल्लू बोला–''अरे, अपन तो बचपन के साथी हैं, औपचारिकता छोड़ो यह बताओ तुम्हारी नौकरी कैसी चल रही है. ''बाहर तहसीलदार साहब भी आकर बैठे थे. अचानक कल्लू ने तहसीलदार साहब को भीतर बुलाया. वे जब आकर बैठ गए तो वह उनसे बोला–''तहसीलदार साहब, आपकी बच्ची की शादी की स्थिति क्या है, हुई या नही. ? ''वह बोले–''यह सब तो ऊपर से लिखा होता है, जब होनी होगी हो जाऐगी. ''तो आकाश उसके लिए कैसा रहेगा. ''सुन कर आकाश चौंक गया. वे लोग ऋचा की ही बात कर रहे थे. विशनाथजी भी वहीं बैठे थे. उनसे कल्लू बोला–''तुम्हें तो कोई आपत्ति नही है? ''वे बोले–''मुझे कोई आपत्ति नही है. ''कह कर वे भीतर गए और देवकी को साथ लेकर वहीं आ गए. उन्हें देख कर कल्लू ने उनसे पूँछा–''भाभीजी आपको ऋचा बहू के रूप में स्वीकार है? ''वह बोलीं–''यदि आकाश 'हाँ' कहे तो मुझे कोई आपत्ति नही है. '' वे आकाश की ओर देखने लगी. उन्हें अपनी ओर ऐसे देखते देख कर वह बोला–''यदि सभी इससे खुश हैं तो ठीक है. ''अब उसने तहसीलदार साहब की तरफ देखा. वे बोले–''यह रिश्ता तो मेरे लिए खुशकिस्मती ही होगा. ''इसके बाद कल्लू बोला–''तो भाभी खिलाओ मिठाई, ऋचा और आकाश का रिश्ता पक्का, अब देवउठनी ग्यारस के बाद किसी शुभ दिन यह काम हो जाये तो ठीक रहेगा. ''इस बीच देवकी उठ कर घर के भीतर गई और खोपरे की ताजा बर्फी का थाल लेकर आ गई. अंदर–बाहर सभी ने वह मिठाई खाई और फिर ऐसे ही गपियाते रहे. इसके बाद तहसीलदार साहब वगैरह धीरे से वहाँ से उठ कर अपनी–अपनी जगह चले गए, केवल कल्लू व आकाश वहाँ बैठे बातें करते रहे.

दोनों एक–दूसरे के बारे में बातें कर रहे थे. आकाश बोला–''मैं तो सोच ही नही सकता कि कैसे तुम राजनीति में आ गए. एकदम

एकांत प्रिय, अपनी मौज में मस्त रहने वाले, आखिर तुम्हें इसका स्वाद लगा कैसे. ''कल्लू बोला–''मैं आज भी वैसा ही हूँ, केवल अब जिस क्षेत्र में मैं काम कर रहा हूँ उसका अभिनय करना पड़ता है बस. उसी के अनुसार अपना काम करता जाता हूँ, मैं तो आज भी जब गाँव आता हूँ तो सैक्यूरिटी व अन्य तामझाम मैं घर पर ही छोड़ कर पहाड़ों, जंगलों में निकल जाता हूँ. घूमता हूँ. मन को शांति मिलती है. मनुष्य स्वंय कुछ नही बनता, परिस्थितियाँ उसे बना देतीं हैं. ''इसी बीच आकाश को कंपनी का उसके लिए फोन आ गया. उसे अत्यंत आवश्यक रूप से ऑफिस बुलाया गया था. उसने जल्दी ही आने की उनसे बात की और कल्लू से अनुमति लेकर मॉ से बात करने घर के भीतर जाने लगा तो कल्लू भी बोला–''मैं भी चलता हूँ, क्या जीवन है, पता नही अगले पल क्या होने वाला हो. ''कहते हुए वह उठा और कमरे से बाहर हो गया.

आकाश मॉ को अपने वापिस जाने की बात बताने भीतर गया था. उसने मॉ को वापिस जल्दी ही जाने के बारे में बताया. वे उदास हो गईं. बोलीं–''इतनी जल्दी, ऐसी कैसी नौकरी है, छोड़ दे न इसे, घर में किस चीज की कमी है. ''आकाश ने उन्हें कुछ जवाब नही दिया और वापिस जाने की तैयारी करने लगा. शाम को उसने शहर जाने वाली बस पकड़ी और चल दिया.

लगभग तीन दिन बाद बाद मॉ व पिता जी का उसके पास फोन आया कि बसंत पंचमी, सोमवार का विवाह लग्न निकला है तो आना ही है. ''वह बोला–''ठीक है, मैं ऑफिस में बात करता हूँ.''

उसे विवाह कार्य हेतु छुट्टी मिल गई. विवाह तिथि से दो–तीन दिन पहिले वह गाँव आ गया. इसके पहिले तहसीलदार साहब विशनाथजी से मिल कर विवाह सम्बन्धी सारी बातें तय कर गए थे.

खूब धूमधाम से विवाह हुआ. ऋचा को भी ऑफिस से छुट्टी मिल गई थी. विवाह हेतु आकाश से उसकी मॉ बोली—''रिसेप्सन के लिए तुमने अपने मेहमानो को कार्ड भेजा या नही, विशेष कर इला और उसके परिवार को. ''आकाश बोला—''कल्लू भैया स्वंय इसकी व्यवस्था कर रहे हैं, उन्हीं ने सारा आयोजन अपनी तरफ से करने का कहा है. अतः सब आऐंगे ही. वैसे उसने इला को रिसेप्सन में आने के लिए ईमेल कर दिया है. ''

00

घर के सामने के मैदान पर पंडाल लगाया गया. वीआईपी आयोजन था. कल्लू के सम्बन्धों के कारण सरकार के मंत्री, अधिकारी व कलेक्टर वगैरह भी आने ही थे. चार—चार रसोईयों, बहुत से हेल्परों व डेकोरेशन, साउन्ड आदि के लिए अलग—अलग लोगों को उसने जिम्मेदारी दे रखी थी. रिसेप्सन वाले दिन शाम ढलते ही तैयारियॉ होने लगीं. बुफे भोज का आयोजन था. जैसे—जैसे रात होती जा रही थी मेहमान आते जा रहे थे. कलेक्टर विजयवर्गीय जी और उनका परिवार भी आया. इला भी आई थी. सभी लोगों ने मंच पर बैठे दुल्हा—दुल्हन को आशीर्वाद व भेंटें भी दीं. जब विजयवर्गीय जी मंच पर उनको आशीर्वाद व गिफ्ट देने आऐ तो वे तो धीरे से फोटो वगैरह होने के बाद चले गए किन्तु उनके साथ आई इला आकाश की कुर्सी के बगल में खड़ी हो दोनों की ओर एकटक हो देखने लगी. लगा जैसे वह आकाश से कुछ कहना चाह रही हो किन्तु इसी बीच उसकी मॉ ने मंच के पास से उसे नीचे आने के लिए आवाज लगाई. वह ऑखों में भरे ऑसू लिए मंच से नीचे उतरी और दोनों को देखते हुए अपनी मॉ के साथ चली गई.

00

शादी के बाद आकाश और ऋचा नौकरी ज्वाईन करने चले गए थे. उन्हें अधिक अवकाश नही मिला था. उनके जाने के बाद घर एकदम सूना–सूना हो गया था. कुँती को यह सूनापन बहुत बुरा लग रहा था. विशनाथजी तो खेती किसानी, लोगों से मिलने–जुलने आदि में लगे रहने से इस सूनेपन को इतनी गहराई से अनुभव नही करते थे किन्तु देवकी का दिन ऐसे में काटे नही कट रहा था. दोपहर को जब विशनाजी घर लौटे तो वह उनसे बोली–''अकेलापन कितना दुःखदाई होता है, यह मुझसे बेहतर और कोई नही जान सकता. क्या जरूरत है आकाश को नौकरी की. घर में इतना कुछ तो है, यहीं रहे, सब देखे–भाले. ''विशनाथजी बोले–''अब क्या कर सकते है, कितना तो समझाया उसे, मना किया किन्तु वह माने तब न. ये आजकल के लड़के है, गॉव की सीधी–सादी जिंदगी इन्हें पसन्द नही आती. इन्हें तो चमक–दमक, चकाचौंध ही भाता है. ''फिर कुछ रुक कर बोले–''घर में आकर तो सच में घर काटने–सा दौड़ता है. अशोक भी शादी में केवल कुछ दिनों के लिए आया और जल्दी ही चला गया. उसकी पत्नि तुनक–मिज़ाज है, वही उसको यहॉ आने से रोकती है. हम लोगों से सम्बन्ध रखने पर उसे लगता है कहीं मेरा पति हाथ से न निकल जाए. इसीलिए अशोक को हमसे दूर रखती है. अशोक को अपनी गृहस्थी चलानी है, घर में कलह हो, बिखराव हो, यह तो हम भी नही चाहते. अतः जो है, जैसा है, उसे उसी रूप में स्वीकार कर लो. ''कह कर वह चुप हो गए. देवकी बोली–''इसी अकेलेपन को काटने के लिए लिए ही तो इंसान बच्चे पैदा करता है, कष्टों से उन्हें पालता–पोषता है. जीवन में अच्छी जगह खड़े होने के लिए कड़ी मेहनत करता है और जब ये कुछ लायक हो जाते हैं तो हमें अकेला छोड़ कर चले जाते हैं. ''विशनाथजी पहिले चुप रहे फिर बोले–''पक्षियों को देखो, वे भी बच्चे पैदा करते, बड़ा करते है, फिर अपनी–अपनी जगह एक–दूसरे से अलग हो जाते हैं. उन्हीं से सीख लेकर हम भी यह सब सहन करना सीखें तो सुखी रहेंगे. ''देवकी

ने सुन कर उनका चेहरा देखा. फिर बोली—''पक्षी और इंसान में कुछ तो फर्क होना चाहिए. उन्हें देख कर हम यह सब कैसे सहन करें. ''विशनाथजी चुप रहे. वे समझ गए कि आकाश के बाहर चले जाने पर एक मॉ होने के नाते वह बहुत दुःखी थी. अतः इस समय इससे कुछ बात करना ठीक नही है. वह अपने काम से दूसरे कमरे में चले गए.

देवकी का मन घर में बिल्कुल नही लग रहा था. उसका मन होता था कि न हो तो वह अपने भाईयों के यहॉ ही चली जाऐ किन्तु फिर सोचती —ऐसे में तो वे और भी अकेले हो जाऐंगे. जब मैं दुःखी हूँ तो वह भी भीतर से दुःखी हो ही रहे होंगे. यह दूसरी बात है कि इस सबको व्यक्त नही करते. इसी तरह सोचती वह घर के बाहर कुर्सी पर बैठी गॉव से गुजरने वाले हर आने–जाने वाले को देख रहीं थी. अचानक उसे एक औघड़ साधु–सा व्यक्ति सामने से आता दिखा. वह पूरी तरह साधु–सा भी नही लग रहा था. कपड़े यद्यपि गेरुआ थे, बाल भी बड़े और बेतरतीबी से बॅधे थे. गले में रुद्राक्ष की मालाऐं, ललाट पर त्रिपुण्ड व अन्य कोई तिलक भी लगा था किन्तु फिर भी उसका व्यक्तित्व साधु का–सा नही था. अचानक उसने ध्यान से देखा वह गिरधारी जैसा ही लग रहा था. वैसा ही इकहरा बदन था उसका, उसके देखने का ढंग, चलने–फिरने का तरीका सब कुछ तो उसे गिरधारी जैसा ही लग रहा था. अचानक उसने देखा वह उन्हीं की तरफ आ रहा था. उनके सामने आकर वह बोला–''मॉ, कुछ हो तो खाने को दे. ''सुन कर उनकी ऑखों से ऑसू बह चले. फिर भी उन्होंने उसे कुछ जवाब नही दिया. वह उसे और गौर से देखने लगीं. फिर उन्होंने उससे पूॅछा–''कहॉ से हो? ''वह बोला–''अयोध्याधाम से. ''–वह बोलीं–''सच बता, तू गिरधारी ही है न? ''——''माते, सभी कुछ मैं ही तो हूँ, संपूर्ण जग मुझी में समाया है, . यह जग तो एक धोखा है. ''वह बोला. देवकी ने उसकी आवाज

को भी पहचान लिया. बोली–''वह सब तो ठीक है किन्तु ये तो बताओ, सभी कुछ तुम्ही हो, सारे नाम तुम्हीं में समाए हैं और तुम्हीं में व्याप्त हैं, यह ठीक है किन्तु इस स्थिति तक आने के पहिले तुम क्या थे. किसी माॅ ने तुम्हें जन्म दिया होगा, बड़े लाड़–प्यार से पाला होगा, तुम्हें नाम दिया होगा, गोद में खिलाया होगा, अपना स्तन–पान कराया होगा, उस समय तुम कहाॅ थे और तुम्हारा नाम व स्थान क्या था? ''सुन कर वह कुछ सकपकाया. उसने धीमे से बोला–''वह सब तो माया थी. ''––''कुॅती तुरंत बोली–''तो अब क्या है, पेट तो लगा ही है न, तुम्हें भूख भी लगी है, यह भी तो माया ही है, इसी के सहारे क्यों नही जीते. ''वह कुछ जवाब नही दे सका और वहाॅ से जाने लगा. देवकी तुरंत अपने स्थान से उठी और उसका हाथ पकड़ कर बोली–''आपको भूख लगी होगी, घर के भीतर चलिए, भोजन–प्रसाद ग्रहण कीजिए, हमें पुण्य प्राप्त करने का एक मौका तो दीजिए. ''कहते हुए वह उसे घर के भीतर ऑगन में ले गई. विशनाथजी भी वहीं थे. उन्हें ईशारे से देवकी ने कुछ भी कहने से मना कर दिया. वह उसे आसन पर बैठा कर रसोईघर में गई और उसके लिए थाली में भोजन परस कर ले आई. उसने हाथ धोकर, गो ग्रास निकाल भोजन की थाली को प्रणाम किया और आचमन कर भोजन करने लगा. वह पास में बैठ कर बाॅस के पंखे से उसे हवा करने लगी. इस बीच विशनाथजी पड़ौस के घर में जिज्जी व खड़ियाॅ को बता आऐ थे कि गिरधारी साधु बन कर आया है, वे लोग उनके साथ–साथ ही घर के ऑगन में आकर उसे भोजन करते देख रहे थे. जब वह भोजन कर चुका तो देवकी उसके हाथ धुलवाने के लिए जलपात्र लेकर उठी. उसके हाथ धुलवाए और फिर उसे अपनी पल्लू में से कुछ रुपए निकाल कर दक्षिणा देते हुए बोली–''साधु को भोजन के बाद दक्षिणा देने से ही पूरा पुण्य प्राप्त होता है. ''कहते हुए उसने उसके हाथ में रुपए रखे और उसके चरण स्पर्श करने के लिए पैरों की तरफ झुकी तो गिरधारी जोर से रो उठा. उसने

उन्हें पैर छूने के अधबीच ही रोक कर उनके पैरों में झुक गया. रोते हुए बोला–''मॉ, इतने पाप में मुझे मत डालो, मैं तुम्हारा गिरधारी हूँ. देवकी की ऑखों से भी ऑसू झर रहे थे. उन्होंने उसे गले से लगाते हुए कहा–''बेटा, तू मेरा पुत्र है, तुझे सामने से आते हुए ही मैं तुझे पहचान गई थी. तू क्यों चला गया था. ''वह इसका कुछ जवाब देता इसके पहिले ही विशनाथजी पास आ कर उससे बोले–''तुझे क्या परेशानी थी, मुझसे तो कहता. चलो अच्छा हुआ, तू वापिस आ गया. अब घर–बार सम्हाल'. सुन कर वह बोला–''मैं अपना पिंडदान कर चुका, अब मैं सन्यासी हूँ, सारा संसार मेरा है और मैं सारे संसार का हूँ, पूरा ब्रम्हांड मेरा घर है. ''सुन कर पिता बोले–''वह तो ठीक है किन्तु यह सब तो माया है. हम सब भी माया ही है. मानव होने के नाते तेरे साथ भी माया के बंधन में हम बँधे हैं. न तू इस बंधन से मुक्त हो सकता है न हम. हम सब माया में ही तो जी रहे है. अब तू यह सब छोड़ और संसार बसा. ''गिरधारी सोच में पड़ गया. उसी समय विशनाथजी ने खड़िया से कह कर गॉव के कनछेदी नाई को बुलवा कर उसके बाल कटवाने को कहा. उधर गिरधारी पता नही किस सोच में पड़ा ऊपर आकाश की ओर देख रहा था.

0 . . . . 0 0

अस्वीकरणः यह आख्यान केवल कल्पना, ज्ञान और अनुभव प्रसूत है. इसका किसी प्रत्यक्ष जीवन से कोई सम्बन्ध नही है. यदि संयोगवश ऐसा होता है तो वह केवल संयोग मात्र माने.